荒原之上

杨红燕 著

当代世界出版社
THE CONTEMPORARY WORLD PRESS

图书在版编目（CIP）数据

荒原之上 / 杨红燕著. —北京：当代世界出版社，
2023. 7
ISBN 978-7-5090-1705-0

Ⅰ. ①荒… Ⅱ. ①杨… Ⅲ. ①散文集—中国—当代
Ⅳ. ①I267

中国版本图书馆CIP数据核字（2022）第220387号

书　　名：荒原之上
出版发行：当代世界出版社
地　　址：北京市东城区地安门东大街70-9号
网　　址：http://www.worldpress.org.cn
编务电话：（010）83907528
发行电话：（010）83908410（传真）
　　　　　13601274970
　　　　　18611107149
　　　　　13521909533
经　　销：全国新华书店
印　　刷：天津中印联印务有限公司
开　　本：880毫米×1230毫米　1/32
印　　张：7.75
字　　数：166千字
版　　次：2023年7月第1版
印　　次：2023年7月第1次
书　　号：ISBN 978-7-5090-1705-0
定　　价：59.00元

注入了温度的时间

　　我一直坚信，人生的每一场经历，生命的每一次感动，都弥足珍贵，因为它们承载了很多情感能量。记忆是一间库房，收藏着那些温暖。更多细节蛰伏在时间的褶皱里，宛若一粒粒种子被埋进土壤，遇到适合的气温和光照，便能抽枝发芽、竞相绽放。从这个意义上说，作家杨红燕的作品《荒原之上》便是她对历历往事的淬炼，是她用情感和文字打败时间的尝试，是细腻的内心与粗粝的旷野相互映照的和鸣。

　　依照内容表达的侧重，作者准确地把全书划分为三辑：以表达亲情家事为内容的《荒原纪》，以描绘花草果蔬为对象的《草木辞》，以呈现古迹史话为重点的《关山越》。读者能够顺着作者的思绪，进入她的情感，感受人间的情爱冷暖；再慢慢走向大地的葱茏，体察植物的繁盛盎然；最后伫立在历史的城垣之上，感慨岁月的沧桑旷远。视线一步步开阔，表达一层层清朗。这种由内至外、由低向高的引领，既展现了作者的情感张力，又巩固了全书的递进架构。

《荒原纪》无疑是作者投入笔力最多、倾注感情最深的一辑。作者对文字的娴熟掌控，使之在真切的叙述中静水深流，使汹涌的波涛隐匿在细节之中。其中一篇《荒原之上》对其外婆的刻画尤为深刻。把一个生活在四川西坂坡农村七十五年的老人，从山清水秀的富庶之地带到干旱荒瘠的西北小城，外婆对故土的眺望引我们深刻思考生命的坚韧和脆弱。作为悲剧人物的大姑，是这篇文章的痛点。一个拥有美好爱情的女子，即使以命相搏，绝食抗争，最终也未能冲破牢笼。她侍奉老人，照顾弟妹，直到病魔缠身、油尽灯枯，才了却孑然之身。大姑的坎坷身世和令人唏嘘的一生，体现了作者对小人物命运的真情关照和悲悯情怀。在《消失的红柳花》中对小学同学翠萍抑郁自杀的故事里，在《雪在飘》中对父亲的徒弟嘎子的终身未娶故事里，作者都倾入了心血，用平视的目光关注他们命运的跌宕。这是一些浮在生活水面奋力划动双臂的人：有的人体力不支，沉溺到水底；有的人顽强不屈，艰难地前行。底层的苦难，彰显了生命的真相；奋进的过程，提升了人生的意义。

　　对父亲真挚的思念一直流淌在作者的血脉里，并贯穿于《荒原纪》所有篇章。亲情是文学作品永恒的主题，虽易引起共鸣，却很难写出特色，因为几乎所有作家都写过父母。对写作者而言，亲人之失是彻骨之痛，如何让个体的情感达到共性的认同，是亲情类作品成败的关键。我想，好的作品除了有与众不同的细节，还得有非同寻常的表达。作者在这方面完成得很好。当兵复员的父亲识文断字、精通机械，能写会画，又懂乐器，由于性格耿直，加上出身不好，不愿在农村浑浑噩噩耗却一生，因此在 20 世纪 60 年代中期离开四川闯荡新疆，才会与同样出身不好，从四川离家出走的性格坚定的母亲，相遇在乌鲁木齐火车站，才有了他们一生的刻骨铭心。

作者又通过对家人的关爱呵护、对生活的乐观畅达、对徒弟的真诚宽厚、对工作的钻研敬业等诸多细节，向我们呈现了一个父亲的高大。对作者而言，这种"高大"是一个孩子对父亲的仰视。我们能从中感受到的，是那一代人在时代的背景下，为了新疆的稳定和发展，所奉献的无怨无悔的青春，所绽放的微弱却坚定的光芒。父亲这个人物突破了个体象征和亲情窄巷，成为一种具有普遍价值的精神意象。

《草木辞》一辑中，作者笔调陡然轻松起来，毕竟花草果木既能调配出五彩缤纷的视觉，又能调动起丰富美好的情感。作者把坚韧的红柳与小人物帕提古丽联系到一起，让这个被维吾尔大妈收养的汉族弃婴感受到了人间大爱。在《木兮，木兮》一文中，作者把沙枣花与木合代尔有智力障碍的汉族妻子联系在一起，为了救一个落水的孩子，丢掉手中的沙枣花，跳进湖中，却再也没有出现。沙漠植物的芳香与普通人品质的高洁相得益彰。《菜园》一文里，那对眉目和蔼的老夫妇的菜园里蔬菜丰盛，然而人走后土地荒芜凋敝——读者可在对比中感受人与物的依存关系。

若把《荒原纪》和《草木辞》看作现实主义的创作，《关山越》则无疑是浪漫主义的表达了。作者总能从眼前的残砖断瓦中窥视到历史的风云。从有限的史料里查找不到过多文献时，反而会激发起作者天马行空的欲望。在《喀依古往事》一文里，作者把自己当作陶片、城垣和河床，在一千多年的时光里畅游，与美丽的赛罕姑娘联袂拼出一个上古的传说。在《关山越》一辑里，作者站在温宿破城子夏特山谷中，面对空空荡荡的山野，仿佛看见了两千多年前细君公主的和亲队伍；在远古和当下的时空里找到了人类共通的情感——思念和爱。让我们为历史的无奈而喟叹，为今天的强盛而自豪。在《齐兰之恋》一文中，作者以柯坪县的齐兰古城为依托，幻想出尉头国这个西域三十六国之一的古国的繁盛与浩大。古今对比，感悟岁月的苍茫与世事的无常。

这部作品具有很强的文学审美性和价值引领性：其一是文辞隽永，凸现了作者对文字把控与淬炼的功底；其二是情感细腻，彰显了作者对故事裁剪与浓缩的技艺；其三是想象丰沛，展现了作者对历史文献检索与利用的能力；其四是引经据典，借古诵今，蕴含了作者在唐诗宋词等传统文化领域深厚的学养。

这些文字，自带温度。当这样的温度一点一点渗透时间的皮肤，你就能看到那些走远的往事复又出现了。它们与我们鲜活地互动，同我们携手抵御时而寒冷的季节。

是为序。

熊红久

2022 年 9 月 28 日

熊红久，新疆维吾尔自治区文联党组成员、副主席，新疆作家协会副主席，著名散文家。

目录

第二辑 草木辞

第一辑

荒原纪

荒原之上

一

外婆窝在后窗下的一把旧藤椅里，身子蜷成一团，像一只昏昏欲睡的猫。

那是一扇老式木窗，四方的窗棂被漆成深红。窗玻璃上留有雨水的痕迹，显得有些脏污。窗外，稀稀落落地扎着几丛芦苇，经年的干旱使得它们和外婆的身体一样，瘦削而单薄。若是伏在窗下，透过芦苇的叶隙，能看见远处横亘着的一片荒原。外婆清醒的时候，会久久地凝视荒原，仿佛一尊雕塑。

那是一片真正的荒原。漠灰色的大地被一条条洪沟和土塬分割得凌乱不堪，红柳依托灌木的优势占据了一些有利地形，将根牢牢地驻扎下去，梭梭树和骆驼刺匍匐在坑坑洼洼的坡地上，卑微地吸附大地深处那点儿可怜的潮气。所有植物上都蒙着一层尘土，仿佛一万年没有沐浴过雨水。若是仔细观察，沟隙里风吹不到的隐蔽处还藏着灰白色的碱壳，掰下一块，用手轻轻一碾，立成粉末，扑簌而下。偌大的土地，附近只有一条勉强被称作渠的小河沟。倘若老天垂怜，能降几场雨水；倘是天不作美，从年头到年尾，植物们只能耷拉着脑袋，和那些沟沟坎坎们一同等着被焦渴死。

　　父母将家安在了荒原西面工厂旁，四面光秃秃，除了屋后不成章法的芦苇，连棵大树也没有。每天，太阳从荒原的东头升起，照亮整个大地，缓缓地将时间一点点晒干，再从西边杨树的梢头落下。没有大树，龙卷风成了这里的常客，风暴之眼里常常裹挟着枯枝、落叶和说不清的物体，如同鬼魅倏忽来去。荒原上也有一条小路，那是附近抄近路的人踩踏而成的，坑坑洼洼，尘土飞扬。人烟稀少，寂静，使这里成为蜥蜴的天堂。那些触感敏锐的小东西藏身在乱蓬蓬的骆驼刺或是梭梭树丛里，行人路过时发出的一丁点细微的声响都能令它们惊悸逃窜。那是外婆来时的路。

　　父亲赶着借来的马车，载着母亲和外婆风尘仆仆地穿过荒原时，正是清明过后。那年，七十五岁高龄的外婆怀着忐忑的心情，在她二女儿，即我母亲的陪伴下，从四川青衣江边的一个小镇奔赴南疆。远去的故土，日暮的苍凉，来日已无多。谁愿意背井离乡呢？然而外婆却在风烛残年之时踏上了这条艰难之路。坐在火车窗边的外婆沉默不语，耳边咣当的火车声掺杂着母亲无力的宽慰——南疆很干燥，没有四川盆地多雨的潮湿和冬天的阴冷，您老人家的关节炎就不会犯。夏天的夜里很舒爽，小风凉丝丝，睡觉格外安逸；入冬了，家里点个煤炉子烧火墙，暖洋洋的，一点儿也不冷，刨下来的炭火还可以用来烀洋芋，烀熟了又面又甜，巴适得很。外婆到底信没信我母亲的话，大家已无从得知，但她心里明白，故土难回，终究是不争的事实。

天那么蓝，阳光那么明媚，戈壁那么宽广。在家乡西坂坡生活了大半辈子的外婆从未见过如此寥廓的天地，她的脸上浮现出兴奋的神采。然而，很快，她的情绪就黯淡下去了。那一路的戈壁，怎么走也走不完啊！惆怅像漫漶的海，湮没了外婆的心。她又开始止不住地思念家乡的青山绿水。然而，她并无退路，她的老屋，已在她出门前易了主。"胡马依北风，越鸟巢南枝"，愿意与否，外婆终究在荒原尽头安定了下来。陪伴她的，除去屋外一条贪睡的大黄狗，便是后窗外的荒原。白天，父母上班，大黄狗趴在院门边的狗窝里酣睡，外婆蜷在里屋的旧藤椅上鸡啄米似的打瞌睡。她清醒的时候，伏在已被母亲擦拭干净的后窗下，透过芦苇的新叶隙，眺望春天的荒原。可荒原看上去还是冬天的模样，萧瑟依旧。外婆久久地伏窗东望，直到两眼酸胀。

午后，外婆坐在后窗下的旧藤椅上，戴一副镜腿断裂、缠了白胶布的老花镜，慢吞吞地挑一笸黄豆或是豌豆，挑花眼时便瞧瞧窗外的荒原，絮絮叨叨地讲她的家乡事，譬如老屋后葱郁的竹林、坝子前青汁绿叶的橘子树、坡地里漫天的红薯田，甚至灶房旁猪圈里那头乌漆漆的肥猪。她滔滔不绝地诉说着家乡的物事，说那竹林里葬着我外公，有树有水好荫凉，日后她离世了也要葬于那块宝地；说橘子枝条密密地杵在窗外，抬手就能够着橘子，剥了皮一咬，满嘴汁水，蜜一样；还有红薯，挑红心的吃，又甜又糯；还有三月天的油菜花，层层叠叠开在山坡上，美得像画；还有用自家红薯喂大的肥猪，春节前宰了，挂在灶房梁上熏成腊肉，别提多香了。

可外婆现在住在远离家乡八千里的荒原尽头。这里没有葱郁的竹林，没有绿油油的橘子树，更没有藤蔓连天的红薯地，灰突突的院子里甚至连一株草都长不出，只有南窗下父亲侍养的三五盆菊花潜滋暗长。吃猪肉，只能到肉摊上去买，至于杀年猪、熬猪油、打猪血汤、爆炒猪肥肠，简直想都不要想。

二

5月，窗外的芦苇开始疯长，密密匝匝，几乎遮了大半个窗子，仿佛家乡的橘子园。外婆的眼中也映入深深浅浅的绿，眉头舒展了许多。7月，荒原附近那条清浅的渠边开满了罗布麻花儿，一串串，像满树的粉铃铛，散发淡淡的香气，引得蜜蜂、蝴蝶终日在花丛中嘤嘤嗡嗡。是的，荒原终于有了些微颜色，那些疏落的红柳丛被染了淡淡的雾粉色，骆驼刺像刺猬一样耸成团，枝丫上缀满了细小黄色的花儿。但那仍是季节的颜色，和荒原无关。有时候，外婆挂着拐杖蹒跚着绕到后窗外，去荒原上走一走，闻闻罗布麻花儿的清香。她嗅着鼻子，满脸陶醉，仿佛嗅着家乡的栀子香和茉莉香。

大暑过后，夜渐凉爽，天一日短一线，很快便宣告立秋到来，随后是白露、霜降，节气无声地变换。一天天，一月月，一年年，那些颜色新鲜了又黯淡了，四季周而复始地轮回。荒原并没有明显的变化，一切还是那么寂静、凄清。

雪后，窗外北风呼啸，灶台里木柴呼呼地燃烧，炉火通红。父亲在火墙两头拉起一根铁丝，母亲将洗好的衣裳搭上去。衣裳立刻被滚烫的火墙烤得湿气弥漫，洗衣粉的清香随着湿气不安分地满屋子乱窜。我在灶台下翻烤土豆，外婆又窝在里屋后窗下的藤椅里，嘴里唠叨着什么。我知道，她一定又想起了家乡的那些物事，那些我的耳朵几乎被听出了茧子的物事。她唠叨着，失神地望向窗外比夏秋时节更为萧瑟的荒原，突然就缄了口，愣了会儿怔，而后悠长地叹了口气。透过窗外枯黄的芦苇叶，是大片的荒原，越过荒原，正是外婆来时的路；路的另一头，翻越天山的雪，穿过嘉峪关的古城墙，跋涉几千里路，就是她的家乡西坂坡。一条漫长的路，两头是截然不同的风景。外婆昏黄的眸子里映照着家乡的风景：黛色的青山、葱郁的竹林、开得如火如荼的红杜鹃。她的耳边，知了声铺天盖地，黄鹂鸟歌喉婉转；她的鼻息之中，栀子和茉莉香得透心脾。

外婆的双眼被家乡的如芒细雨淋得湿漉漉，她不禁闭上了眼睛，任那细雨在眼眶里流转，那么清凉。她睁开了眼，绿茵茵的家乡忽然遁去。她的眼里现出一片荒原。没有竹子，没有杜鹃和栀子，只有远处的沟沟坎坎里七零八落的旱生灌木，如同烧火的枯枝，在天光下的颜色皆是干涸到极致的土色，宛如盘古开天辟地时的黄土。她的耳中，知了突然齐刷刷地缄了口，只余如同风声的炉火呼呼地燃烧。那情境，满是"人言落日是天涯，望极天涯不见家。已恨碧山相阻隔，碧山还被暮云遮"的伤感。

在边城生活不到两年时，外婆得了奇症，肚腹终日鼓胀，吃喝皆无滋味，只是熬日子。周身不舒服的外婆常常央求父亲推她去院外晒太阳。我在周围玩耍时，时常看见父亲陪外婆坐在院墙外一座敦实的老杨树桩上，絮絮叨叨地度时光。那树桩自我幼年时便默默地扎在院墙边，不声不响，日晒、雨淋，竟也未见朽去，无人知晓它曾度过多少春秋，只见它身上一圈圈的年轮。隔壁秀芳婶曾坐在树桩上纳鞋底，一些青年曾将它当桌子打扑克牌，我曾和发小阿木趴在树桩上玩翻牌游戏。那截面的年轮已磨得发亮，数不清多少圈，但我知道我外婆足有七十八岁。

外婆卒于七十八岁。她在荒原尽头的那幢砖房里和我们整整生活了三年。临终前的日子，外婆被疾病消耗到枯瘦如柴，已不能下床，但仍时时要父亲将她抱到后窗下的旧藤椅上，这样她便可以窝在厚厚的棉垫子上，像从前一样眺望远方。顺着她的目光望去，芦苇的叶隙里，荒原的尽头是太阳升起的地方。那儿是她来时的路。她的眼中，泛着距家乡八千里的荒原上白花花的碱壳印，轻轻一碾，立成粉末，扑簌而起，障了外婆回家的路。

可外婆的后半生，又何曾不是荒原！在她诞下我二舅后，我从未见过的外公意外早逝。身后无大树可遮阴凉，外婆独自养大了几双儿女，直到熬白了青丝，最后来到远离家乡的荒原，在对家乡一草一木的无尽思念中油尽灯枯。到终了，她的魂魄依旧留在了荒原，终究没能葬在我外公沉睡的那片青翠的竹林——她心目中的风水宝地。

三

母亲曾说，外公祖上是大户，传下了不少家业，庭院几进，良田千亩，光景是相当的殷实，但后来因为家中男丁染上了大烟瘾，先人的福荫渐渐散了，身家便逐年败落了下去。少年时，大抵是小说读多了，我对此事极为好奇，总觉有诸多传奇；然而，但凡想盘问个究竟时，母亲总是讳莫如深，缄口不言，若是搅缠再问，脑门上少不得收获几个响亮的爆栗。其实，母亲不说，我也猜到一二，单就外婆白皙细腻的皮肤、裹成粽子似的伶仃小脚、临近耄耋仍依稀可见的姣好眉眼，以及端碗时翘得优美的兰花指和行事时的端庄姿态，便想得出当年深宅大院的风光景致。可岁月放过谁？跌跌宕宕几十年，日子终究是把一块繁花似锦的沃土熬成了寸草不生的荒原。

外婆一生共育六个儿女——二男四女。女儿中，母亲居次，因不爱说软话，在外婆身前并不讨喜，后来又早早离家去了新疆，山高路远，通信又不畅，外婆几乎就淡忘了她还有个二女儿。然而，就是这个不讨喜的女儿，自顾不暇，渡得一番苦光景，临了为外婆养老送终的却是她，这一度曾让外婆愧疚不已。母亲生于1942年，一生命运多舛，颠沛流离，然而，诸多劫难皆以她柔弱的手臂撑了起来，她从未屈服。母亲幼年时，外婆家的光景还算过得去，于是她有幸借得先人的福荫，在七八岁时随着我两个舅舅读了几年私塾。母亲天生聪慧，几年的私塾学习经历外加勤奋，识文断字能力在当地女子中实属凤毛麟角，是有名的才女，又适逢新时代，提倡女子入学，至及笄之年，遂被录入当地女子师范学校，扎扎实实接受了三年专业教育，算是正宗的科班生。

1964年春天，母亲决定出走新疆。原因不外有二：一是受家世影响，在谋业和婚姻上受了一些打击；二是出于一个青年女子对草原牧歌和自由生活的憧憬。性格中自带几分男儿气的母亲，一直有个策马江湖的侠女梦。据我大姨说，外婆诞下的四姊妹里，最有才气、最能干、最要强的当属我的母亲。我曾见过母亲年轻时的照片，齐肩的黑发，目光清澈，嘴角微抿，气质沉静，衣着风雅，一件黑白条纹毛衣搭暗色开衫，衣襟边缀一朵小小的花蝴蝶结，面相柔美婉约，装扮相当有文艺范儿，令彼时仍为丑小鸭的我艳羡不已。然而，不爱江南爱边塞的母亲，在家里六兄妹中，经历是最为坎坷的一个，离开家乡后，一生恶歧之路宛如长夜，漫漫无边。

彼时，全国范围内的自然灾害刚刚结束没两年，家乡西坂坡的春天绿得像泼了颜料样浓稠，竹林摇摆得像海浪，密密匝匝的红薯藤蔓连天。脸上刚刚褪去菜色的母亲一边喜滋滋地哼唱着她在女子师范学校时重庆同学教她的西北民歌《在那遥远的地方》，一边悄悄地做起了奔赴新疆的打算。清明刚过，母亲便向外婆摊牌，说要去新疆谋生。彼时前往新疆谋生活的人如过江之鲫，大抵是听说了新疆地广人稀，自由又好渡光景，遂纷纷奔了去。外婆自然是竭力阻拦的，然而母亲的倔强她是领教过的，心若有系，磐石难移，这世上怕没有谁能做得了她的主。争战几日，外婆终究没能拗过母亲的决心，无奈地擦着眼泪，目送她纤细的背影消失在坡下的橘林边。

逯一时之强去了新疆的母亲并未想到，此去竟是山高水长，再无归日。家乡终成故乡，"衣杵相望深巷月，井桐摇落故园秋"，待二十年后再回西坂坡，却物是人非，自己已然是他乡客。所幸，在乌鲁木齐火车站，母亲遇见了我那丰朗俊逸的父亲。父亲退伍军人的标致形象和一手行云流水的好字，令母亲一见钟情，两人一路相互帮扶，颠沛流离，一直到入了夏，才在南疆的某座小城安定了下来。他们先是双双在南疆的某工厂谋了事做，有了住所，随后水到渠成，喜结连理，并在婚后的五年间先后诞下四个儿女。其实，当初母亲离家，只是想出去闯荡一番，见识下世面，顺便平复下心情，或许就回了家乡西坂坡，嫁个好人家，相夫教子，过着寻常女子波澜不惊的小日子，却不料与父亲相遇，情窦暗生，结为夫妻。或许天意如此。母亲在遥远边城的一片荒原边安下了家，寒家贫窑，生儿育女，永远失去了回家乡的机会。那些年，终日为六口之家奔忙的母亲已然遗忘了她早年的侠女梦。她所向往的草原离边城并不遥远，百十里而已，然而，劳于生计的她早已失去了当初的心境。她甚至从未有过时间去欣赏近在咫尺的荒原上渠边盛开的罗布麻花儿。没有女子是不爱花的。即便刚烈倔强的母亲，也曾在衣襟边缀过一朵小小的蝴蝶花。

四

荒原之边，孤零零地耸立着一个巨大的烟囱，仿佛怪兽之口，终日吐着滚滚的浓烟，但它并不能阻拦太阳的升起。午后，太阳高悬在烟囱上方，炽烈得像火，照亮荒原，照亮烟囱旁的一排排旧砖房，照亮屋子的南窗。窗外，父亲的三五盆菊花已萋萋成林，正待孕蕾，成了清寒日子里的一份期待。窗里，父亲在桌边摆弄他喜欢的机械零件，拆拆卸卸，目光专注。

父亲并非新疆土著，而生于四川的乐山大佛脚下一个静谧的小村庄，十九岁参军，退伍后来到了新疆。60年代的军人身份，是很令人艳羡的。父亲不仅有文化，还写得一手好字，在机械方面更是悟性惊人，在人才匮乏的年代堪称凤毛麟角，是完全可以在部队展望锦绣前程的。我曾经很好奇，他为什么会来到辽远而风沙弥漫的南疆——因为我一直喜欢青山秀水的江南，总是一厢情愿地希望自己也能出生在父亲的美丽家乡四川。

我曾经就此问题问过父亲不下十次，父亲总是避而不答。父亲健谈，喜读野史，腹中永远有讲不完的故事。儿时，我们四兄妹常在晚饭后围坐在煤油灯前，听父亲讲历史故事：项羽的破釜沉舟，赵匡胤的杯酒释兵权，诸葛亮的草船借箭，等等。我们听得津津有味，父亲讲得激情四溢。然而，对于父亲来南疆的因由，他始终缄口不谈，一度成为我青少年时期的不解之谜。直到多年以后，父亲离世，母亲才道出原委。

性格决定命运，果然是经过无数事实验证过的真理。父亲天性耿直，又好打抱不平，但凡看见不公正、不顺眼的事，就会挺身而出，慷慨激昂一番，因此屡屡违反纪律，服役将将期满就被打发回了原籍。因为名誉不好，父亲回乡后，只得务农。但要父亲守在我奶奶跟前，做一辈子躬耕垄亩的农民，养猪、薅草、种红苕，再在合适的年龄遵从父母之命娶个邻村本分的姑娘做老婆，生儿育女，无声无息地熬日子，直到老死，一向心高气傲的父亲自然不甘心如此。然而，世代农耕，不种地又有什么出路呢？这导致父亲沉闷了很长一段时间，出门遇到村里人是决不肯言语的，就连回家亦很少和我奶奶说话。郁郁寡欢之余，他常常挟一支香烟，不是倚在奶奶家堂屋的门边，就是立在村口那棵枝叶繁茂的黄桷树下，在袅袅的青烟中遥望远方。杨柳村那片小小的天空根本束缚不住父亲那颗驿动的心。从复员回家那天起，他就没断过出走的心思。

父亲以破釜沉舟的气概做出去新疆的决定时，已是清明过后。他不想惊扰任何人，或许也是担心我奶奶阻拦，连我大姑都没有说，就暗自打点了行装，只留下了在部队时攒下的几十块津贴，于翌日黎明悄悄离开家，搭乘了前往成都的客车，又于当天傍晚登上了前往乌鲁木齐的火车。父亲此去并没有料到，自己竟魂丧边城，被葬在了他乡！

这世上，有多少遗失了故乡的人啊！就如同我颠沛半生的父亲，那时年少轻狂，只是挥一挥手，就轻易道别了亲人，道别了家乡坝子头的那棵黄桷树，步履轻盈地上了路。总以为不日将鲜衣怒马、衣锦还乡，却不料他搭乘的生命列车只有征途没有归途。在呼啸的火车声中，故乡渐行渐远，一路追随他的，只有缥缈的烟火气中夹杂的儿女的啼哭、亲人的埋怨，和人世的尔虞我诈。满腔的热情，唯有借五十三度的苞谷烧在肺腑之中熊熊燃烧。临了，也只能切切地拽着远道而来乡友的衣袖，殷殷地问询"君自故乡来，应知故乡事，来日倚窗前，寒梅着花否"，聊解思乡之情。

母亲嫁给父亲时，正是如花美眷。他们两情相悦，却不料人间苦多。当年告别家乡时的"昔我往矣，杨柳依依"，待到二十年后，已是"今我来思，雨雪霏霏"，理想与现实完全对立。父亲在世时，一家人在工厂的光景不可谓不苦，但母亲的内心是丰盈的。她常常坐在北墙边的织架下织地毯，十指穿梭，像飞花。她的心仿佛夏日的原野，在阳光下黑得发亮。原野边，柳枝婀娜地摇曳，杨叶亲密地触碰，蜜蜂"嘤嘤嗡嗡"地追逐，蜻蜓透明的翅膀也闪闪发亮，绿草新鲜，野花烂漫，稻谷饱满得直不起腰，它们争先恐后地覆满母亲心田。然而，天意弄人，生机蓬勃的原野却骤然消失在一个夏日的黄昏。那个黄昏，残阳如血，绚丽得让人发慌，父亲肺疾突袭，口喷鲜血，毫无预兆地倒在了母亲脚下。

父亲在五十二岁那年意外病逝。父母从结缘到相爱、相守，同甘共苦二十余年，早已感情深厚，形同血脉。亲见爱人瞑目，竟束手无策，母亲痛不欲生，伏在父亲床边，整整三天水米未进，悲泣从号啕到无声，眼泪从滂沱到枯竭，几乎哭到脱了相，气若游丝，哽咽如将死之人，在场者无不为之落泪。父亲病逝前几年，外婆先逝去，母亲也曾守在榻前，目送亲人离去。然而，十年不到，不幸再次重演，人生何其苦厄。

父亲逝去，母亲的恶歧之路就此铺开，再无良夜。她和她的母亲一样，命运给了她们如出一辙的残酷——本夫妻和睦，却皆于一夜之间茕茕孑立，先后成寡母。从那时起，母亲心上的原野迅速沦为荒原。天色阴霾，风沙弥漫，荒原之上，杨柳倒伏，枯叶漫天飞舞，蜻蜓折翼，蜜蜂归巢，绿草迅速萎去，玉米、稻谷皆碾落成泥，皱纹如蛛网瞬间爬满母亲的面颊。那一年，我只觉母亲骤然衰老，老态尽显，仿佛摇摇欲坠。可那年她才不满五十岁啊！漫漫长夜，昏黄的灯下，母亲呆坐床前，无声地缝补，盛暑之时再无人摇扇，寒夜之中再无人为她披上一件毛衫，露深更重再无人低声询问是否饥渴。后窗外的芦苇依旧年年绿了又黄，渠边的罗布麻花儿已绵延成片。儿女们慢慢地成年，个个都有了归宿，唯独母亲如飘萍，她内心的原野早已草木成灰，再无人如父亲那样知她心中凄寒，慰她心间，为她种下萋萋芳草。

以母亲的学识，在当时堪称才女。然而，自古才女多苦厄，代代朝朝皆有悲情人，即便一代才女宋代词人李清照，亦不能幸免，如母亲一般的平常女子又如何扳得开命运的枷锁。想那李清照出身显贵，十八岁嫁夫赵明诚，婚后琴瑟和谐，其幸福可从诗词中体会："理罢笙簧，却对菱花淡淡妆。绀缕薄冰肌莹，雪腻酥香。笑语檀郎：今夜纱厨枕簟凉。"本该白头偕老、共享天年，但世事难料，靖康二年，金破汴京，掳走徽、钦二帝，酿就了历史上著名的"靖康之乱"。李清照夫妻一度背井离乡，后夫君赵明诚不幸染疾病故。此后李清照再无宁日，后半生颠沛流离，最后客死他乡。晚年的李清照曾在一个阴雨绵绵的清晨，倚在浙江金华一座破败小院的窗檐下，将愁绪寄于诗词，"风住尘香花已尽，日晚倦梳头。物是人非事事休，欲语泪先流。闻说双溪春尚好，也拟泛轻舟。只恐双溪舴艋舟，载不动，许多愁"，将其内心的苦闷表现得淋漓尽致。可以想见，在李清照写下这阕著名的《武陵春·春晚》时，她对亡夫的思念和对未来的迷茫。即便过去了漫长的八百多年，母亲丧夫后的心境也如出一辙。

母亲拉扯着四个儿女，艰辛地跋涉，她渴望有朝一日与父亲相见，再不分离。可那么多的人间事又牵系着她的心，她只能不知所措地立在荒原之上，茫然四顾，竟无处可去。

外婆逝去二十年后，当年她曾日日眺望的荒原，一点点、一点点被果园湮没，红柳、梭梭树、骆驼刺消失在浩荡的绿海之中，荒原抛弃它曾经的凋敝，焕发新生。那条清浅的渠已然成为一条宽阔的人工干渠，渠边罗布麻花儿像粉色的铃铛开得烂漫。离外婆的墓地不远，一条宽阔的马路泛着青光，那是外婆当年来时的路。父亲曾沿着这条路，赶着一驾马车，载着外婆和母亲，风尘仆仆地穿过荒原。然而现在，故土难回的外婆，再也看不见家乡漫山遍野的油菜花和藤蔓连天的红薯，吃不到香喷喷的年猪肉，她的身旁是孤耿一生的父亲的葬身之地，粗糙的水泥墓碑上描红的字迹早已模糊不清。那些立碑的儿女们，依旧在曾经的荒原之上跋涉、跋涉，我守寡半生的母亲却将走到荒原的尽头。

光阴弄

一

我曾亲见一座老屋的消亡。

祖母在世时，一日，突感自己阳寿无多，遂着人将她的家乡杨柳村唯一的家产，即一幢民国时建下的老屋，均分给了三个儿子。那老屋，原为祖上传下，已有近百年历史。排行老五的父亲，分得一间约二十平米的屋子，说是灶房，亦兼仓库。因多年未曾修葺，光阴的痕迹深重，外墙被四季雨水冲淋，白灰星星点点地剥脱，斑驳得像祖母覆满老年斑的面颊。屋内因常年烟熏火燎，四壁漆黑，头顶的房梁上不时掉落一两条通体乌黑的毛毛虫，在脚下拱来拱去，骇得人心惊胆战。老屋虽旧，主体尚坚固，清理下亦可入住，但已在新疆安家多年的父亲并无居留的心思。祖母谢世后，父亲顺手给属于他的那间灶房兼仓库上了一把大铁锁，便携妻女回了塔里木，不再过问。

世事从来无常，不遂人愿，谁也不曾料到，父亲此去，竟山高水长，再无归期，将一缕魂魄永远地留在了塔里木。多年后，我陪母亲回杨柳村代父祭祖，才见幼年时曾生活过一年有余的村庄已陌生到面目全非，多年未见面的姑妈和堂兄们竟是

"儿童相见不相识，笑问客从何处来"。而那间属于父亲的老屋，早深陷于杂草之中，摇摇欲坠。屋子外墙的白灰已完全剥脱，裸露的砖石之上覆满青苔，百十条青藤沿墙缝蜿蜒攀爬，步步相逼，竟自门缝攀进屋子，让这屋子仿佛神话中的森林小屋。最令人心惊的是，当年屋旁一株幼榕，历二十年光阴，已然为老树，紧靠山墙，扶摇直上。许是老树根系盘根错节，不断延伸掏空了地基，山墙微有倾斜，看上去摇摇欲圮，但仍苦苦支撑着。门，布满虫眼，早失去原木的本色，深深浅浅，四季的风霜，显而易见地渗入木髓。锁，仍是父亲当年上的那把铁锁，二十年无人光顾，锁扣已锈到几乎一拧就断。推门之感生涩，门框早已变形，吱哑声刺耳。小心翼翼地推开门，屋子里一股浓烈的霉腐之气扑面而来，像是发酵了许多年的味道，熏熏然几乎让人窒息。满地潮虫出没，来来去去，一双小鼠惊惶地四处奔逃。定神细看，一侧墙壁上一道状若闪电的裂缝里赫然盘踞着一只朱红色蜈蚣。壁上本就乌蒙蒙的墙皮，早泛潮掉落干净，却又反复生了霉，来来去去，依旧乌黑一片。立在脚地，还未及细看屋顶梁完好与否，瓦片破损与否，忽听轰隆隆一阵惊雷，震得屋子似要坍塌，屋顶亦似有活物扑簌而下，骇得人不由仓皇而逃。

那屋，被闲置了二十年，无人眷顾，终是被光阴遗弃了。

杨柳村以南，一个晒秋粮的坝子里曾有座大石磨，是村子里公用的，据说已有上百年历史，石磨露天无遮挡，终年日晒雨淋，许是汲取了那天地之气，竟显出一幅很是威重的样子，沉稳地杵在坝子边上。记得少年时，我曾在祖母膝下承欢，那石磨闲置时，我常和小伙伴们攀上磨盘嬉玩；夏秋时节，杨柳村的乡亲们收了玉米或麦子后，亦习惯用其磨面。石磨硕大，不知为哪个蹩脚石匠所制，四壁粗糙，坑坑洼洼，凿子的痕迹像花纹，遍布其上。年岁久了，许是老了，这粗糙的石磨磨出的米面不再精细，颗粒粗得难以入口。石磨百年，终有一缮，村人遂请工匠重新打理。那日，几位壮汉合力将上磨盘搬起，准备重新打造，瞧热闹的我慌忙凑上前细看，发现那磨面之间的沟槽经百年不息的磨合竟几乎平复。那石磨，磨的并不曾是玉米、小麦，分明是光阴啊！

父亲年轻时在塔里木上工，惯用一把铁锨，原木的柄光滑润手，配以铁铸的锨头。父亲隔几日便有用处，总不闲置，铁锨便终日银光闪闪，立在南窗下，通体闪烁着冷峻的气息，仿佛不怒自威。我曾偷偷扛着它和小伙伴们去挖一种地被植物的根，吮吸它甘甜的汁水。锋利的铁锨终是伤了我的脚。我殷红的鲜血流淌在银光闪闪的锨锋上，仿佛赋予了它新的生命，令我以为这把血祭的铁锨永不会生锈。然而，父亲谢世后，铁锨终是被闲弃了。它缄默地躺在一堆杂物中，旧桶、灰铲、斧头、破雨鞋、芨芨草扫帚，皆是与它不相干的物件。它足足躺了近二十年。我发现它时，它卧在厚厚的尘土之中。柄，已被虫蚁驻空；锨头，已锈死。我握起脆弱的锨柄，轻轻地铲向地面，甫一接触到地面，那锨头竟瘫软如烂泥，迅速委顿了下去，独落下满地黯红色的锈壳。

一条路，若是被人遗忘，便也被光阴关照。那路面本是寸草不生，被车轮轧得光滑，后来因为某种原因，车马改道而行，路便渐渐地废弃。某日，一场来自草原的大风挟着草籽萧萧而来，草籽飘飘荡荡，恰好落在地面的缝隙里，暗暗地积蓄力量，默默地等待雨水的时机。后来，某个春日或是夏日，一场期待已久的雨水终于滂沱而至，那草籽便拼了命地吸吮雨水。它在深夜汲白月光的精气，在正午借太阳的光芒，在一个霞光万丈的清晨爆裂出一株纤细的苗，并迅速地伸展，萌发新枝，直到长成一株真正的野草或灌木。而后，千万株芽苗澎湃而发，像海潮席卷一条路。路，终于湮没在茂盛的绿波之中，彻底消亡。倘有一日，有人记起一条曾走过千百回的路，勾起某种情怀，寻了去，却芳草萋萋，再也找不到路的起点。

我一向畏惧光阴。若借老子之言，它与"道"相通，皆"迎之不见其首，随之不见其后。执古之道，以御今之有，能知古始，最谓道纪"，光阴确若无形之手，杀人不见血，却又伤及五脏，寸断肝肠，令人痛彻心扉，却又束手无策。光阴一旦向前，便永不回头，款款而行，貌似漫不经心，实则冷酷无情，无坚不摧；一路遇山开山，遇石碎石，逢渊而越，过水则涸，入茂林而不徘徊。于是，光阴之下，百年、千年、万年，皆弹指而过，但凡荒废了，凋敝了，便倏忽而去，再无回头路。故此，古人多有慨叹，"一寸光阴一寸金，寸金难买寸光阴"，"劝君莫惜金缕衣，劝君惜取少年时"。

那人，便加倍爱惜了光阴；可那光阴，却不肯放过谁，仍是四处逡巡着，虎视眈眈着，手持一方巨大的印玺，总欲在事物之上扣上"光阴之印"四个大字，将万物死死封在光阴的谶语之中。谁能逃得过这方印记呢？大到河流、山川、朝代，小到一屋、一人、一针。十年，未有大变。若百年，河流、山川依旧，朝代或有更替，那屋或已为废墟，那人或已作古，那针多半已锈迹斑斑。可待到千年、万年，那山便再也不是当初的那山，或许分崩离析，或许临渊可履；那水也再也不是当初那水，或随百川涓涓入海，或滴水无踪，泽国为涸，譬如罗布泊。

你见着光阴之下谁人能得保全呢。

1964 年，母亲初至塔里木之时，眉目姣好，黑发如漆，发际边尚别一枚小小的发卡，身着一件月色的衫子，腰背挺且直，清纯得像四月梨花，令父亲一见钟情。然而，我十九岁那年，父亲意外辞世，母亲肝肠寸断，从此再无欢声。此后十年光阴里，我日见母亲的衰老。先是黑发。我见母亲染霜那日，正是盛夏，一缕阳光映在母亲的发间，一根银丝闪闪发光。我心隐痛，轻轻上前拔去那根银丝。拨弄头发，却发现数十根银丝藏在那黑发中，如原上离离之草。光阴不息，三年、五年，母亲的背日渐驼了下去，仿佛背负了一个无形的包裹，柴米、油盐、寒衣、疾病、儿女，它们沉甸甸地负在母亲背上，压得她血脉不通、心肺淤滞，我一女儿之身实在无可奈何。再以后，皱纹就像胡杨的根系四下攀爬，牢牢地吸附在母亲的面颊之上，再也不曾褪去。

我知晓那是光阴赋予她的印记，光阴看得见母亲这一生的苦难，但光阴并不怜悯。它依旧决绝地向前、向前、向前，直到将风烛残年的女人推到生命的荒原之边。

光阴还主宰了我的思想。少年时，我意气风发，"长风破浪会有时，直挂云帆济沧海"，临渊而不惧，无所而不为，给我一个杠杆，我敢撬动托木尔峰；青年时，我低吟"念去去，千里烟波暮霭沉沉楚天阔"，终日沉湎于爱情的美好而不可自拔；中年时，我在镜子前抚摸我已不再漆黑的长发，"而今听雨僧庐下，鬓已星星也。悲欢离合总无情，一任阶前点滴到天明"，喟叹人世的悲凉，命运的多舛。是的，一场场关于光阴的杀戮，将少年的理想、青年的幻想沉淀为中年的无奈和暮年的苍凉，让曾经的豪情和壮志陌生到了无痕迹。

"最是人间留不住，朱颜辞镜花辞树"是对生命的哀叹，是对光阴的挽留。可千百年来，谁又能留得住光阴呢？世间万物无不臣服于光阴，它犀利如剑，锋芒如刀。那些青年的、蓬勃的、娇嫩的、坚硬的、顽固的、意气风发的、豪情满怀的，一旦触及锋芒，皆迅速地化为衰老的、萎靡的、粗糙的、腐朽的、脆弱的、一蹶不振的、日暮途穷的，甚至沦为齑粉，灰飞烟灭。

光阴的浩博，无与匹敌；光阴的伏击，无人得胜。

二

那座曾经喧嚣的驿站已沦为一片残垣，绵亘在浩瀚的塔里木盆地，挨过了两百多年。我曾立于城墙极目远眺，此起彼伏的断壁群落望不到边际。

其北面，状若土丘的齐兰烽燧与它遥遥相望。关于齐兰古城的年代，官方定论为清代，但久存争议，我更倾向于汉唐为始、清代复二次加固的民间论点。齐兰烽燧则确定始于汉代，雄踞塔里木两千多年，绵延至今，经久不圮。无关历史，无关硝烟，古城与烽燧皆为夯土建筑。它们身上充斥着塔里木漠风和雨水的痕迹，那些最初的坚固和棱角已被摩挲到圆滑，仔细触摸，竟似有柔润之感。一些细碎的红柳和匍匐的骆驼刺，见缝插针地从某处断残墙或某个缝隙冒出头来，勉强带来一丝温情。不足十里的距离，隔着风、隔着雨、隔着雪，两两相见，却不可及。

我不知晓它们何时会彻底坍圮，化为塔克拉玛干的一捧黄沙，又历一场劲风，重生为一株挺拔的胡杨或如烟似雾的红柳，用遒劲的根系牢牢地驻扎，与大地生生不息；但我可以确定，即便曾经回响在丝路之上的驼铃、号角和扶摇云霄的烽火狼烟，早已湮没在光阴的长河中。然而，那些荡气回肠的故事和传说，诸如张骞、玄奘的西行之路，细君和解忧的出塞之旅，仍会在光阴层出不穷的推断、考证中逐日丰满。

距齐兰古城千里之遥的罗布泊沙漠中，曾隐藏着一座巨大的墓葬。它便是闻名遐迩的小河墓地。四千年艰辛而漫长的历史，赋予了它无穷的想象；倾国倾城的小河公主的重见天日，更令它神秘莫测、迷雾如缕。和中原墓葬的坚固、精美、浩大、绝伦相比，小河墓地简陋如斯、荒凉如梦，甚至难以称之为墓。然而，事物若简陋到极致，便是恢宏。君不见，万顷黄沙皆为墓室，千年胡杨皆为墓棺，百杆枯木皆为墓志，历千年风摧雨蚀，终危而不朽。美丽的小河公主纤长的睫毛仍清晰可辨，其迷人的微笑定格四千年仍令世人为之倾慕，深藏沙海的胡杨船棺木质依然紧致如初，状若图腾的枯木仍直立不朽。

这是光阴的陪葬。光阴无疑是万物的主宰。它滚滚向前，一百年，一千年，一万年。曾经的丝路驿站齐兰古城中那些川流不息的车鸣马嘶和悠荡的驼铃声，夕阳下弥漫在古城上空的烟岚，夜晚人家窗下如豆的烛光，以及深夜睡梦中的呓语和鼾声，皆无影无踪。那些人们赖以生存的蜗居和曾经水草丰茂的家园，无不在光阴的饕餮大口下，荒敝为一片无边的残垣和断壁。

光阴亦是公正的。在小河墓地，它曾俯身细细端详小河公主的旷世容颜，美丽的公主只要向光阴微微一笑，它便臣服于这足以羞花的微笑之下，怦然心跳。当然，那一刻，它亦在踌躇、在彷徨、在犹疑、在决断，它深知它的使命，是洗刷、是荡涤、是消弭，甚至是毁灭。可它是光阴，是万物不可阻挡的光阴。它最终仍是将那迷人的微笑湮没在无边的沙海之中，怅然而去。好在，千年以后，在光阴的悲悯之下，劲风厉厉，吹散黄沙，小河公主终得以重见天日。

那一刻，光阴亦不经意地留下了它的密码。

1929年春，四川广汉西北鸭子河南岸的某个村庄，一条水渠蜿蜒流经村民燕道诚家的田垄。正是春灌时节，水渠淤堵，燕道诚正携子清淘疏浚，他们的锹碰到一块坚硬的石板。石板下有深坑，数不清的玉器在其中沉沉酣睡。乍见天日，玉器自惊悸中苏醒，在阳光下慌乱地散发出青幽冷寂的光芒。那一刻，它们知晓，关于它们身世的秘密再也无法隐藏；那一刻，燕道诚父子并不知晓，他们掀开的这块大石板，竟雪藏着光阴的密码。破译了它们，人类将穿越三千年时空，见证一段辉煌、神秘的历史和古文明。

一扇沉重的光阴之门缓缓打开，一段尘封的历史即将重现。

1934 年春，华西大学博物馆馆长葛维汉、副馆长林名钧组成科考队，对燕家水沟附近区域进行正式发掘。随后，1955 年，四川省博物馆再赴广汉进行二次发掘，但均浅尝辄止，并未有惊世之说。直至 20 世纪八九十年代，这座名为"三星堆"的遗址方始被大规模连续发掘。自此，一段段关于光阴的秘密，在人们的逐一破译中始见端倪。

2021 年秋，三星堆遗址再次震惊世人，精致、精美的青铜神树和青铜面具散发出阵阵神秘的气息，令举世瞩目。

更令人意想不到的是，这些神秘的青铜物件中竟隐藏着上古传说。

奇书《山海经》中记载："汤谷上有扶桑，十日所浴，在黑齿北。居水中，有大木，九日居下枝，一日居上枝。"其所述扶桑与三星堆出土的青铜神树形态无一不吻合。而"西北海之外，赤水之北，有章尾山。有神，人面蛇身而赤，直目正乘"，其描述亦与青铜纵目面具如出一辙，更有青铜鸟、青铜人首鸟身像等物件皆可在《山海经》中逐一得到印证。

光阴的密码再次被破译，一段雪藏三千年，甚至可能在夏朝之前的古文明，传说中的古蜀国之神秘历史，渐见天日。纵目人、黄金权杖，以及那些至今无法解释的奇异物件，如同《山海经》中漫无边际的神话传说，其背后隐喻的故事渐次明朗。

光阴的密码，若有心之人，皆可得见。沿著名的温宿神木园下行，道路东侧一列石山，因鲜少泥土附着，寸草不生，极是荒芜，但若沿某个豁口进入，所见所得，定将颠覆你的认知。

那豁口深入不足一百米，竟宛如古生物博物馆般斑斓多姿。那是一座化石山。那些自然崩塌的巨石之上，皆嵌有形态各异的海洋生物，浑圆的蠕虫、花纹仍清晰可辨的扇贝、尖角的螺、形似蜘蛛的海爬虫，这一切仿佛固化的海洋，活生生见证了此山原本栖居深海之下的事实。

海涸山出，聚为天山山脉耸立云天，其中海洋生物于亿万年后皆为化石印记可鉴。可那造山的惊天伟业之力自何而来？

请问光阴。

沿木扎特河上行，往夏特古道方向，河道两岸群峰叠嶂，峭壁林立，在一面几乎呈九十度角的、如刀削斧劈的崖壁之上，古岩画赫然其上，远望渺小如雀，但努力分辨，仍可辨出人形、走兽、飞鸟等类，线条简洁流畅，刻痕极是清晰。岩画并不稀奇，但令人称奇的是，这岩画所在处距谷地约二十米高度，其所在崖壁，下半部浓暗色，仿佛油膏入骨，浸出深褐的颜色；而上半部，则是山崖常见的浅灰，深浅对比鲜明，好似山的裙腰，很是奇特。无疑，此处亿万年前亦曾为汪洋，至几千年以前，海水渐退，山川破浪而出，古人遂在崖壁刻下岩画，以作印记。后经考证，属实。然而，万顷汪洋又作群山，敢问为何？

再问光阴。

三

人大多畏惧光阴，实则是畏惧光阴可使人衰老，畏惧它像燃烧的香柱一点点蚕食人的生命。从人出生那天起，光阴就随其左右，以肉眼可见的速度扼杀人的生命。故此，从远古时起，无人不试图留住光阴，甚至多有荒诞之举。然而，光阴却总如漏网之鱼，倏忽便自指间滑落，不仅逃得无影无踪，并顺带着掠走你拼命想留住的那些物事——青春、美貌、激情等。

据《史记·秦始皇本纪》记载："因使韩终、侯公、石生求仙人不死之药。"你瞧，连不可一世的秦始皇亦想寻求不死仙丹，留住光阴，保生命万年长呢，更何况凡人。然，他保住否？

公元前219年，一行人旌旗猎猎，华盖蔽日，浩浩荡荡地前往山东半岛。这行人的领头者正是秦始皇，巡游山东半岛是他久已有之的夙愿。此时，这个中国历史上名声赫赫的君王已完成灭六国、华夏大一统的伟大事业。在他的治理之下，原先诸侯割据、各自为政的乱象已得到根本改善，书同文、车同轨、币同衡已形成统一的认识，社会秩序井然，一个前所未有的新时代刚刚揭开帷幕，君王正志得意满，虚荣心和权力欲正膨胀到极致。然而，如同饱暖思淫欲，眼望锦绣河山，皇帝夜不能寐，日日思谋如何长命万万岁，将这打下的江山执掌万万年。

那一日，秦始皇在巡游途中立于船头眺望大海，海面雾气缭绕，云蒸霞蔚，远远地看见恍有岛屿若隐若现，仿如仙境，兴奋的秦始皇立刻着人来问，此为何岛。一位名叫徐福的当地方士趁机进言，称渤海湾存三座仙岛，名为蓬莱、方丈、瀛洲，自己曾有幸亲上仙山，得见仙人指点，王所睹之岛或为仙山之一。秦始皇不由心潮澎湃：仙山必有仙人，仙人必万年不死，不死则手中必有长命仙丹，正是余所梦寐以求矣！遂嘱徐福速寻不死仙丹。那徐福多半是信口开河，真假参半，只想讨皇帝的欢心，然而，天子一言九鼎，不可不遵从，徐福只好携了秦始皇精心选配的一众童男童女，乘船前往渤海寻找仙丹。那徐福开初倒也履行职责，在海上四处漂泊，打探仙山和仙人的下落，可惜无人知晓，仙山只是个缥缈的传说，仙人或许自身难保。日久，仙丹未寻到，徐福早已疲惫不已，却又不敢回朝复命。他深知，以秦始皇的暴戾，若空手回去复命不啻送死，不若破釜沉舟，逃离吧！不日，遂领一干童男童女消失在浩渺的渤海。

多年以后，一位叫李白的诗人高声吟唱："海客谈瀛洲，烟涛微茫信难求。"你看，过了漫漫八百余年的光阴，这瀛洲仙山仍是百姓口中渺茫的传说，可闻不可见。

徐福跑了，踪影全无，秦始皇无奈，仙丹不得，长生无望，又该当如何？只得再寻良策。所谓良策，即是修筑一座史上前所未有的皇陵，烧制大量战车、战马、兵马陶俑作为殉葬，以保死后在阴间仍能手握兵权，位居皇权，一统阴界。荒诞否？荒诞。据说丞相李斯为筑皇陵，足足耗时三十九年之久，秦始皇殉葬兵马俑数量多达七千余件，实实令人咋舌，可见权利之欲、诱惑之深。

一代枭雄秦始皇终究未能长生不老，他所不舍放手的权利终究也未能延续。光阴从未因谁一厢情愿的阻拦而驻足不前，它始终俯身疾行，乘风破浪，一往无前。那些曾经让人为之钟爱、憎恨、怀念、犹疑甚至抗拒的事物，在光阴的流转之下竟转而被厌恶、宽恕、遗忘、坚定接纳。

所谓光阴，实则是事物不断发展、变化的过程，旭日东升、落日西斜、斗转星移，一清二楚地告知你时间的推移。一朵玫瑰从开放到凋萎，你可以清楚地看见花瓣一片片舒展开来的微小过程，若是用心，甚至能听见窸窸窣窣花开的声音。一个生命从指甲盖大的一团血肉开始孕育，母亲能够深刻地感知胎儿将子宫一点点撑大的幸福；一对夫妻新婚时买的一把厨刀，用了十年、二十年，从锋利到老钝，多是光阴的磨砺；甚至一座山的崛起，那些深陷在石头里已固化的鸟兽鱼虫，皆在暗示你它们亦曾在浩浩深渊中自由地遨游。

万物畏惧光阴之时，光阴亦予万物以重生。2019 年 9 月，一场浩浩荡荡的山火席卷澳洲。大火延续时间之漫长，前所未有；火势之猛烈，简直所向披靡。这场大火足足烧了四个月，近六百万公顷林地被烧毁，近五亿动物不幸身葬身火海，生灵涂炭，入目处皆为焦土，仿佛人间炼狱。即便没有目睹，单从记者发回的一张张触目惊心的现场图片和视频，便能真切地感知到这场史无前例的惨绝人寰的灾难。

大火过后，澳洲最美的野生动物观赏点袋鼠岛已满目疮痍，曾经的苍翠四野仅余黑色和灰色，失去了袋鼠们嬉戏的身影。岛，已沦为一座死亡岛。摩哥动物园的青草坪上，曾经安逸地四处漫游的梅花鹿，正在熊熊大火旁惊慌失措，不知所往。美丽的澳洲蓝山被烧到寸草不生，宛如洪荒。

生命的逝去，如此痛彻心扉，令地球为之动容。

当人类以为在有生之年将再也看不见那些美好的风景，并悲伤地哭泣时，光阴赋予了它们生机。2020 年早春，那些曾经被大火席卷过的已为焦木的森林中的一些树木，竟在光阴的治愈之下渐次苏醒。那些被烈火焚烧过的树木通体乌黑，仿佛失去生命，然而树干之上一些凸起的节间却悄悄地萌发芽苞。那些芽，鲜嫩、蓬勃、清新得仿佛从未经历过那场横祸。而后，更多的芽吐蕊，更多的新叶蓬发，甚至在焦木之上绽放出娇艳的花朵。它们前赴后继，庄严地向大地宣告，一棵树乃至一片森林的重生。

给生命以足够的时间，它一定能找到蓬勃之路。

这是变幻的世界，变幻的光阴。倘若一日，世界陷入无边的混沌，太阳、月亮和繁星遁入宇宙的黑洞，天空永如最深沉的夜，再无黎明；清晨的鸟语、盛夏的花香、变幻的云、澎湃的江水，甚至流动的血液、分解的细胞，一切生命的悸动，庞大或细微的，皆完全蛰伏、消失。无疑，那失去了变化的时空中，光阴将不复存在。是万物、是生命、是事物千姿百态的变化，赋予了它存在的意义。

若从哲学角度谈论，光阴其实是意识的某种约束，一旦开始，便永无终结。一个生命的消亡，必将由另一个生命取代。光阴是一场场无法阻挡的流逝，亦是一次次周而复始的轮回。所有人以为它结束了，其实它一直在默默地潜行。

是的，我们终将在一场场光阴里新生、衰亡。那个让你铩羽而归的，一定是光阴。那个让你绝处逢生的，永远是光阴。

万物以光阴为始。尊重光阴，敬畏光阴，亦不惧光阴。

大姑的并蒂莲

父亲谢世后，那对曾夜夜厮守的枕套，终落得两两分隔的命运：一个端端正正卧于母亲的床头，一个歪歪斜斜倚在我的床帮。光阴在棉布的经纬之间层层叠叠地发酵，将三千多个黑夜牢牢吸附。经年的汗水和泪水，使得枕面最初的皎洁已被浸染成黯漠的乌黄，只有一对玉立的并蒂莲，在早已失去光泽的红丝线的交织中亲密地纠缠。

多年前，父亲携妻女奔赴家乡五通桥探亲时，带回了这对枕套。它是与父亲一母同胞的大姐，即我的大姑亲手绣制的。我曾亲见大姑捧着叠得整整齐齐的它们，郑重地交到母亲手中，母亲也一样的神色凝重，双手平举，恭敬地接过。

我并不理解她们将一对枕套的交接变得如此有仪式感的原因。一对棉布枕套并非贵重之物，街市之上杂货铺中信手可得，一水的机绣，花色繁多，价格低廉，莫说在家乡五通桥，即便是僻远的塔里木，也不乏兜售。可那一刻，初谙世事的我竟洞见了大姑脸上的悲伤。那年，大姑刚过四十，正是暮春之年。若是普通女子，此际仍可如透熟的蜜桃，桃尖嫣红，桃汁甘甜，并散发出醇厚的果香。然而，在大姑身上，我完全看不见成熟女子如蜜桃般的风韵。一件深蓝色的土布罩衣并不合身，将大姑娇小的身子包裹其中；一条不分性别的灰色长裤出奇肥大，使她的两条腿松垮垮地杵在脚地；鞋，是塑胶底的黑盘扣布鞋。一眼望去，大姑和杨柳村寻常人家的婶娘们并无二致，装扮虽素简了些，可浑身上下干干净净，象牙般的肤色被齐耳的黑发衬得愈发光洁，凤眼似有含怨，双眉微蹙，薄薄的嘴唇抿得紧紧，虽有一股子说不清的愁苦之气，但青年时的秀丽仍清晰可见。

彼时，以至暮春之年，大姑仍未出阁，被杨柳村的老少乡亲们揶揄地唤为"杨家老闺女"。我很是不解，大姑此般美丽，甚至比村子里的那些婶娘们好看得多，怎会嫁不出去？我曾好奇地问奶奶，可话音方落，自爷爷谢世后就哭瞎了眼的奶奶竟似复明，以迅雷不及掩耳之势，准确地在我脑门儿弹了一个响亮的爆栗。我疼得当场流下眼泪，龇牙咧嘴地去找母亲说道。母亲却也无言，只是用手替我揉了揉痛处，重重地叹了口气，嘱我以后莫再多问大姑之事。

我从未见大姑笑过。我知道她笑起来一定很好看。可大姑那一脸愁苦仿佛镌刻，从未卸下。白昼，大姑像一阵风，脚不停息地忙碌。天色未霁，她早已烧火煮了红苕喂饱了两头乌猪，而后准备一家人的早餐；等到饭后收拾爽利，又踩着露水下地务农活儿；到中午，再背着一背篼沉甸甸的猪草回来烧午饭。母亲看不过，婉言劝奶奶，大姑毕竟是女子，体力有限，粗重农活儿是否可唤小叔来做。奶奶一翻白眼，道："她不做哪个做？老闺女养来就是伺候一家子的，不然在娘家白吃白喝吗？"母亲无言以对。

夏夜，天幕黛蓝，一弯蛾眉月安静地悬在山边。月色朦胧，像雾一样漫漶，菩提山黑黢黢地参差伏地。山下，杨柳村大多人家都熄了灯，只有坝子头的一棵老榕树下，一扇半掩的窗子还在散发出黄晕晕的光，显得格外醒目，那便是我奶奶的家。那夜，我和大姑睡西厢房。雨季潮湿，夏夜闷热，山区的大蚊子像战斗机一样在我耳边聒噪，我辗转难眠，在蚊子的嗡嗡声中隐约听见有人轻轻地叹息，似有无限心事。

我悄悄坐起，望见大姑伏在窗下一张旧茶桌上动也不动。我轻轻走过去，立在大姑身后，却见她正握着一个浑圆的绣花绷子，就着一盏乌蒙蒙的老油灯，默默地用一缕红丝线绣一朵并蒂莲。

那是一个白棉布枕套，一对将开未开的并蒂莲已被绣好一朵，大姑正在绣另一朵，虽未完工，却看得出针脚的细腻和绣娘的精湛手艺。花朵红嫣嫣的，泛着光，在油灯下竟似要绽放，很是逼真。我静静地看，大姑竟未发现。夜风乍起，隐秘地穿过奶奶家屋后的竹林，我听见竹叶热忱地悸动起来，回应风的造访，那风却在杂乱的窸窣声中迅疾遁去。屋后，受惊的夏虫此起彼伏地"嘘嘘"鸣叫，坝子里的看家犬睁着惺忪的睡眼，用乌浊的"呜呜"声表达不满。大姑抬起头，用手中的银针将了将垂发，从窗子伸出头去，轻声地斥詈。秋虫仿佛听懂了人语，息了声，适才还在发威的家犬亦倒地复眠。大姑微微地吁出一口气，轻轻地关了窗子，回头，却见我立在身后。她一身月色的衫子已洗到如纸薄，仍是白生生，灯下，脸衬得皎洁，如同窗外的月儿。大姑惊了一跳，方眉头高挑，却又迅速矮去，眼睛一弯，嘴角上翘，对我微微一笑。那笑，那么美丽，我从未见过，我竟痴呆了去。我问大姑："姑，你这么好看，怎不给我找个姑父？"大姑的笑容顿时匿去，眉头紧蹙，双眼耷拉，愁苦之色再度涌现。她伸手抚抚我的额，嘱我小孩莫多思想，速速睡去。我乖乖地躺下，灯光下，却见大姑的眼中似有萤萤泪光。

多年后，我陪母亲回杨柳村代父祭祖，再度回到奶奶家的老屋，坐在当年大姑曾经夜夜女红的西厢房窗下，这寂夜绣娘的场景竟恍如昨日。大姑用一缕红丝线，一针又一针地穿起无数个深夜。她的青春和年华，化为一朵朵含苞待放的并蒂莲，定格在那些月色般皎洁的枕套上。无人知晓，那些深夜，她的泪水有没有浸润在美丽的并蒂莲上，她的心事有没有被窗外的月儿洞悉。那张旧茶桌，已然摇摇欲坠，辨不出颜色；桌边再也无人握着一个浑圆的绣花绷子，用心地绣制一对并蒂莲枕套。窗外，坝子头那棵枝叶繁芜的老榕树，依旧绿茵茵地伸展开去。大姑仿佛一阵风，她那裹在肥大罩衣里的娇小身影在鸡鸣、狗吠、奶奶的呵斥声和漫天漫地的烟火气中进进出出地穿梭着。

站在菩提山上远眺，隐见白雾弥漫，时有汽笛长鸣。杨柳村即在不远处的岷江边，村民们世代在此晨钟暮鼓，繁衍生息，过着与世无争的日子。岷江四季水流滔滔，蜿蜒远去，挟新鲜而来，携腐朽而去。但当地的繁文缛节多得出奇，我不幸的大姑便惨遭荼毒。

大姑生于民国时期，彼时新思潮宛如清流，女子尤其受益于此，不需缠足，婚姻自主。然而，这股清流对于封建余毒深入骨髓的一众遗老们而言，却不啻颠覆了他们的认知。他们惊恐万伏，仿如妖孽入侵，纷纷封门堵户，竭力阻挡新思潮的涌入。很不幸，在这群人中，我奶奶赫然在列。奶奶、外婆和母亲，三个女人在某件事情上的遭遇惊人的相似，那就是中年守寡。只是外婆和母亲仍在各自的世界里努力挣扎，即便将自己熬到油尽灯枯，终究是在心之原野上开垦土地，埋下了几星寄托，养大了几双儿女，得以走出漫漫荒原。

据二姑说，爷爷谢世时，还不到天命之年，时年奶奶正值暮春，夫妻二人感情甚笃。爷爷的意外逝去，于奶奶不啻如坠深渊。她哀悼亡夫，抑不住地连日恸哭，却不料悲伤过度，累及双眼，后又日夜思念远在他乡的五儿，即我父亲，不时泪水潸然，便渐渐地失明，性格渐为乖戾。此前，奶奶共诞下九个子女，夭折三子，存活三男三女。曾祖父夫权思想极为严重；曾祖母在家中并无地位，一生恪守妇道，行事甚微，凡事皆依夫意。轮到爷爷这一辈时，不仅将此前家规一一训诫于女儿、儿媳，并让她们日日诵读《女戒》，至代代贻害。故此，奶奶重男轻女思想更是深入骨髓，在爷爷逝去后，眼看家道中落，自身又失明，家中杂务无人操持，盘算着身前已有三子，并无传宗接代之虞，就强将大女儿留在了膝下，终生不允出嫁。据说，在杨柳村一带，确有这样的规矩：家中若有两个女儿，长女可不予出阁，只留在家中侍奉父母、待客、营务庄稼，直到老死，也不得踏出家门。

听闻这荒唐的陋习，我心惊不已。我秀丽的大姑当年也曾历二八青春锦绣年华，竟然因为封建余毒戕害一生不婚，不仅品尝不到爱情的甜蜜，更享受不到为人母的乐趣；且待有朝一日父母皆去，始得自由，她也多半人老珠黄，心如古井再也难起波澜。彼时茫然四顾，身边兄弟姐妹各自有家有子，其乐融融，只有为娘家奉献了大半生的自己孑然一身，若是有一日沉湎病榻，天可怜见，身前连个端茶送水的人都不曾有，何其悲惨！我越想越觉惊恐万状，头皮发麻，只暗自庆幸，生在自由平等的新时代是一件多么幸福的事。

好在大姑的两个亲妹，即我的二姑和小姑，皆嫁了人家。小姑排行最末，也是运气最好的一个，未被陈规陋习荼毒，便赶上了新时代，嫁了个好婆家。不只光景好，夫君亦待她关爱有加，得以儿女膝下，一生周全。二姑也嫁了人，可她的人生却如月亏，并不圆满，因婚后多年未育子嗣，遭婆家百般羞辱，无容身之地，数次回娘家哭诉，欲离婚，可皆被奶奶以有失娘家名节为由断了念想。奶奶且扬言，若非她入了土，否则她生的女子死也要死在夫家。可在婆家已无容身之地，二姑只好寄居在小姑家。幸运的是，小姑父心地善良，不仅不嫌弃她长住家里，并许诺将来若二姑老去，可令其次子（即我的小堂弟）为她送终。

姐妹三人中，小姑最为幸福圆满；二姑虽有缺憾，可也算体会过婚姻百味，且有我堂弟，暮年也不至孤苦无依；唯独大姑，自小遭陈规陋习戕害，一生不婚，孤独终老。可是，这世间事唯有一个"情"字难解。哪个女子不怀春？哪个女子遇见心仪之人不情窦暗生？即便曾被《女戒》思想熏染入骨的大姑，亦不能免俗。大姑在花信之年，也曾遇见自己喜欢的人。那年，村里的媒婆为大伯说了一房媳妇，据说打理家务、营务庄稼皆是一把好手，奶奶喜上眉梢，大肆张罗着要给儿子打一套新家具，好迎娶新媳妇，遂请了隔壁村子一个木匠来家打制。那木匠刚过而立之年，妻子因身子羸弱，诞下一子后不久便撒手人寰。这木匠彼时正孤家寡人，住进奶奶家后，大姑每日端茶送水，有时也相帮着洗两件衣衫。二人皆是这世间的苦人儿，一来二去之间竟暗生情愫，偷偷地倾诉衷肠。可一对年轻人的相爱，那么多的蛛丝马迹，就算木匠意图掩饰，但大姑脸上藏不住的神情、眼里遮不住的光被旁人瞧在眼里，流言蜚语很快漫天席地，更有人暗地里告知了奶奶。奶奶果然是当得了家的妇人，虽双眼失明，却胸有成竹。她不动声色地待木匠打完了家具，将账结清，尔后背地里着人给了木匠一笔钱，暗示他莫要打自家女儿的主意，否则后果自负。那木匠当下便怂了，拿了钱迅速跑路，甚至不及与大姑道别，便再无音信。

多年后，母亲复提此事，长叹一口气，说那年大姑喜欢上了木匠，想嫁过去，但奶奶坚决不允，大姑百般乞求。可奶奶是谁？是家中说一不二的人物。岂容自家的黄花闺女给人做了填房？想都不要想！大姑无奈，一横心，竟以绝食相逼。奶奶再强悍，终究是做母亲的人，眼见闺女水米不进，心中多少有些犹豫，小姑又在一旁顺势劝和，奶奶几乎就要妥协。可转念一想，自家在杨柳村也算体面人家，若把清清白白的闺女给人家做了填房，岂不有毁名节？况且，那木匠只遭恐吓了几句，便音讯杳无，多半也是个靠不住的主，倘草率将闺女嫁了去，万一日后横生波折，又该如何。奶奶遂心如磐石，任由大姑绝食，并放言，任闺女死也不允做木匠填房。大姑眼见无望，心如枯井，万念俱灰。小姑费尽口舌劝慰，大姑始肯进食，总算捡了条命回来。可自此，便也萎了下去，偃旗息声，比以往更寡言少语，终日只是围着灶台、几亩红苕田打转。那曾经有过两砣红晕的双颊，再未有过颜色。

那些年，大姑唯一的寄托，便是女红。她夜夜伏在窗下，就着一盏乌蒙蒙的老油灯，手握一个浑圆的绣花绷子，穿针引线，绣了一对又一对枕套，皆是如月色一样皎洁的白棉布，与枕面上清一色的红丝线并蒂莲。在杨柳村，女子自小便学女红，若过了二八年华，便可为自己绣制嫁妆。女子绣工的精致与否，代表其持家能力。我曾仔细端详过大姑赠给母亲的那对枕套，一对并蒂莲栩栩如生，仿佛就要绽放。照杨柳村的规矩，绣艺精湛的大姑任嫁谁家，皆能成为持家能手，倍受婆家青睐，然而她却并不能主宰自己的命运。她绣了一对又一对并蒂莲枕套，给大伯备下了，给二姑备下了，给二叔备下了，给小姑备下了，甚至给远在塔里木的我父亲——她的五弟——备下了，唯独没有给她自己备下。她床头上，那日日与她厮守的枕头，枕芯充装的荞麦壳，内里早已发霉，枕身亦没有绣花枕套，只是撕了一块蓝格子土布旧床单将枕头包起来，再在开口处粗粗地撩上几针。

"明月何皎皎，照我罗床帏，忧伤不能寐，揽衣起徘徊。"可以想见，在后来，每一个月圆的夜晚，潮汐泛滥，大姑亦必定心潮澎湃，辗转反侧，回想自己短暂的恋情，怀念一个薄情的男人。可她再也没有爱的机会了！大姑永远地错过了和一个心爱的男人共枕并蒂莲枕头的时光。她的一生，为他人作嫁衣，却至死也没有用红丝线为自己绣上一对美丽的并蒂莲枕套，为自己披上一块鲜艳的红纱罗盖头。

奶奶故去后，大姑依旧孤身住在祖屋的那间西厢房。屋子多年未修缮，已是破墙烂瓦，又紧挨茅房，十分逼仄。杨柳村恰地处山洼，雨水繁多，那西厢房更是阴暗潮湿。大姑早染风湿多年，饱受病痛折磨，本就苦不堪言，可偏偏一生未婚，膝下无子，无人照顾。她一生辛劳，送走了我爷爷，送走了我奶奶，临暮年了仍孑然一身，只余下一副如同槁木的皮囊。除去烧火做饭和女红，再无一技之长。性格更是谨小慎微，懦弱迂腐，活到几十岁连镇子都不曾出过，又哪里寻得到出路！

于大姑而言，这凋零的人世、父亲的严苛、母亲的乖戾，如枷锁沉甸甸地桎梏着她的一生。青春、韶华、情爱，皆如村外的滔滔岷江水，一去不返。往后余生眼见的凄苦，她只能划着一叶单薄的竹排，沿江顺流而下。"小舟从此逝，江海寄余生"，前路是白浪滔天，是浊浪滚滚，抑或是泥沙俱下，漂到哪里，全无定数。这一生，人人都见她来过；可这世间，又仿佛全然没有她的痕迹。

父亲去世后不久，我曾陪伴已银丝斑斑的母亲回她的家乡南充，母亲执意要去父亲的家乡杨柳村看看他当年住过的老屋。老屋已残破不堪，几十年的烟熏火燎，黛瓦愈加乌黑，可那白墙已然斑斑驳驳，老旧如当年曾被病痛折磨的奶奶。那年，大姑还健在，我见到她时，她已近花甲，一身灰布大褂，面容憔悴，依旧满脸愁苦，眼角、额头皱纹纵横交织，像旱季里皲裂的荒野；腰背佝偻，枯瘦得像干柴，头发近半染白，一个小小的梨型髻松松挽在脑后，说她是七十岁也不为过。然而，即使大姑苍老如斯，其眉宇间仍依稀可见其青年时的秀丽。可又能如何？当年花一般风姿翩翩的女子终究敌不过光阴的谋杀，更抵挡不住世事的残忍。

那日，牛毛细雨像迷雾，沙沙地下，四处湿漉漉，父亲祖屋外的老榕树干净得发亮，树下的石磨旁，大姑和母亲促膝而坐，石磨上的两盏清茶已然凉了半晌，也无人啜饮。两个同被命运碾轧的女人，竟无话可说。母亲凝视着坡下的竹林，竹林郁郁葱葱，绿得发亮。良久，母亲才幽幽地说一句，老五当年去新疆时，那竹林怕也是一样的翠绿吧。"老五"是父亲的小名。大姑抬起低垂的眉眼，并不说话，只牵强地笑笑，松松垮垮的眼皮随着笑容牵拉，眸子浑浊得像雨季的洪水，涣散无光。两个忧伤的老妇再次沉默，陷入各自的往事。她们身旁的老榕树，枝叶葱茏，新鲜如玉。

离开杨柳村后，我再未见过大姑，也不愿打探。大姑一生之孤苦与劳碌，亲人皆知，无须再问。然而某年，得知大姑谢世的消息，我竟无悲伤，仿佛是那根在心中紧绷多年的红丝线琴弦般遽然断裂，被桎梏的琴身刹那舒展，我也刹那吁出一口郁积已久的悱气，甚至产生些许欣慰。这人间，是欢喜，是哀愁。虚度了一生的大姑终究是离去了。

窗外依旧清辉皎皎，明月高悬，难得的饱满和丰润，"辛苦最怜天上月，一夕如环，夕夕都成玦"。这圆月又何曾不是大姑和二姑的一生写照？可天上月已成圆，而她们穷尽一生所祈盼的幸福和圆满，终究是水中月。一个小小的涟漪，便粉身碎骨，再也打捞不得。

　　光阴狰狞地埋葬一切。大姑在万念俱灰的绝望中，用一缕红丝线打发着她如墓地一般死寂的人生。在她逝去多年后，她亲手绣制的并蒂莲枕套，仍在母亲那充斥着樟脑味的衣柜里存放着。没有人知道，那一对并蒂莲凝结着大姑一生的期待。

消逝的红柳花

　　我并不知道，那个像一只折翼的蝴蝶，从"白水城"^①阿克苏某座高楼的顶楼之上訇然坠落的女子，是我曾经的同学兼发小翠萍。我是事后才得知，只是那时翠萍已化为一捧灰烬，葬在了阿克苏东面的陵园，一座高坡之上。那座高坡之侧，春夏时节野花烂漫，果木蔚然，与陵园里的冷寂凄清形成强烈反差。生死仅一束目光之遥，却永不得相见，只有每年深秋，阿克苏独有的苹果香和枣香被秋风送往那些沉默的坟茔上空，小心翼翼地在墓碑之间穿梭、缭绕。那时候才觉得，黑暗中的离人沾染了人间的气息，不致那么悲怆。

　　我并不知翠萍之死的因由，我与她已数年不往来，可早先我们是亲如姐妹的。不来往原因有二：一为她的丈夫心胸狭隘，禁止妻子社交；二为翠萍下岗失业后，沦为家庭主妇，渐与社会脱节，自身亦要面子，总觉失业无颜，羞于抛头露面，便不肯与同学、朋友来往。各家皆有各家难念的经，日子久了，大家遂遗忘了她，每年同窗叙旧，过节联谊，再也无人提及。她就像乡村野地边随风摇曳的一枝红柳，偏居一隅，无人问津，却努力地开出满树细碎的苔花，弥漫着如烟似雾的惆怅，独自

---

① 阿克苏，因水得名，维吾尔语意为"清澈的水"，故称"白水城"。

守望着一方小小的天地，默默地等风，等雨，等晴天。只是，我从未料到，消逝在我视线中的翠萍，竟有朝一日会对人世厌弃到宁肯坠楼也不肯苟且偷生。

我找到翠萍的二姐，一个中年女人，相约在她家楼下的花园见面。那日午后，阳光正好，她面无表情，沉默地坐在我旁侧。她一袭黑色大衣，灰色围巾，白皙的皮肤，细长的眼睛，薄薄的嘴唇，一眼望去，像极了活着的翠萍。我与她并不熟悉，可那一刻，我竟有些恍惚，我觉得那女人分明是翠萍，坐在我身旁，一脸幽怨。可翠萍的确已经死了。

花园里的月季早已香消玉殒，残存的几片枯叶垂头丧气地耷拉在顶梢，一团死掉的菟丝子乱糟糟地缠在花秆上，它们的根部伏着还能看得出原先极鲜润的草，此时皆已枯萎，虚弱地匍匐在泥土之上；而失去了遮掩的土地，像极了翠萍不堪的人生，和她生前万般维护的婚姻。尽管她为此遮盖了一层又一层看似光鲜的锦衣，可仍架不住内里的百孔千疮，使那锦衣吹弹可破。翠萍的二姐，那个中年女人，每说几句便沉默良久，样子像极了一尊雕塑，一尊没有眼泪却将悲伤生动地镌刻在脸上的雕塑。望着那生动的悲伤，我竟不忍再问下去，我能想象到她的锥心之痛。翠萍一生多舛，父亲早年病逝，母亲改嫁后生子，日子亦一地鸡毛，并无暇顾及三个女儿。翠萍有两个姐姐，大姐嫁人随夫回了老家重庆，多年不曾回疆，书信亦鲜少，翠萍多年只和二姐相依为命。人世艰难，光阴向前。眼看姐妹俩先后有了家，膝下皆有了儿女，想来苦水已尽，未来该是看得见的和煦，却不料翠萍嫁人不淑，历了总也历不尽的劫，到头来只落得个阴阳两隔，亲人徒殇，个中悲恸，作流水也淌不尽啊！

从翠萍二姐断断续续的诉说中，翠萍悲惨的婚姻生活像一块被青石板重压的洞窟，一点点、一点点暴露在阿克苏格外温暖的冬阳下。我洞见那青石板下所有的逼仄、龌龊和不堪，我同情、懊恼、愤慨，可又无法言说。那块被挪开的青石板，仿佛堵在我的心口，恰恰好梗在某个血脉之间，进退维艰。咳，咳不出，咽，咽不下，令我呼吸困难。我懊恼——作为翠萍生前的唯一好友，我竟没能尽到责任，没能关心她的疾苦，任她孤零零地在人世挣扎、挣扎。她临死的那一刻，是多么绝望，多么渴望有亲人来拉她一把啊！

翠萍就像一条鱼，孤独地游弋在一条幽深的海沟。那条海沟，就是她不幸的婚姻和一地鸡毛的生活。她的身边，没有海草，没有同类。她的同类，我，和那些同学，皆忙于自己的小日子，无人靠近她，也无人关照她。她独自在一片黑暗、死寂的海水中漫无边际地游弋，艰难地潜行。白日里和摆摊小贩为五角、一元的菜钱唇枪舌剑，回家想方设法寻找儿子自闭症的治疗方法，夜里忍受那个名义上是丈夫、实则视她为女仆的男人旷日持久的冷漠，等等，等等。那些漫天飞舞的琐事，像海水一点点一点点灌进她的肺，逼得她几乎要窒息。最终，翠萍在漆黑的海水中浮沉，拼命地挣扎、挣扎，直到天地颠倒——翠萍终于解脱了。

翠萍的二姐交给我一个日记本。墨绿色的封面，扉页上方方正正地写有"赵翠萍"三个大字。从日期上看，那是翠萍生前最后一本日记，也是她婚后唯一一本日记。内容很凌乱，时间跨度很大，有时几天一篇，有时一两月也无一篇。翠萍在学生时期便有记日记的习惯，每年一本，但因婚后无处存放，很多日记本被她烧了——在她婚前的某个夜晚，我陪她在郊外的一个垃圾堆旁烧毁的。可怜女儿家万千心事，竟付一炬，化为灰烬，沦为尘烟。此后，除去翠萍自己，再也无人知晓那些白纸黑字记录的故事、隐藏的秘密，翠萍彻底遗失了她的豆蔻年华和青春时光。我曾惋惜不已，恳求翠萍莫要烧了日记，可翠萍已没有娘家，连个能够封存她记忆的方寸之地都没有，父亲留下的三间老屋，婚后也将转租。这个世界，留给翠萍的唯一美好，便是那一本本日记，可它们也逃不脱灰飞烟灭的命运，亦如翠萍苦厄的人生，悲惨的结局。

那夜，天幕漆黑，并无星辰，我和翠萍蹲在垃圾堆旁，用一页日记纸点燃了一团火。我们一页页地撕，丢进火中，看着火舌贪婪地舔食着一个个黑色的字符，吞噬下翠萍曾经美好的青年时代。火光中，翠萍通红的脸皆是木然，就像如今坐在我面前的她的二姐。我用木棍拨了拨灰烬，火苗呼起，蹿得老高，险些燎着翠萍低垂的发梢，我吓得赶紧用手去拨弄，翠萍却一动也不动。我将她的垂发撩到耳后，说火要燎着你的头发了，翠萍一言不发，依旧默默地撕日记本。火光中，我隐约看见一串泪珠坠在翠萍脚下一本红色塑料封面的日记本上，摔得稀烂，就像我们谁也没能预料到的她的婚后人生，稀烂得拾也拾不起来。

翠萍的丈夫是她二姐的同事介绍的，是个大车司机，初中毕业，文化无多，出语粗鄙，酗酒滋事，好在家境尚可，家中婚房也早已备下。翠萍时年二十二岁，正值桃李之季，因无学历，只得在某个建筑公司做材料员，风吹日晒，薪水微薄。二姐早嫁了人，她独自守着父亲留下的三间老屋度日，无人问暖，自是凄凉不已，早盼着嫁人，能寻得遮风挡雨之地。遇到司机，也顾不上假以时日深入了解，二人只见过几次面，便定了终身，选了日子筹备婚礼。其实，很多不幸，就像经历极寒的树，早有预兆，能有生机的，五九六九早早就爆了芽苞，如同"春江水暖鸭先知"，看得见的青绿，想得到的往后；可那已殒殁的，即便是"春风朝夕起，吹绿日日深"，亦唤不醒那冻透了的木髓，早晚沦为朽木枯株，碎成渣滓。翠萍的婚姻便是如此。就在婚礼前夕，司机酒兴发作，家暴了翠萍，打得她满身淤青。翠萍并无娘舅撑腰，只得向二姐哭诉，二姐与二姐夫听闻大怒，当场冲过去，一番痛斥之后要求退婚。可两人前日才去民政局办了结婚证手续，若是退婚，虽未举办婚礼，翠萍可仍会落得个二婚的名声。权衡之下，翠萍退缩了，不肯离婚。二姐怒其不争，可也不能过多干涉，只好让司机写了保证书，以后不再过问。

得知此事，我愤慨不已，也忧心不已。翠萍的日子，明眼人皆看得出今后绝无太平，我一力规劝，从来酒多误事，那司机酒后生非，有一便有二，切不可姑息，再者，来日方长，不如先解除婚约，往后再遇良人也不迟。可翠萍只是摇头，说司机平日里脾性尚好，此次家暴也是一时被酒蒙了心，二姐已调解，且保证书在手，料他婚后应会有所收敛。我忧心也是无用，只得眼睁睁看着翠萍嫁入那司机家中。果然，婚后，司机不出车时，一碟油炸花生米，二两二锅头，咂巴着嘴，喝得痛快，可酒后乱性，动辄吹毛求疵指责妻子，翠萍若有顶撞，轻则立刻端起那花生碟掷了过来，重则以脚踹之。日子越久，家暴愈烈，翠萍时时被打到无处藏身，那时也曾向我哭诉过，可我的日子也并非一池无澜。母亲多病，女儿顽劣，我并无多少闲暇去操心翠萍的家事，亦只能宽慰再宽慰。翠萍哭过后，抹去泪水，仍旧回家过老日子。我隔阵儿挂个电话，问候三五句，她也总说蛮好蛮好，遂不再挂念。再往后，各自忙家、忙孩子，联系日渐稀少，直到翠萍下岗后，总刻意避开老同学，电话也总不接听，便彻底断了联系。

说来也怪，阿克苏并不大，不足百万人口，我与翠萍也相隔不远，可总也遇不见，偶尔年节时想起苦命的翠萍，心中有些牵挂，遂挂个电话，可那头总是空洞的忙音，仿佛自幽深的夜空而来。我也曾有埋怨，可后来一想，或许是我们这些同学老友日子过得皆比翠萍如意，进而刺激到她，使得她心中更为苦楚，便不愿往来。这样想来，心中释然，往后便不再打扰翠萍。

见过翠萍二姐的那个晚上，我细细翻看着翠萍留在人世最后的心事，一本墨绿色封面的日记，竟几度落泪。翠萍天生发育不良，身体瘦小，身高只有一米五许，在女子中算是矮小的。翠萍用她不足八十斤的体重，硬生生顺产了一个七斤半的男婴。妊娠期间，她反应强烈，胃口不佳，可为了孩子，逼自己一日四顿强行进餐，将营养皆给了腹中的胎儿，可自己却依旧是老样子，仍是那么小小的一个人儿。生下孩子后，翠萍依旧一日多餐，喝汤，只为奶水充沛，果然，孩子吃得胖墩墩，可自己却失了体形，矮胖若圆球。她在日记中写道："我亲爱的儿子，如果没有了奶水，妈妈宁可让你吸吮我的血液，只要你能健康地成长。"我唏嘘不已，这样一个爱孩子到极致的母亲，怎么就舍得扔下亲亲的宝贝，顾自走了呢？

那夜，我合上日记，坐在书桌前，心乱无眠。正是腊月，窗外少见的大雪正声势浩大地纷飞，像一床撕破的鹅绒被，漫天疯舞，无声地扑打在覆满了风霜的窗玻璃上。我无聊地趴在窗台上，一边数着路灯下的雪片，一边想着翠萍——那个从早到晚像陀螺一样旋转的女人。可她又何尝不像窗外的雪片，飘啊，飘啊，不知从何而来，不知向何而去。

翠萍的日记中也有一段关于雪花的描述："雪花像白蝴蝶一样轻盈地飘落在我的肩上，头发上，睫毛上。我闭上眼睛，像兔子一样竖起耳朵，我竟然听见了雪花飘落的声音，沙沙，沙沙，很欢欣的样子。我嫉妒雪花，它的心里一定没有那么多沉甸甸的东西，否则，它怎么能那么轻盈。可我的心里藏着很多悲伤，就像一条孤独的鱼，挟着泥沙、落叶、虫子尸体和腐败的垃圾，潜行在幽深、黑暗、黏稠的海沟。"这样一段文采斐然的描述，竟然出自并未读过大学的翠萍之手，我一度很是讶异，原是我忘了，翠萍一向是喜欢读书的。我记得，某个暑假，我俩坐在翠萍家门外的杨木上，头挨着头一起读三毛的《梦里花落知多少》，一度哭得梨花带雨。翠萍抽抽搭搭地说，她这辈子一定要找个像荷西那样的男人，否则宁可终身不嫁。可翠萍终究是食言了，她不仅没有嫁一个像荷西那样的男人，甚至潦潦草草就嫁了一个酗酒的大车司机。

日记中零零星星地记录了翠萍婚后的生活，从她结婚那天起，她的时间就不属于自己。它们被拖把桶里的污水和渐次发黄的肥皂泡以旋转的方式一点点分解，被菜刀锐利的刀锋叮叮咚咚地切或是剁成青菜段、土豆丝和饺子馅，被锅里冒着青烟的油噼噼啪啪地围剿，好容易从指缝里漏出的一星半点，还被丈夫和宝贝儿子瓜分得支离破碎。那个所谓的丈夫，据说酗酒时穷凶极恶，可正常时在家中却寡言鲜语。翠萍在日记里写道："他和他的那些车友们在一起时，七八小菜，一瓶伊犁特，话题繁盛得犹如江水滔滔不绝，那些社会奇谈、民间巷事、荤素段子，层出不穷。可是，和我在一起时，这个男人的语言昂贵得就像金豆子，一天到晚也蹦不出几句。"

翠萍甚至在日记里描述了她抑郁症发作时的万蚁噬心："我快要撑不住了，像一摊稀泥，躺在儿子的床上。我甚至迷迷糊糊地在心里比较，是用他的剃须刀片划开动脉，还是吃一大把安定片永远不要醒来，抑或是变成一只美丽的蝴蝶，轻盈地从五楼的窗户飞走。可是，我一想，淌满地的鲜血，定是惊悚，被我儿子看到，会不会留下一生的阴影。的确太血腥了。"

翠萍得的是抑郁症，重度抑郁。那夜，我查了书籍，确定了她的反常的确是一种病。这实在是一种奇怪的精神病——正常的时候，和常人无异；发作之时，不分时机，歇斯底里，很难控制，自杀率很高。我剖析了翠萍得抑郁症的原因：下岗后的自卑、丈夫的冷漠、儿子的自闭、生活的烦琐，等等。它们都成了淹没翠萍的海水。她也曾努力抵制，可并无抗拒，抑郁的情绪，说漫延就漫延，一分一秒都不肯停止。我也查阅了资料，关于抑郁症的调查数据简直让人触目惊心。仅在中国，抑郁症患者即高达九千万，这意味着每一百个人中就有七个人患有抑郁症。而翠萍，不幸成为那七个人中的一员，并且是重度抑郁。我能想见翠萍的孤独和寂寞。她如一条独自潜行在幽深的海沟里的鱼，春风不入，寒彻骨髓。她那样渴望太阳的万丈光芒，可太阳的光芒从未眷顾过她。

翠萍是明晰自己的病情的。她在日记里写道，她去了阿克苏第一人民医院，找到心理医生，确诊了她的病情，的确是抑郁症，也服用过一种叫氟西丁的抗抑郁药，可她只服用了一盒，便终止了治疗，原因是氟西丁很贵，一盒两百八十元。而那时，翠萍已经下岗两年，早无收入，那药钱，还是春节时二姐夫给她儿子的压岁钱，她攒着，一直没敢动。我这才知道，她家的经济皆是由她的丈夫掌管。可怜的翠萍，满心只有儿子，想着儿子将来要读书、要上大学、要买房、要买车、要娶媳妇，花不完的钱，她哪里舍得给自己买药吃啊！

我想起翠萍生产那年，我去探望她，封了一个红包，压在她枕下，我亲见她那丈夫伸手取了去，竟未想到翠萍根本无法掌握自家的经济。早知如此，我该悄悄将那红包交给翠萍啊！我懊恼不已。

翠萍去世前两年，我听某个同学说翠萍的丈夫出了交通事故，赔偿了一大笔钱，我很是揪心，当下挂了翠萍电话，可依旧是空洞的忙音，仿佛自幽深的夜空而来。我赶去她家，门上却挂了锁，敲门亦无人应声。我丧气而回，不死心，再挂电话，仍是无人接听，心中多少有些埋怨——依我和翠萍的关系，不至如此冷漠啊！夜里与家人谈及此事，家人说大车多半有百万保险，翠萍家不至多难为，不必担心。我便释然，自己亦有那么多的琐事纠缠，此后再也未过问翠萍家事。

可谁也不知，翠萍的丈夫，车祸那日车上装运了一车货物，价值不菲，可损毁大半，纵有保险，赔偿仍是差了一截，留下几十万的窟窿，得自己补上。按说那人跑大车多年，也应攒下不少积蓄，可偏说拿不出钱来，说老婆没工作，这些年赚的钱大多拿去家用，威逼翠萍找她二姐借。翠萍无奈，只得觍着脸去找二姐。二姐夫良善，借与十万元。翠萍拿回去，仍不够，丈夫唯恐入狱，又向别处借钱，可借的钱要还利息，窟窿越补越大，直至将车也卖了抵债，才还上借款。而那司机，失了谋生的工具，日日沉湎于酒中，家中开支，只靠翠萍外出打零工补贴。好在阿克苏林果业发达，只要肯干，一年四季皆有活计，用度倒也不愁，只是那司机时时酒兴发作，动辄打骂妻子，儿子亦因父亲暴戾，生性怯懦。

一页页翻看着翠萍的日记，还原着翠萍这十多年悲惨的婚姻生活，我如鲠在喉。我竟不知，在这一片欢歌的人间背后，竟有如此逼仄空间，隐藏着像翠萍一样的小人物，我渐渐明白了翠萍像蝴蝶一样飞出高楼之外时的绝望，婚姻的不幸未能压垮她，儿子的自闭、未来的无望，才是让她万念俱灰的根本啊！

我一夜无眠，读完了翠萍生命中最后一本日记。我的眼泪干了又淌，淌了又干，胸腔之中仿佛有什么东西在撕扯，呼之欲出。我努力地想呼出，可又被梗在心口，憋得透不过气。我拼命地咬住手指，让心渐渐地平静下来。我望向窗外的夜空，雪已停歇，夜空幽蓝。在路灯的映衬下，雪也闪耀着幽蓝的光，干净、美丽。翠萍，她去往的那个世界或许也干净得像这雪夜。

几个月后，正是清明，我邀约翠萍的二姐，牵着翠萍自闭的儿子——翠萍死后，二姐便领走了那孩子——去了陵园，找到了翠萍的墓。她的墓和邻墓一样，皆为黑色，墓碑亦嵌有一张遗照，经历一冬的风吹日晒，略有发黄，但仍然清晰。我凝视着那照片中的女子，她微笑着，薄薄的唇抿得紧紧的，还是记忆中熟悉的那个姑娘，只是脸上多了几分岁月的痕迹。我凝视着微笑的翠萍，心中百感交集，那个爱读书、爱唱歌、爱流泪的女子，就寄身在那狭小的墓地之下，永不相见。

翠萍的儿子，那个自闭的孩子，木怔怔地立在亲娘的墓前，像陌生人。我强将他按倒在翠萍的墓前，磕了三个头。而后，我燃起一炷香，双膝跪立，双手合十，在心中默念：翠萍，若有来生，万望擦亮双眼，托生良善人家，穿好衣、吃好食、遇良人、得好命，万望。我静静望香，那香默默燃烧，透过袅袅的青烟，我竟看见，那光秃秃的墓边上，自砖缝中，竟穿出一株小小的红柳，鲜嫩的芽正喷薄欲出。

纵使相逢应不识

一

有些梦境曾纠缠了我很多年。梦中，黑洞、沼泽、坠落、追踪、烈犬撕咬、亡命追击、惊惶失措，如同背景逼仄的战争剧，纷繁、杂沓、压抑，令人身心俱疲。询过中医，告知是身体原因，气血两亏。我深以为然，买了阿胶、三七粉、西洋参，日日服用，可噩梦依然在三三两两的深夜不期而至。

直到一天，写到一段和父亲有关的文字，许多潜藏的记忆像飓风呼啸而来，在我的心房掀起阵阵波澜，待风平水静，心中方始豁然。那些梦境，的确与身体无关，它们皆因父亲而起。

1990年盛夏的某个黄昏，父亲毫无征兆地离开了我。我懊恼、痛心、悲伤、悔恨，在滂沱的泪水中，各种情绪交织，让我肝肠寸断。我明白，此生我将彻底地失去父亲的庇护，成为没有父亲的女儿，我将再也吃不到父亲做的菜，听不到父亲拉的二胡曲，不能坐在父亲自行车的后座上，像麻雀一样没完没了地聒噪。从那一天起，我一贯踏实的心忽地就弹射升空，再未能在胸腔里安然地跳动。它像一个炸裂的苹果，一根细细的线拽着它，上无依托，下无夯实，无处可安，晃晃悠悠，一悬就是二十年。

父亲走的那天，正是三伏，我正大汗淋漓地捧着半个西瓜，在屋子里用小勺挖着吃。那西瓜口感极好，沙瓤，甘甜又爽口，我每天都要吃半个西瓜消暑。瓜是父亲种的。那时，父亲被单位外派到喀什的一家工厂做技术指导，厂子在郊区，边上有很大一片苜蓿地。父亲知道我爱吃西瓜，就在地头上洒了西瓜种，隔上三两天去营务下。他早盘算好了时间，待暑假我去探望他时，那瓜就熟得将将好。

常听老人说，人离世前大多会有感应，我不知真假，但在父亲走的那个7月的早上，他的确表现得很反常。从小父亲总爱为我洗头，仿佛将洗头当作一件极其享受的事。那天清晨，父亲打好了水，将我搋到水盆边，唠唠叨叨地又要为我洗头。我一脸不情愿，因为头天他才为我洗过，但是父亲坚持一定要再洗一遍，说头天刮风了，头发上粘沙尘了，必须得洗。我噘着嘴，一脸不情愿地坐在方凳上，垂下头。

那天，父亲洗得格外温柔细致，洗完头，边用毛巾替我擦拭水淋淋的黑发，边在我耳旁唠叨："唉，我要是走了，以后谁给你洗头呀！"

我给了父亲一个白眼。一旁拖地的母亲"呸呸"了几下，说，真是个乌鸦嘴，就吐不出几句好话来。那时，我和母亲皆以为父亲的话只是戏谑之言，却不料一语成谶，这果真是父亲最后一次为我洗头。父亲过世后，在我天昏地暗地恸哭过后，我反复咀嚼这句话，回忆他当天的种种反常，方始明白，人在离世前，的确是有预感的。为心爱的小女儿再洗一次头，那根本是父亲在完成他最后的心愿啊！

那天，父亲不只为我洗了头，还不顾母亲的强烈反对，硬是给她也洗了头。其实母亲也是头晚才淋过澡的。等到遂了给妻女洗头的心愿，把一切收拾妥当，看着清清爽爽坐在床边读书的我，父亲轻轻地叹口气，从兜里掏出一把零钱，塞给了我。沉浸在小说中的我漫不经心地将钱揣进了裤袋。却不料，这钱揣在我身上，还未及花掉，当天下午，父亲就走了。

那天傍晚，霞色殷红，异常的艳丽，就像一片洇开的血那么惊心动魄。我刚把一勺西瓜送进嘴里，就见二哥搀着父亲跌跌撞撞地进屋来，父亲口鼻仿佛喷泉一样汩汩地涌出鲜血，与窗外的霞色一样，红得惊心动魄。

我蓦地立起身，手中的西瓜掉落在青灰的地板上，瓜瓤摔得四分五裂，红艳艳地摊开一地，也像窗外的霞色，红得惊心动魄。

父亲匆匆地走了。时隔多年，那片殷红仍在我的心空漫漶。后来，我再未穿过大红的衣衫，直到成婚那天。

深夜，四兄妹为父亲守灵，哥哥们熬不住地打盹，我悲伤满怀，趴在父亲的灵床之边，睡睡醒醒。睡去时，看见父亲神采奕奕地向我走来，我欣喜地伸出手去，父亲却迅疾地后退、后退，忽然消失在清冷的白墙上。我惊惧，呼喊，骤然醒来，只望见眼前发黄的旧被单下，一个纤瘦的人形悲凉地呈现着。

一阵心痛，仿佛一支钻在心中搅啊搅，将心脏搅成泥。

我忍不住掀开布单，看见父亲的脸，暗沉的青灰色，似乎比平常瘦削很多。我仔细地端详，父亲双眼微张，似有不舍，唇亦微启，嘴角残余淡淡的血渍。我的泪水再度滂沱。我用我柔软的洗脸毛巾蘸了温水，小心地为父亲拭去唇边的血渍。父亲依旧不语。一只白蝶姗姗而来，在父亲枕边盘旋。我止住哭泣，目光追随蝶影。蝶落在父亲的额头，静止片刻，而后翩翩离去。我用手轻轻抚过父亲的脸，很凉，没有温度。我不舍地将手离开，却看见，父亲双眼合拢，嘴唇紧闭，一滴泪水从眼角涌出，沿着青灰的面颊滚落耳中。

我激动地喊："爸，你醒了吗？"父亲不语。我再度抚摸他的脸，很凉，没有温度。我知道，父亲真的走了，我永远失去我敬爱的父亲了！我死死握住父亲冰冷僵硬的手，再度恸哭。

二十年后的某个秋夜，无端失眠，遂读苏轼词，翻到那阕《江城子》，当读到"十年生死两茫茫，不思量，自难忘，千里孤坟，无处话凄凉"时，突然就理解了词人的心情——逝者远去，生者永无法相见，将生命的无奈演绎得淋漓尽致。

葬礼过后，我才想起那天清晨父亲塞给我的钱，数了数，一共十六块五毛。回到家，坐在父亲已很久未睡过的床边，攥着那些钱紧紧地贴在胸口，泪水扑簌而下。我手中的钱温热，躺在阴暗潮湿地下的父亲却坚硬冰冷。这十六块五毛钱，成了父亲留给我的唯一念想，我珍藏着，夹在一本王羲之书法集里，一直舍不得花，可惜后来在一次搬家中连同书一起遗失了。

父亲离去次夜，兄妹扶棺从喀什回四百公里以外的家。离开的那晚，明月皎洁，繁星点点，夜空格外美丽，父亲孤独地躺在深红的棺木中沉默不语。

他永远也不能欣赏这美丽的夜色了！

我和哥哥们倚在他的身边，披着星光，一路颠簸。我一夜未眠，手中紧握一袋纸钱，每经过路口或小桥，便默默地扬起一把纸钱。薄薄的黄纸像黄菊，飘飘洒洒，消失在无边的夜色中。我喃喃地对父亲说："爸，我们回家了，过十字路口了，过桥了，您跟着女儿走，莫要迷路了。"

墨蓝的夜色中，我依稀看见父亲瘦削而熟悉的身影，一直追随着汽车，在夜色中飞奔，从南疆之南奔向白水之滨。我甚至看得见他清癯的脸，目光中的不舍，和闪闪的泪光中对儿女的牵挂。我死死地攥住车厢板，生怕自己忍不住跳下汽车。我的泪水仿佛小河，滔滔地流淌，一夜不息。

二

父亲的意外离去，对与他相濡以沫二十余年的母亲而言，不啻日月无光。他们两人自从 1964 年相识、相爱，便在此后的岁月里将命运紧紧地缚在一起。他们感情深厚，共同走过困苦的日子，也会因为生活的琐碎争吵，大半辈子吵吵闹闹，却从未想过分离。母亲也从未预料到父亲会以这样惨烈的方式倒在她面前，这令她无论如何也不能接受。后来，我那一贯刚强得像铁一样无坚不摧的母亲，在父亲的葬礼上竟悲伤得一度休克。

据说父亲和母亲是在乌鲁木齐火车站相识的，但为什么两人要从山清水秀的四川去往彼时仍为荒蛮之地的新疆，我在母亲晚饭后织毛衣或是缝补旧衣衫时和父亲的打趣闲聊中才窥知一二：母亲是因出身不好；我外婆家祖上是当地赫赫有名的地主，家境丰庶，即便到了我外婆那一代，光景依然比大多数人殷实。在以成分论高低的六七十年代，上学、工作、婚姻皆受影响，无奈才去了新疆；而我的父亲，纯属心高气傲，他十九岁参军，退伍后只能回乡务农，但写得一手好字的父亲并不甘心一生为农，在经过一个个不眠之夜的痛苦煎熬后，毅然选择了去新疆谋生。照此说来，父亲和母亲皆是因为共同的目标——去新疆谋生，而走到一起的，也实属正常，但我更好奇的是他们二人相识的过程。毕竟那个年代人们的思想还很保守，警惕性也很高，能在人潮来往的火车站相识并最终结为夫妻，实在是有些传奇。我很八卦地向母亲打探，然而母亲不是三言两语打发了我，就是戏谑地说："你爸年轻时长得太标致了，身边的姑娘成堆成堆地来追，我是穷追不舍、死缠烂打才嫁给你爸的呀。"这让我很失望，也半信半疑。父亲的确很帅，生得一表人才，像极了老电影明星赵丹，然而母亲亦是才貌双全。我曾经看过她年轻时的照片，装扮美丽，优雅又有气质，让彼时仍为丑小鸭的我羡慕不已，甚至常常怀疑自己是否亲生。

　　但父亲和母亲能相守大半辈子，也着实不易。论才貌，我认为他们是匹配的，然而就性格而言，他们实在是两个矛盾的极端体。父亲热情、乐观，行事直率大胆，爱管闲事、帮助人；母亲刚强，但谨慎、悲观，凡事小心翼翼，事不关己决不出头，但只要出了头，那便是翻江倒海谁也拦不住。俩人对立的性格导致了父亲和母亲常常为了一些芝麻琐事争执不休，偏偏母亲脾性又暴烈，每每无法说服倔强的父亲，便雷霆大发，以摔盆摔碗碟来示威。当然，最后的结果必然是好脾气的父亲垂头丧气地谦让了剽悍的母亲，不仅很自觉地收拾满地狼藉，并且事后还常常调侃地说："好男不和女斗呀，受点委屈就受点吧。"这导致后来父亲怕老婆的名声亦和他精通机械的名声一样响亮。

母亲家有门远房亲戚，是位姑娘，十七八岁就来了新疆投靠，原先母亲对其甚是关照，后因姑娘品行不端，伤了她的心，便极少往来。后来，姑娘嫁了人，依然是不来往。那年中秋，一家人正吃晚饭，姑娘携夫而来，手中拎着一盒点心，进门将将要开口，就见母亲冷面如霜，"腾"地起身，一言不发就将饭桌猛猛一推，瞬间，咣哩咣啷，菜饭碗碟悉数落地。姑娘与丈夫吓得落荒而逃。四个孩子惊恐万状，唯恐殃及池鱼，纷纷四下逃逸。父亲勃然大怒，指责母亲不知好歹，人家即是上门，你不待见，唤她出去便是，凭什么要掀了桌子，糟践了一家人的晚饭。不消说，母亲依旧是不讲理的，口中尚振振有词——我就是见不得她呀，看见她就心口痛头痛呀云云。父亲气得咬牙切齿，但最后的结果仍是自己埋头收拾一地的残渣碎瓷，而后又给母亲煮了安神汤，亲手端着让母亲喝下后，又服侍着她早早睡下——母亲有头风病，气不得。

父亲因修理技术精湛，带有两个徒弟，一个叫大军，一个叫嘎子，皆来自农村。嘎子虽出身寒门，但为人厚道，品德端庄，父亲和母亲都很喜欢他；大军却有点小聪明，行事极势利，母亲第一次见就颇为憎恶，对父亲说这人不地道，花言巧语，目光闪烁，看上去心眼很多，你得当心点。父亲不以为然地说，哪有那么严重，想多了吧。母亲摇摇头，不再言语。

目光如炬的母亲确实没有看错，后来父亲果然被大军害得不浅。

父亲带徒弟很是尽心，能教的决不保留，可谓是无私教授。嘎子干工作很是踏实，对父亲也很尊敬，父亲一直喜欢他。那大军工作一贯偷奸耍滑，小聪明频频，工作出错时责任都是嘎子的，有功绩时就跑去父亲跟前邀功。日子久了，父亲看在眼里，就常常教育大军，做人要厚道，不能玩心计，还常常把两个徒弟叫到家里吃饭，边吃边教育大军。

那天，父亲才领了工资，装在工作服兜里，还未及交给我母亲，因为高兴，就又唤两个徒弟来家里吃饭。父亲喝了一杯酒，也让两个徒弟喝了点。喝着聊着，父亲就喝多了，嘎子也喝多了，那时，母亲和我们四兄妹早已睡下。师徒三人一直喝到深夜，大军和嘎子什么时候走的，父亲已经完全不知道了。直到翌日，母亲问及父亲上月的工资，父亲才想起还没有上交，一掏衣兜，空空如也。父亲大惊，说我的工资呢。母亲也慌了，那个年月，三十多块钱的工资是能养活一家人的。

可四处遍寻不到。父亲那月的工资就这样莫名其妙地丢了。母亲恨恨地说，一定是你那个徒弟干的，我去找他。父亲安慰母亲说，不可能，大军根本不是那样的人。母亲说我看人很准，不信你看，偷了咱们的钱，那个畜生肯定会露出破绽的。

果不其然，次月，一向拮据的大军竟然偷偷下了饭馆，还买了新衣。这些事是嘎子告诉父亲的。以大军学徒的收入，是根本没有能力下饭馆，买那么贵的衣服的。父亲气愤了，质问大军是否拿了他的工资，如果是家里困难可以直说，他可以借给大军，甚至不要他还，但人得有志气，不能去偷。

大军当然矢口否认，并从此恨上了父亲。这件事的后果是，父亲有时言谈稍有不妥，很快就会传入厂长耳中，被叫去谈话。但即使如此，父亲亦从未恨过大军，待他照旧如常。母亲总说，父亲太过善良宽容，老是被人家暗算。父亲却笑呵呵地说，谁都不容易，咱们是长辈，不跟小辈计较，再说了，古人常云要以德抱怨呢！

三

父亲好厨，诸如土豆、大白菜、胡萝卜之类的寻常蔬菜，亦能做出花样来。70 年代，能开一顿荤是一件极为奢侈的事，家里偶尔买一块猪肉回来，父亲亦是切成小小的薄片，先把肥肉煎出清亮的油，而后将瘦肉丢入其中翻炒，炒毕，盛在大碗中任其凝结，隔三岔五地在寡淡的胡萝卜或大白菜里加上一小勺，以此来犒劳一家人已经要淡出水来的肠胃。每逢此时，父亲总会玩一些小花样，在饭前先把菜盘里有限的薄肉片集中挑出，而后藏在胡萝卜丝或是土豆丝的某处，藏好肉片，父亲就开始召集我们兄妹上桌吃饭。必然是老套的游戏，四个孩子轮流挑一筷子菜。当然，宝贝女儿必是先挑的。父亲必是在我落筷之时使眼色的，我必是随着父亲的目光猛猛一筷子扎下去，当中必是藏有两三块香得流油的薄肉片。一次两次，哥哥们倒也不说什么，可次次如此，哥哥们便用狐疑的目光看向父亲，父亲总是严肃地说，莫要嫉妒，你妹运气好，才总挑得到肉吃，哪个让你们背时的。

父亲因在机械方面有天生的悟性，在厂里是当仁不让的技术骨干。无论多么复杂的机器设备，一旦出了故障，只要在父亲手中，一通拆拆卸卸，几个时辰问题即告解决。按说，父亲以他的才能，是完全有资格被提拔为副厂长之类的，然而他因耿直得罪了某些人，导致每年上报的干部提拔名单中他的名字永不在列。对文武兼备的父亲而言，是极为不公正的，因为在那个级别与工资挂钩的年代，没有职位就意味着他只能领到一般技术工人的工资。彼时家中有我们四兄妹，虽然母亲也有工资，可日子仍然过得相当拮据。为此，母亲时常埋怨父亲，嫁给他没过过一天好日子。父亲听了总是不以为然，该干的工作照样干得欢实，不该管的"闲事"照管不误。

　　在工友中，父亲的人缘却极好。在大院中，谁家有好菜了，总会唤孩子来请父亲过去喝一杯。因为父亲实在是太热心了，热心到母亲常常为了他爱管别家的闲事与他争吵，说他"闲吃萝卜淡操心，狗拿耗子多管闲事"。父亲每每听了，也只是嘴里嘟囔一句"个熊婆娘"，而后照样将母亲的埋怨当耳旁风，工友们有事父亲随叫随到，但凡能帮的决不推辞。母亲亦无可奈何，只能装着看不见，任由他做大院里的活雷锋。

　　70年代，家里有一辆自行车可谓很牛的一件事。我家有位邻居，买了一辆二八杠"永久"牌自行车。那个年代，"永久"算是名牌，骑着它相当的拉风。父亲和这位邻居一直相处不错，有时走远路办事，就借其自行车一用。每每用完车，父亲总是使厂子里的废棉纱蘸了机油反复擦拭，直把车擦得油光瓦亮，一根根车轮辐条在阳光下都能闪闪发光。若在骑行中感觉哪里不顺畅，譬如链条发涩、车轮偏移，或是其他一些小毛病，父亲就会拿出缝纫机油、扳手之类的工具，悉心修理一番。每当父亲将车归还邻居，对方看见焕然一新的车时总会乐得合不拢嘴。渐渐地，父亲这一美德在大院中人尽皆知，而它导致的直接后果就是，后来邻居们但凡谁家买了自行车，都争先恐后地来我家，告诉父亲："杨师傅，我家有车啦，以后要用车就来我家借呀。"

四

幼年时，每逢柳枝垂绿、河水泛滥，父亲的垂钓季也将来临。彼时物资匮乏，并无精致的炭杆和钓饵出售，一支修长的竹竿，几个用缝衣针自制的铁鱼钩，一罐从断流的小河沟里挖来的蚯蚓，足矣。我头戴一顶父亲亲手用柳枝编的草帽，扛着竹竿和父亲的钓鱼家什，欢欣地坐在父亲的自行车后，靠着他宽厚的后背，望着小路上飞速后退的杨、柳和屋舍，兴奋不已。若是看见路边的蝴蝶，便连唤父亲停车，跑去胡追乱捕一气。父亲也不催，满脸慈爱地倚车而立，边望女儿捕蝶，边点上一支香烟，美滋滋地咂几口，有时兴致来了，还会有腔有调地哼上一段《智取威虎山》。我并不喜京剧，总觉其拖沓、冗长，但彼时自父亲口中而出，却倍感抑扬顿挫、铿锵有力。后来，逢电视中播出京剧，我便会静心听个三五段，父亲的唱腔犹在耳边。

那时，麻雀尚未被列入保护动物，在农民眼中一度被视为害鸟。每年秋时,刈完稻谷后,田野满是雀影,叽叽喳喳,争相啄食农民遗落的稻谷。等到冬天,四下萧瑟,土地上冻,田野里再无稻谷草籽果腹,饥饿的麻雀们只能成群结队地四处觅食,而父亲一年中最好的捕鸟时光也将来临。

父亲捕鸟,并非一网扫尽地捕捉,只以一个用于筛米的扁竹笠、一团麻绳,至乡村田野里群鸟出没处,择一平地,设好机关,通常是笠下撒一把稻谷,再支半截红砖,拴系麻绳,立于笠下,诱鸟入瓮。那麻雀东张西望,警惕性甚高,后觉并无危险,遂蹑手蹑脚而入,啄食稻谷。待三五只麻雀尽皆入笠下,正食得如痴如醉,父亲轻轻一拉,砖块应声而倒,麻雀皆困于笠中。

其实父亲最擅长的,并非捕鸟,而是射击。我一直觉得,如果经过系统性训练,他的射击水准一定不会亚于奥运射击冠军,只不过他生不逢时罢了。70年代,狩猎所用的气枪和霰弹枪还未被禁用,父亲打鸟用的是一把土枪,黑乎乎的,父亲没事就扛着它,带着我和哥哥们在附近转。父亲打得最多的是麻雀,还有一种叫斑鸠的鸟儿,其身形如鸽子般大小。但父亲是从不打鸽子的,说鸽子是人类的好朋友,会送信,是和平使者,应该好好保护它们。父亲最憎恶的是乌鸦,一身黑羽,呱呱的叫声让人生厌。南疆的冬天一来临,黑漆漆的乌鸦就悄然而至,寻了合适的枯树落脚。我家屋后的一棵老杨树就成了它们最理想不过的筑巢之地。我们只要看见乌鸦在老杨树光秃秃的枝丫间栖息,就立刻飞奔去唤父亲来打,我的神枪手父亲麻利地装火药,瞄准,总能完美地打下一两只来。

事隔多年，每每经过冬季的旷野，看见荒芜的稻田上空身披黑羽的乌鸦盘旋，或是落在田中觅食，或是呱呱地远去，当年父亲打乌鸦的场景便历历在目。

后来，父亲托人买了一把气枪。父亲曾教我用过那把气枪打麻雀，枪柄很沉，瞄准也很艰难，瘦小的我次次脱靶，一只鸟也没有打下来过。但父亲却使得得心应手，只要开枪，枪枪有收获。

有了这把气枪，父亲仍是和以往一样，在寒假时带我出去打鸟。打得最多的仍是麻雀，回家了把雀毛脱净，依着弹孔找出小小的铅弹，然后油炸了或是炉火上烤着吃。在滋滋的香气中，岁月渐渐远去，我渐渐地长大，父亲渐渐地老去。

到我十八岁那年，即父亲去世的头一年，他已经和我母亲在喀什工作了。我听才去探望过父母的三哥说，喜欢玩枪的父亲又新买了两把气枪，试枪的时候，不慎走火打中了自己的大脚趾。我很心痛，但那时并没有电话，无法问候，只能在放假时去探望父亲。寒假，我终于去喀什见到了父亲，但已是三个月后。当问及他的枪伤，父亲伸出脚趾让我看，伤已完全愈合，只留下一抹疤痕。

少年时，我并不明白父亲对气枪的痴迷。后来，我猜测，父亲爱气枪并不仅仅为了打鸟，在那个物质和精神双重贫瘠的年代，很多人活着的意义只是为了养家糊口。倘是没有一点点生活的乐趣，对于我父亲这般心高气傲的人而言，无疑活得像一条咸鱼。气枪，根本就是他的精神寄托啊！只是少年时往往不懂得体恤他人，待到明白时，已时过境迁，斯人不在。

五

　　九岁那年，父亲和母亲商量将我和三哥送回四川老家上学，理由是新疆师资力量薄弱，不如老家教学水平高，回老家上学的话，孩子的前途会更加宽广。虽百般不情愿，我和三哥仍是被强行送回了父亲的家乡。那次是父亲离乡多年后第一次回家。

　　父亲和母亲带着我和三哥，先是汽车，而后是六天六夜的火车，最后再转汽车，这才辗转回到了家乡。进门时，我八十岁的奶奶已经双目失明，我终生未嫁的大姑挽着老人家立在堂屋门口迎接我们。父亲远远看见奶奶，激动地扔掉手中拎着的两个大行李包飞奔过去，扑通跪在奶奶面前，哽咽地说："妈，五儿回来了！"

　　奶奶一共生养了九个孩子，父亲位居第五。奶奶最喜欢的就是五儿，离乡多年未归，奶奶对她的五儿已是思念成疾，常常流泪。她原本就有眼疾，我爷爷去世后，奶奶悲伤过度，累及双眼，视力已很差，直到后来为五儿完全哭瞎了自己的眼睛。

　　父亲跪在奶奶面前，泪水长流。奶奶也是老泪纵横，抚摸着儿子的脸，又哭又笑。

　　父亲在奶奶身边尽了半个月的孝，为奶奶梳头、按摩，给做饭，陪讲话，哄得奶奶成天笑得合不拢嘴，她像个孩子一样缠着父亲。

　　探亲假很快结束了，父母就要离开家乡了。那天清晨出发时，奶奶紧紧地抓住父亲的手，再一次老泪纵横。父亲也忍不住泪流满面，安慰奶奶："妈，您莫伤心，儿子得空就坐火车回来看您，新疆还有您两个孙子呢，下趟您过寿时我把他们全部带回来给您老人家看。"

父母回新疆后，我和三哥就留在了老家。三哥住在奶奶家，我住在小姑家。三哥年长些，无人敢欺凌；我那时幼小，小姑父私心颇重，凡事厚亲女薄侄女，时常指桑骂槐。那段时间，我常常在夜里默默地哭泣，想念父亲，想念新疆。只是，在只能书信往来的年代，父亲并不知晓我在老家寄人篱下的境遇。

约一年过后，据说是父亲思念女儿，夜夜梦回，决定让堂哥送我和三哥回疆。堂哥带着我和三哥，乘火车、汽车，经过几天的长途跋涉，总算回到阔别已久的家。当天下午，我终于见到日思夜想的父亲，委屈和心酸油然而生，忍不住泪水涟涟，一头扎进父亲温暖的怀中。

父亲揽着我，摸摸我的头发，我抽抽搭搭地望向父亲，泪眼模糊。父亲嘴唇嗫嚅了下，想说什么，又咽了回去。他什么也不说，只是怜惜地望着我，用粗糙的手轻轻地替我拭去眼泪。那一刻，我分明看见父亲眼中积聚的泪像两潭水，我的影子在水中晃动。

六

1982 年，外婆去世，葬在了新疆。原先，外婆是生活在四川老家的，去世时来新疆才刚满两年。听母亲说，外婆得的是肝病，因为有传染性，在老家处境艰难，我姨妈遂写信告诉了母亲。父亲得知后，亲自去了四川，将老人接来新疆。外婆病重时，瘦到已无人形，宛如骷髅，生活几乎不能自理，父亲却从未厌弃过，每天精心准备饭食，悉心照顾，甚至比我母亲还要细致。外婆临去世前半个月，或许是心有所感，依恋亲人，常常深夜不眠，端端地坐在床边，只将两只枯瘦的手伸向空中，不知在抓什么，在银白的灯光下，形态凄厉，场景可怖。我只见过一次，就吓得连滚带爬地逃窜回屋。母亲每次见了亦是毛骨悚然，不敢近前。只有父亲敢温柔地握住外婆曲结的双手，轻轻地掰开、揉搓，大声地对外婆说话。那时，外婆已经听不清旁人说话了，只能大声在她耳边喊。

父亲说："外婆，你不要这样子好不好？吓坏你外孙女了。你想要什么，你就给我说。我是你女婿，是你的半个儿。"

父亲一直按照家乡的规矩，跟着我们叫"外婆"。父亲很大声，外婆应该是听懂了，嘴里呜呜噜噜地不知说着什么，慢慢地竟平静了下来。

我常常想起父亲，音容生动，仿佛昨天。我常常想，如果那个夏天我没去探望父亲，父亲是否就不会那么早离开。母亲告诉我，父亲原本在喀什人民医院住院，得知心爱的小女儿来探望，遂闹着要出院回家。父亲年轻时被人传染了肺结核，说是治好了，却经常干咳，我怀疑那时根本就没有治愈。他去世前夕，低热，咳得很厉害，去医院检查，医生也只说是肺病，嘱住院治疗，父亲该是有所预感，竟出乎意料地老老实实住了院，直到我暑假去探望。

父亲去世那天，是我去厂子看他的第三天。那天，父亲不只是帮我和母亲洗了头，还宰了一只养了很久的兔子。母亲说，那兔子其实一直是留给我的，三哥那时刚毕业，也在父母身边，总嚷嚷着要宰了兔子红烧着吃，父亲总是阻拦。母亲告诉我这些时，我一度泪眼婆娑。

我常常想在梦中见父亲，但是很奇怪，这二十多年，我只在梦境中见过父亲两次，且间隔十年。梦中的父亲每次都穿着同一件藏蓝色中山装，后背处被塔里木的烈日晒得泛白，但干净挺括。父亲一向爱干净，去世前瘦削的身段站得笔直，像塔里木的钻天杨一样挺拔。父亲一直认为，人无论什么时候都要挺直身子做人，决不能为权贵为钱财折腰。

然而我看不见父亲的面孔。梦中的父亲，面容一团模糊，仿佛沉陷在深重的浓雾中。我努力地看，怎样也看不清，但我知道，"纵使相逢应不识"，那个雾中的人永远是我敬爱的父亲。

雪在飘

嘎子是父亲的徒弟。自他十七岁那年师从父亲，唤了第一声师父后，便一生与我家结缘。

最初，我对嘎子的印象并不深刻，在父亲的几个徒弟中，嘎子是最不善言辞、最愚笨的那个。在工厂里，父亲虽竭力呵护，可他仍不时遭人粗言詈语地羞辱，但嘎子并不计较。于他而言，他乡本不易，有师父和师娘的关怀，有个安身之地，能解决温饱，与之前的漂萍生涯相比，已经是天大的福分。他人的三五句恶语，他全当清风拂杨柳，明月照清溪，并无计较的意义。

在父亲身边，嘎子像溺水之人，死死地抓住那一缕他遗失已久的温情，不肯丢掉。然而，世事难料，有些人，总以为光阴漫漫，来日方长，但离别往往遽然而至，譬如父亲的辞世。在一个残阳如血，凄美得令人惊心动魄的黄昏，嘎子的师父，我敬爱的父亲，像一棵早已被虫蚁蛀空的老山杨，訇然坠地，再未相见。

父亲的猝然离去，几乎要去了母亲的半条命。毕竟，那年父亲才将过知天命之年，按他自己的话来说，"我还没有活够时间，阎王爷不得要我"，前路仍看得见的冗长，仍有许多未竟之事在牵绊着他。然而，穷凶极恶的肺疾终是掳去了他的生命。那年，母亲将满五十岁，与父亲甘苦半生，抚育了几双儿女。母亲早已习惯了父亲喋喋不休的唠叨——嫌弃母亲谨小慎微，做事瞻前顾后；嫌弃她做饭稀里糊涂，拿不出几个像样的菜；嫌弃她做女人粗糙，不晓得装扮下自己。吵吵闹闹了三十年，两人却依旧如麻绳搅缠在一起，理也理不清，仍是在三餐四季的烟火中度过了半生。彼时年幼，并不解父母深情。某年，深夜无眠，一盏孤灯，复读苏轼《江城子》，"十年生死两茫茫，不思量，自难忘，千里孤坟，无处话凄凉"，引得泪水潸然，才知，父亲的离去，不只是要了母亲半条命，根本是剜去了母亲的心啊！

父亲走了，阿克苏别无亲戚，母亲揩掉泪水，独自牵扯着儿女们，苦苦地挨日子。那时，嘎子来得更频繁了些。我和哥哥们上学走了，家里异常寂静，嘎子便时常趁工休偷偷地跑出来，帮母亲打理家务。他每每夸张地踏步而来，以往总佝偻惯了的背竟挺得端直，进门就四下里张望，找到活计，便无声地忙碌——给水缸加水溢得要淌出来，把柴火码得整整齐齐，将火墙掏得干干净净。矮小瘦削的身影进进出出，操持着那些以往皆是父亲在操劳的活计。他怯怯地忙，唯恐惊扰了母亲，却又在某个时段刻意弄出些叮叮当当的声响，让逼仄的屋子透进一点点鲜活的气息，亦激起母亲的话语。那时，母亲已很少说话，鬓边的白发如春草日益丛生，衰老光速般爬上她的面颊。

父亲生前曾收过数个徒弟，多悉心教导，关怀如子，家中凡有好菜常唤来一同享用，从未吝啬，若哪个徒弟家中有事，亦是尽心尽力帮忙，绝不旁观。可他病逝后，那些曾经"师父、师娘"唤得亲切的徒弟们，却多是呼啦啦如猢狲散，唯恐拖儿带女的"师娘"给他们带来麻烦，个个避之不及，令人倍感世态炎凉。出乎母亲所料，最后竟是从来沉默寡言的嘎子，记得了师父这个支离破碎的家，在父亲去世后的半年时光里，默默地帮师父照顾着师娘，陪她度过一段生命中最困苦的时光。

据母亲说，嘎子本姓张，因身材瘦小，乡亲叫着叫着，就将他叫成张嘎子——一部老电影中的角色名。母亲只唤他嘎子。我也不从叫他张嘎子，和母亲一般，嘎子。这个形似孩童的瘦小青年，可谓身世畸零。他的一生，就如寒夜漂泊的雪，踪迹不定，北风吹向哪里，便在哪里落下，全无定数。

嘎子祖籍四川凉山州，少年家贫，父母又不幸相继病殁，其上一兄一姐。姐姐远嫁，夫家亦不宽裕，自顾不暇，多年不曾联系，早失了音讯。嘎子十三岁那年，哥哥靠着父母留下的两间老屋，着人说了媒，娶了个腿有残疾的嫂嫂进门。却不料，这嫂嫂亦是悍妇，婚后事事作主，总嫌小叔子吃白食，隔三五日便无事生非，才过门一年，便将嘎子逐了出去。哥哥惧内，不敢高声，只得眼睁睁看着亲弟蹒跚远去。自此，嘎子与哥哥再无来往，家中亦无其他可投靠亲人，嘎子遂成了"孤儿"。世事凉薄，亲情如纸，好在村子里为他腾了一间旧仓房，虽破，却还能遮风避雨，嘎子便扛着一床破被褥搬了进去。从此东家一饭、西家一粥地度日子，还在村委会的安排下断断续续地读了几年书，一直到初中毕业。十七岁那年，听闻新疆弯远，地广人稀，活儿多，钱好赚，温饱不愁，遂随了乡亲远赴阿克苏打工。

老天终是给了嘎子一线生机。在阿克苏，嘎子幸运地遇到了父亲和母亲。师父和师娘的关爱，是他离开家乡后人间赋予他的唯一一丝温暖和牵挂，如寒夜薪火，虽微光渺渺，却足以照亮一个伶仃青年一颗孤寂的心。嘎子从老家初至工厂时，只随身携带两件乡亲送的旧衣裳和一床破烂不堪的棉被。母亲瞧着心酸，遂将家里一床闲置被褥赠予了他，而后又数夜未眠，借着头顶昏暗的灯泡，熬夜赶制了两套新衣裳。其实那时父母亦不宽裕，二哥三哥都常穿大哥的旧衣裳。后来，嘎子与我说到这段故事之时，眼圈当下便泛了红，目中似有隐隐雾气。我亦是喉头一哽，却又不知说什么好。

说什么呢？我同样苦厄的母亲又何曾不是漂泊半生！正值韶华，孤身从四川漂到新疆阿克苏，又与在此漂泊的父亲相遇，相知相俱，可父亲早逝，她依旧心如飘雪，含辛茹苦独自养大了几双儿女，待到儿女们各自为家，她却身边再无问暖之人，仍如一片雪花孤零零地漂泊在人世。

这人间，竟犹如书中所述，那么多的苦人儿！可亦有那么多的明月光照进那些暗黑的角落，诸如父亲与嘎子的师徒情，还有嘎子与母亲形同血脉的情义。

父亲去世半年后，天气回暖，柳树新芽，春水雏鸭，人间满是和煦，母亲渐渐走出悲伤，家里亦时有儿女们的笑语之声。眼见日子一天天利爽起来，一向寡言的嘎子竟也有了话语，偶尔与我们闲扯几句，但仍看得出心事重重的样子。到了清明前，嘎子买了黄纸、香、父亲喜吸的烟和老酒，煮了一块肥得流油的五花肉，去祭奠父亲。父亲一生最喜食五花肉，只是彼时家境并不宽裕，母亲鲜少舍得买肉。父亲这喜好，嘎子一直记得。那时，嘎子收入低微，每月除去花销，并无多余。那日，嘎子是独自去的坟地，也不知在做什么，耽搁许久才回家。只见他双眼通红，满脸凄然，身上隐有酒气。母亲见了，知嘎子心事，亦是眼圈一红，只拍了拍他单薄的后背，却无话可说。

多年后，与嘎子谈天，说到父亲，说到当年，才知那日嘎子坐在父亲坟前，眼望孤冢凄然，心念一生漂萍，幸遇良人，却又天人两隔，总如雪花无根无须，心中愁苦，在父亲坟头祭了酒，又举杯隔空敬酒。边喝，边絮絮叨叨地和父亲说话，将前半生凄苦、彷徨、惆怅悉数倒了出来。那时，嘎子其实是想留在阿克苏帮已谢世的师父照顾师娘的，可又听说工厂不日裁工，身为临时工的嘎子，必难逃噩运，并无其他去处，不走不得已啊！可师父尸骨未寒，师娘独自抚育几双儿女又如何是好！两难之下，嘎子心生愧疚，不由悲从中来，泪眼婆娑，继而号啕大哭。一哭无人关爱，此生多舛；二哭苍天无眼，师父短命；三哭师娘命苦，长路未尽。直哭得天昏地暗，酒入愁肠，这才依依离去。

嘎子辞别母亲，随乡友外出打工，这一去，便是三年，偶有书信，亦是寄予母亲，我并不知晓境况。我渐渐遗忘了嘎子，只偶尔听母亲和大哥说起嘎子，说去了甘肃、去了青海，在某个砖厂做了小工、在某个煤矿做了矿工，只是皆未赚到多少钱，亦依旧是孑然一身。

再见嘎子，是三年后。那个腊月末，一场少见的大雪临幸了阿克苏。那雪，足足下了一周，仍未停息，雪片硕大，像撕碎的纸屑，在寒风中翻卷。墨染的夜色，在漫无边际的银白之下，被衬得幽蓝如镜，凄美无比。隐绰的风啸声，络绎不绝地自母亲家老旧的门、窗缝潜入，凄厉得如同怒妇夜啼，令人发怵。嘎子就在萧萧的北风和漫天的大雪中，跋涉而来。

这年，嘎子滞留甘肃某地，因当年工钱迟迟未结，与工友们在阴冷的工棚里苦挨了大半个月，待到结了工钱，却已临近除夕。三年未回新疆，嘎子思念师娘不已，遂动了回阿克苏的心思。可正逢春运盛时，不要说硬卧，硬座亦一票难求。那日，嘎子立在人潮涌动的兰州站，咬咬牙，买了张无座票，白天靠两条腿撑着，夜里则倚着行李挤在火车通道里，熬了整整两天两夜，才得以回到阿克苏。

往后，如同候鸟，年年春节，无论赚钱与否，嘎子总会在节前赶回阿克苏，在母亲家热闹十来天，扎扎实实地吃几顿母亲做的川味粉蒸肉和泡菜鱼，过饱了嘴瘾，待到元宵节，复匆匆而去。嘎子一直说母亲做的粉蒸肉"巴适"得很，青花椒的香气很浓郁，总让他想起家乡凉山州坝子头栽的那几株花椒树。泡菜鱼里的泡菜和他母亲腌的味道一模一样，酸酸辣辣，爽口得很。说起家乡，向来寡言的嘎子立刻眉飞色舞起来，津津乐道地讲他家祖屋的陈瓦里藏着一条老青蛇，叫作菜花蛇，别看满身花花绿绿，却无毒，天生亲近人，在屋顶盘踞了几十年，是护宅神物呢；讲他家的一条大水牛，儿时淘气掉进水塘，差点淹死，大水牛救他上岸的恩德；讲他小时候淘气，躲在一个大树洞里，下大雨差点儿被雷劈死的传奇故事。

这陈词滥调的老故事，嘎子说了得有七八年，我听了至少有七八遍，可嘎子每次重复，母亲仍听得津津有味。母亲知其心中苦厄，早失爹妈，又离乡多年，平素并无人倾诉，总悄悄地嘱我莫要取笑打断，就任凭他反复絮叨。我便与母亲含笑倾听，可那嘎子，讲着讲着却忽地垂了头，神色黯然，息声不语。次次如此。母亲一声叹息，我亦知道，他是想他的家乡凉山州了，想多年未见面的哥姐了。

嘎子就像一片落叶，孤零零地在人世的江面上漂啊漂，看两岸山色如黛，看身侧画舫如流，江阔云低，听断雁悲叫西风，却不知哪里是他的栖息地，人人只知他本分，却不晓他心中的苦。父亲去世后，只有母亲家成为嘎子最后的慰藉之地，成为他漂泊生涯中唯一得以栖息的避风港。

多年后的某个春节，我与嘎子闲聊，方知他少年往事，竟唏嘘不已。可怜嘎子，遭嫂嫂逐出家门后，小小年纪，一个人守着破敝的仓房，终日与蛛、鼠为伴，见谁家地里的苞米熟了，便去偷偷地掰上一两根，再揽一堆枯枝败叶，烤得焦香，就着一勺老井里的凉水，咕嘟下肚，如此便是美美一餐。一些好心的婶娘们自家并不宽裕，但也不时唤嘎子去家中吃饭。春夏还好，最难挨的是冬天，凉山州一贯阴湿，嘎子并无冬衣蔽体，只好终日蜷在一堆破被褥中，形同寒号鸟，哆哆嗦嗦地数日子。

嘎子说起往事，竟很是平静，并未有半句埋怨哥嫂的凉薄之语，只是一味牵挂当年那些曾施粥舍饭的婶娘们还健在否，他曾经栖身的仓房可曾荒圮。

往后春节，嘎子皆在母亲家过节。他一生不婚，萍踪半生，他的师娘——我善良的母亲待他如亲儿，年节自然是要投奔的，母亲从未嫌弃他身份卑微，我们几兄妹遇见了，也皆当他自家人，无人冷眼。每次来家，嘎子从不空手，各种吃食琳琅满目，母亲总数落赚钱不易，让他莫要买礼物，将钱好好攒着将来娶媳妇。他总是腼腆地一笑，下回，仍是如此。

嘎子相过数次亲，皆无果。某年，表兄兴致勃勃要给嘎子介绍个女子。相亲的场所，自然是母亲家，那女子矮着身子坐在床边，长相实在不敢恭维，眉眼只勉强看得过眼，穿着亦邋遢之至，让人极不舒服。嘎子竟如获至宝，挥金如土，相亲翌日就为女子七七八八置办了一堆服饰鞋帽。

母亲告诉我时，我瞠目结舌。嘎子人才虽不出众，但除去身段矮小些，五官生得可是周周正正啊！再不济，也不至此饥不择食啊！但我仍是想通了，如鱼饮水，冷暖自知，如嘎子一般飘零之人，对家之渴望无疑如濒死之人求生的欲望，于不惑之年能得娶妻，实实久旱逢甘霖，确属人之常情。既是对了眼缘，就处吧，或许是一段美好姻缘呢。我在心里宽慰自己，也替嘎子开脱。

却不料那女子竟是骗子，表兄并不相识，只是表嫂一门并不相熟的远房亲戚托付，不明真相的表兄遂介绍给求妻心切的嘎子。嘎子与其只处了不到两个月，便被其骗去近四万元，几乎是他这些年在外打工攒下收入的一半。表兄内疚，欲报警，被嘎子拦下了，道生活不易，若不是她家里真的有难，也不致四下行骗，还是算了吧。

翌年春节前夕，嘎子惯例到母亲家，却比以往早十几日，原是来辞行的。多年未曾联系的哥哥托人捎信，自称身患奇症，缠绵病榻多时，嫂嫂力薄，腿亦有疾，家中尚有幼子，万望亲弟回乡相帮。

闻此，我心戚戚，母亲亦多有隐忧，却又不知如何言说。毕竟是一母同脉，外人无法干涉，只得尽力嘱咐嘎子量力而行。嘎子只是频频点头。

我和二哥送嘎子上了火车。那时，正是春运之时，火车站来来往往的人犹如过江之鲫，阔大的候车室里，空气浑浊，水泄不通，长椅早坐满了人，地上各式行李如同博览会，旅行箱，五颜六色的编织袋，甚至还有捆扎得结结实实的棉被——南疆棉花遐迩全国，很多农民工回家过年，总要带一两床棉被回家。而那些候车的人，坐在地上，倚在墙边，立在窗下，乌泱乌泱。那场景声势浩大，令人震撼。我方知多年来，嘎子亦如同他们，艰辛地漂泊。

此次回乡，嘎子并未买到卧铺，只抢到无座。母亲劝他乘飞机，我也力荐，可嘎子始终不允，说老家还有村子里给他留的宅基地，他得趁能动时多攒点儿钱，到时在老家修幢房，等老了回去养老，人总是要落叶归根的。

元宵节过后大约十来日，嘎子回疆，探望母亲时依旧带了很多老家的特产，只是这次，他的脸色比节前时红润许多，也白皙了一些，并无长途奔波的疲惫。我问他此行如何，嘎子满脸喜色地告诉我们，老家好得很，龙灯耍得热闹得很，萝卜夹饼巴适得很，腊肉香得很，就是米没得新疆的好吃。

但后来听母亲说，这次回乡，嘎子把多年的那点儿积蓄又花光了。那当初逐他出门的嫂嫂，见了小叔子便一把鼻涕一把泪地哭，说自己命苦，嫁了个病根子，花钱跟无底洞似的，没得法活了。嘎子看看那黑洞洞的屋里，亦不知哥嫂这些年如何度过，家里确是没什么值钱物件，嫂嫂说都换成钱拿去给男人医病了。从娘家借遍了钱，不够，还在外面欠了一大笔账，不知几世还得清呢。及至到了医院，看见哥哥气息奄奄的样子，嘎子也是泪眼婆娑的，当即就去交了医药费，临走时，又把卡上的钱悉数给了嫂子，只留下返疆的路费。

翌年再见嘎子，仍是旧时的模样，笑容温暖，眼神纯净，全无中年人惯有的浑浊，也全然看不出命运多舛的沧桑。

最后一次见嘎子，约是两年前。一个大雪纷飞的日子，嘎子携北风，披一身雪氅涉雪而来，母亲欢欣地迎接。一年未见，嘎子亦年近五十，却仍如少年一幅羞赧的笑模样，相貌亦未见衰老。大抵是时间不忍对心思纯良之人雪上加霜吧。只是不似从前话语多，有了手机，各自低头看网，也就聊得更少，只寒暄几句，并不知他近况。后来，再未见嘎子，只听母亲说他打工多年，还是攒了些钱，在老家建了新房，春节皆回乡与哥嫂一同过年了。

一生漂泊的嘎子，像一片孤零零的落叶，颠沛流离地在这人世周旋、周旋，从无去处。可那一日，他终究有了落脚之地。

故园无此声

外婆去世时，正是酷夏。我家屋后卡坡 ① 下的罗布麻花儿开得烂漫如云，蜜蜂、蝴蝶成群结队，就连最不出彩的红柳花儿都艳丽得像理了红装的新娘。繁花夭夭，一片流光溢彩。那时的天气格外异常——白昼日光如炬，灼得大地颤颤巍巍，人们仿佛再被多晒一会儿便皮开肉绽；到了夜里，十有八九惊雷如怒，闪电凄厉，暴雨噼噼啪啪如两军鏖战般激烈。只是，这雨维持的时间极短，还不及细细体味，十几分钟便告收兵。待到次日，天空照样若无其事地湛蓝似釉，烈日照样如火炉熏熏，只低洼处积蓄的一摊摊水提醒昨夜此地曾历夜雨。

我才放暑假，整天像个野小子一样带着一群小伙伴四处流窜，上房爬树，下池塘赶鸭子，祸害得大院里鸡飞狗跳，常惹得母亲手握笤帚穷追不舍。她越追，我跑得越欢实——不能慢跑呀，母亲打起人来下手相当重，倘是那笤帚落在我幼年单薄的屁股上，免不得一通鬼哭狼嚎，若是再逢了母亲火气旺，多半连晚饭都没得吃。当然，倘是外婆听见外孙女的哭号，定然是要斥责："死婆娘，自己生的娃儿，啷个下手那么重，轻点嗉！"

---

① 卡坡：光秃秃的土山。

可是外婆死了。死在意料之中。她早算计好了自己的日子，在两个月前。直到外婆临死前，我被隔壁秀芳婶按在外婆脚边烧黄纸，透过满屋子茫然乱飘的黑絮望着躺在床上魂魄悠悠的外婆时，仍在满脑子思索：外婆是如何精准预测到自己仙逝的日子？

这个谜至今无解。多年以后，我曾与母亲就此问题再次郑重探讨，母亲依旧摇头不语。

睿智的外婆，早在半年前就吩咐她的女婿，也就是我的父亲，请邻居张木匠为她打造了一口棺材，将其漆上赭红的油漆，在两端描龙画凤，放置在我家院角的荫棚下。不知天高地厚的我，曾伙同发小阿木偷偷钻进棺材里玩死人游戏。寿衣是外婆临死前一个月唤母亲去做的，母亲仍是央了秀芳婶缝制，她的女红手艺在大院里数一数二。那是一身黑色的对襟大褂，棉布材质。老规矩，人死后是不能穿化纤衣物和携带铁器入棺的。寿鞋，是我舅妈做的，黑布面千层底布鞋，相当结实。外婆断气前，母亲亲自为她穿上寿鞋，边穿边唠叨："妈，给您穿新鞋了。阳间的道河沟太多，你遭罪了。阴间的路您慢慢走，莫得慌！"

我看见外婆眼角挤出一滴浑浊的泪。

外婆享年七十八岁，被隆重地葬在我家东面卡坡上的公共墓地，距我母亲家不足一公里。咫尺之遥，再无缘睹面。她最终未能回到她心心念念的家乡——四川青衣江边的一个乡村。在此之前，外婆一直央求父亲送她回家乡："死在新疆就成孤魂野鬼喽，二天没得伴摆龙门阵^①，没得人给我烧纸！"

父亲温和地宽慰外婆："您老人家莫操心，就算我和玲子不在了，还有这么多外孙外孙女，哪个没得人烧纸嘛！"

"玲子"是我母亲的小名。父亲每次说话的时候，我都能看见母亲悄悄地撩起衣襟擦拭眼睛。一次，我欢实地跑上前说："外婆，您别怕，您要死了，以后幺儿给您烧纸，多多烧，您在阴间猛猛地花！"

母亲顺手抄起手边的物件——蝇拍或是笤帚，总之是顺手的，照着我便是一通狂揍，我飞快地逃窜。后来父亲谆谆地教导我，死，晚辈是不能在长辈面前说的，要折人寿的。

我的外婆，出身富庶人家，她的父亲，也就是我的外曾祖父，是家乡有名的地主。据母亲说，彼时整个村子的人租种的皆是我外婆家的地，光景之殷实无人可敌。故此，外婆青少年时期并未吃过苦，日子虽不及城里官宦人家奢靡气派，亦是少出闺阁，专司女红，闲了偶尔读读圣贤书——我的外曾祖父颇有远见，曾办过私塾，后来我母亲和几个姨妈、舅舅皆在私塾读过书。只是，外婆仍免不了接受封建社会的陋习，被迫缠足。在她七十六岁那年，我曾亲见，畸形的小脚极尽丑陋，惊悚之极。除此之外，外婆当年的生活相当享受，我甚至可以从母亲的讲述中想象出外婆年轻时的美丽形象——"头上倭堕髻，耳中明月珠。缃绮为下裙，紫绮为上襦"。那理所当然是地主家大小姐的标配，其光鲜亮丽一度令我艳羡不已。然而，我见到外

① 摆龙门阵：四川方言，指几个人一起聊天。

婆时，已是 1982 年，她值正七十五岁高龄，岁月暮晚，风烛残年，昔年丰华荡然无存，完全一个瘦骨伶仃的农村老太太形象。

这让我感到悲哀。岁月果真是不放过谁，再好的皮囊临了皆是槁如枯木。外婆其实并不愿来新疆，外公早年去世，她只能随了儿女。

外婆去世前那一个月，突然像孩子般爱缠人，身边不许离人，吃食上更是格外挑剔：辣的不吃，酸的不吃，菜炒老了嫌嚼不动，菜炒嫩了嫌没味儿，羊肉一股膻臊味，猪肉全无肉香味，总之就觉得新疆的饭食比不上家乡四川的饭食地道。我的父亲母亲只是尽力满足老人的种种苛求，并不厌弃。我懵然不知内情，甚至心生些许埋怨：原先温润善良的外婆何以变得此番刁钻刻薄？成年后，我才明白，这其实是一个漂泊异乡的老人在传达内心最深刻的念想，她唯恐自己再无机会回到生她养她的家乡，再也吃不到那些翠绿翠绿的青菜，辣到五脏六腑的红椒，麻掉舌头的青花椒，以及用红苕养肥的年猪肉熏成的香肠、腊肉，再也听不到那些亲切的方言俚语，再也看不到熟悉的故人面孔。

后来，在外婆一次又一次状若孩童的刁蛮中，父亲允诺："只要您老人家好好吃饭，按时服药，您百年之后，我必设法送您回家乡。"外婆让父亲一次次发誓，父亲便翻来覆去地赌咒。

外婆来新疆的那年中秋，月上柳梢，正是万家团圆，户户飘香。父亲突发奇想要在院里边吃晚饭边赏月，遂将饭桌移入小院，外婆如同小孩般拍手大赞。那晚，一轮皎洁的明月将小院照得清晰亮堂。月光下，七八样菜肴，虽简单，却尽是父亲妙手烧制的家常小菜，算得上可意可口。父亲贴心地给外婆搛菜，皆是烧得软糯易消化。外婆吃几口，竟停箸不语，神色凝重，不时举头望月。母亲一旁问："妈，您怎的？饭菜不合胃口吗？"

外婆欲言又止，母亲耐心地等候。父亲再次给外婆搛菜，外婆摇头，伸手阻住父亲的胳膊，叹气道："唉，人老了，再好的饭食都吃不下了……唉，也不晓得老大那窝猪娃儿长得肥个了不，平娃子长高了没得。那娃儿，肠胃不好，不喜吃饭……也不晓得屋头的灶补了没得，煮饭跑烟……"

外婆突然缄口。"老大"是我大舅，"平娃子"是我大表弟。母亲瞧出端倪，向父亲使个眼色，父亲立刻开始讲朱元璋当皇帝的野史。外婆平素最喜听父亲讲历史，总说他讲得好，比说书先生说得还有味道。但那夜，外婆听得并不投入。从父亲抑扬顿挫的声调中，我隐约看见外婆眼睛里明亮亮的，就像一轮圆月倒映在水中，有风拂过，波光粼粼。

那时，我尚幼年，并不谙人事。外婆时时怅惘，常在清晨手抚一柄油光的木梳，默默梳理散下的发髻。那木梳，是用了几十年的老物件，外婆的精血早已渗入其中，散发着一股脑油的味道。我只瞧木梳自一缕银发中缓缓倾下，到发尾，再也不动，外婆痴痴地望着它，满眼心事。

外婆去世后次年夏夜，我与小伙伴打赌拼胆量。子时刚过，一群野孩子便偷偷攀上我家屋后的卡坡，夜游墓地。那夜，闷热不已，也无夏风，只月光惨淡。墓地寂静，满目的丘塚，墓碑高低错落地林立，那些坟如一个个硕大的馒头隐匿在夜色中，让人莫名心悸。我战战兢兢地扯着阿木的衣袖，打着手电，弄出各种声响，在墓中穿行，并边走边瞧碑文，无聊地和阿木讨论碑上的人名，聊以壮胆。霍然看见一面青石碑上三个描红大字"宋碧辉"，好熟悉的名字。我拽着阿木的胳膊，让他靠近点儿，又用手电仔细地照左排竖行小字"四川雅安人，生于公元一九〇七年，卒于一九八五年，享年七十八岁……"，再往左，我瞧见了父亲和母亲的名字。

我知道了，这座碑下，埋葬的该是我的外婆。她已在地下安睡了整整一年。我抬头望天，夜幕深沉，下弦月正悬在空中，如外婆年轻时黛青的蛾眉。只是月光惨淡，凄清地照着她的坟头和描红的青石墓碑。我想起临终前母亲为她穿鞋的场景，阴间的路，不知她的千层底布鞋走得稳当不。

多年后，我夜读纳兰词，伴一盏孤灯，一杯香茶，突然就懂了外婆当年的心境——"山一程，水一程，身向榆关那畔行，夜深千帐灯。风一更，雪一更，聒碎乡心梦不成，故园无此声。"

困顿半生的外婆啊，终究没能回到她的家乡！

灯火阑珊处

那歌声，是蓦然入耳的，在阑珊的夜色中，如惊飞的群鸟，被秋风堂而皇之地送来。

我惊了一跳，下意识地裹紧身上的运动衫——那年的整个夏秋，我都独自在凤泉河畔夜跑，直到立冬。每晚兜兜转转将近一个小时，直到大汗淋漓，再慢慢地步行回家。当然，中途也会小憩，偶尔会立在杂草丛生的河畔愣一会儿，看一川鳖黑的河水惆怅地向南流去。那几日，秋意渐浓，夜风已多少有些凛冽的味道。运动衫单薄，才出过汗的身体正通透着，只觉冷风飕飕地钻毛孔。

已过子时，我正要穿过马路，往家的方向去。暮秋的夜，街道冷冷清清，夜风乍起乍歇，几片枯黄的树叶挟在歌声里扑簌簌打旋，凄凉得如同散了场的集。歌声飘来，我不由顿了顿脚，吃惊地四面张望，几盏路灯有气无力地打着盹，灯光透过无数蚊虫的尸体懒洋洋地倾泻，两辆汽车从我身旁呼啸而过，将歌声分割得支离破碎。并未见人迹，可那歌声仍在耳边缭绕。

我暗暗地思忖：是谁有十分的兴致寒夜高歌？素爱欢歌的我，已很久未有吟唱一曲的心境。街市上流行谁的歌，我早已漠不关心。跟我有什么关系呢？这凉薄的季节，尴尬的年岁，满地鸡毛的日子，有什么理由值得高歌呢？

我漫不经心地往前走。汽车远去，歌声迅速地合拢，止不住地钻进我耳中。我禁不住地去分辨它的来源。我四下顾盼，终于望见前方站台上显现出一个暗色的身影正踽踽地独行，惨淡的路灯将影子拽得颀长。

我很是好奇，悄悄地跟过去。那是个敦实的男人背影，穿着黑色外套，身子微罗，左手揣进衣兜，右手仿佛握着什么，紧紧地贴在耳边。

我慢慢地靠近那男人，歌声越发清晰，因此我能十足地断定，那如同惊鸟纷飞的声音是自男人而发。

我边走边凝神细听，仿佛听出些熟悉的味道。男人的发音并不标准，气息也不沉稳，但我仍是听出了曲调——是新疆民歌《达坂城的姑娘》。在新疆，这首歌可谓家喻户晓，我自然也是会唱的。

男人旁若无人地唱，我不远不近地跟随，情不自禁在心里默默地吟和。三五辆汽车驶过，又是一阵轰鸣声，如同海浪，瞬间将歌声湮没。轰鸣过后，马路瞬间沉寂，歌声再次破浪而出，像大海行船，摇摆不定。

男人唱得很是投入，身体夸张地随旋律起伏，仿佛身处舞台。秋风袭来，地上的落叶忽地打了一个旋，向我的脚下扑来，我下意识地躲闪，那歌声仿佛受了寒，开始颤抖。我不由再次裹紧单薄的运动衫，男人却突然拔高了声调——"你要是嫁人，不要嫁给别人，一定要嫁给我"。歌声穿透寒风，愈发声嘶力竭，几乎要将嗓子拉破。

我将双臂抱在胸前，默默地倾听，默默地在心里吟和。这寂寥的秋夜，西北风萧萧地吹，上弦月清冷，弯弯地露出一抹银白的牙边，总有"我寄愁心与明月"的伤感，让人有说不出的惆怅。可一个陌生人不成曲调的高歌，竟让这寒夜浮现几分熟悉的温情。

某年深冬，我上晚自习，教室很冷，下课铃声刚刚奏响，同学便作鸟兽散，只一分钟的时间，就呼啦啦全没了踪影。我并不着急，只是慢吞吞地收拾课本，走出空旷的教室，穿过死寂的楼道，去一株枝丫光秃秃的老杨树下推自行车。

那晚的确很冷，风萧萧地潜行，天幕漆黑，飘着稀薄的雪花，不密但很大，被风席卷着翻飞，安静地望去竟隐现一丝无声的凄美。只是我并没有心思欣赏，我得回到我冷冰冰的家。我用手套拂去车座上的积雪，慢悠悠上车，往家的方向骑行。我穿一件暗红色的棉衣，年年穿，已经洗得很单薄，在灯下几乎可透光。我在雪花中哆哆嗦嗦地骑行。寒风透过我单薄的棉衣，萧萧地扑向我穿了五年的旧毛衫——那还是母亲留下的毛衫。自从父母在我十三岁那年去了喀什工作，他们再也无暇顾及儿女，很长一段时间，我都是自己照顾自己。茄紫色的毛衫早已洗得褪了色，孔隙稀疏，完全失去了毛茸感。我甚至能清晰地感觉到狰狞的寒风一点点掠夺我身体的热量。

我哆哆嗦嗦地骑车，期盼能早一点到家，虽然没有父母的家并不温暖，但总好过冻毙于风雪。

很不幸，我的车链条脱落了，地点正好在十字路口。在白天，那个路口很嘈杂，人潮拥挤，车队川流不息，给人很安心的感觉。可那个雪夜，除去在雪花中瑟瑟发抖的路灯颤颤巍巍地散发出凄清的光芒，繁华的路口一片阒寂，不要说人，连一只流浪狗也看不见。天气暖和时，我常常能看见三五只脏兮兮的野狗在花池中嬉戏。

我像寒号鸟一样缩着脖子，蹲在路边察看我的车链条。我摘下手套，试图让出轨的链条回归。或许是太冷了，被冻得僵硬的手指根本不听使唤。我回头看看四周，并无人迹，三两盏路灯泊在半空，一辆大货车轰轰隆隆地驶过，而后又是一片死寂。我不知所措地开始哭泣，眼泪刚刚流到脸上，立刻变得冰冷。

我用冻僵的手背拭去眼泪，咬咬牙，戴好手套，打算推车往前走。我穿过十字路口，经过一条没有路灯的小路，很黑，我开始感到恐惧。好在路两旁错落着几幢老式砖房，一些狭窄的窗户淌出一屡屡橘色的灯光，时不时传出几声狗吠声，让我略微心安。

但仍是恐惧。

我边走边回头，总觉身后有黑影。我的心狂跳不止，越走越快，到最后，推着掉了链条的自行车几乎小跑起来。不知谁家的狗突然冲出院门，杵在路边冲我疯狂地吠叫。

我呆立在雪中，恐惧感几乎占满了我的心脏，眼泪又不争气地流了出来。那狗却嗷嗷叫着跑回院内。我回转头，看见身后一个模糊的身影正俯身捡起地上的什么东西向狗扔过去。

我顾不得擦泪，推着车飞速离开。我一路小跑，自行车被磕得叮当作响，几乎要散了架。

我跑得大汗淋漓，终于看见了不远处一星昏黄的灯光懒懒地悬在半空，那是回家的大门。

我拭拭脸上的不知是汗水还是泪水，大口地喘着粗气，身上的力气仿佛被吸走了，两条腿软绵绵的。我推着快要散架的自行车，强撑着进了大门。

雪，还在窸窸窣窣地下，和我脸上的汗水、泪水混在一起，冰冷无比。我望着不远处一排影影绰绰亮着灯的砖房，那最东边的小院就是我的家。我知道那个没有父母亲等待我的家一定是凌乱和冰冷的，更不会弥漫着饭菜的香气。我有三个哥哥，但他们是指望不上的。男孩子仿佛天生耐寒，不喜欢把炉火烧得太旺，吃饭也总是简单凑合。好歹是到家了，可是，我的心和天气一样冰冷。我推着车慢吞吞地往家走，不抱任何期待。此时，我突然听见一阵熟悉的歌声在雪花中飘摇："花儿为王的红牡丹，红牡丹它开在春天……"

我不由顿住了脚步，侧耳倾听。那是父亲最爱唱的民歌，我自小就听，日日听，曲调早已熟稔在心。我在心里默默地吟和，开始思念我的父亲。只是，那歌声像极了父亲的唱腔。

怎么会是父亲？他和母亲远在五百公里以外的喀什呢。怎么会？我在心里喃喃自语道。

可是，就着扑满了灰尘的窗透出的昏黄灯光，我分明看见一个瘦削而挺拔的身影立在院门口，像一株春天的白杨树，一株熟悉的白杨树。我怔怔地顿住脚，腾出一只手，用落满雪花的手背使劲揉了揉眼睛。白杨树仍在雪中高声歌唱。自行车咣当倒地，我跟跟跄跄地扑了过去。委屈和辛酸像潮水哽在我的喉咙，我在父亲温暖的怀中号啕大哭。

多年后的某个寒夜，一弯如蛾眉的上弦月悬在天幕，没有雪花飘摇，只有萧萧秋风扫过，我又听见了一个人在高声歌唱。一个陌生人，唱着一首我熟悉的情歌。那条曾经没有路灯的小路两侧矗立着美丽的枝形灯和高大的梧桐树，梧桐已枝叶婆娑，挡风又遮雨，我日日从树下经过，从未在意那树竟已可环抱。

同样一个寒夜，不同的是飘摇在风中的歌声和两个高歌的人。

我惆怅地拾起一片落叶，拈在手中，悄悄地跟在那男人身后。他仍未察觉。

风略略息了下来，歌声仿佛被关进了笼子，有些旷远，但仍是声嘶力竭状。

我默默地倾听，边听边思念很多年前的一个雪夜，一个人，一首歌。那个人的脸庞从未在梦中出现，却一直在心里纤毫毕现。我正在向他靠近，越来越近。

男人仍在投入地唱，歌声周而复始地重复，发音并不动听，嗓子开始沙哑。我惆怅地追着这歌声，思绪如雪。突然，有一瞬间，我仿佛听出了爱情的味道。是的，歌声那么深情，如同我刚刚留恋过的凤泉河，一川黧黑的河水正娓娓地向南流去。我甚至可以想见，电波的另一头一定有位伊人在甜蜜地倾听。

他是谁？她又是谁？我不识得他们，但我知道，那泊着的一盏盏灯下，一定有不一样的故事。

不知不觉中，我竟忘了回家的路。在这寂寥的秋夜，傻傻地听着一个陌生人的歌声，走完了一整条马路。

轮　回

　　那年秋时，夫公务繁忙，一个多月未能回家，只留下阿公和阿婆两位耄耋之年的老人留守在沙雅。那时，我与公婆并不熟悉，夫既不在，倍觉拘谨，再加路途遥远，已多时未去探望。眼看十一长假将至，不回一趟沙雅总觉不妥，遂决定还是驾车回去。那日，清晨起床便急匆匆出门买菜、买点心，买杂七杂八——阿公素有腿疾，行动不便；阿婆慢性病缠身，也很少出门——遂顺路帮他们捎带点儿家用。这一耽误，便到了午后才上高速。

　　正是仲秋，天气晴朗，视线极佳，云朵轻盈地泊在远山之巅，像丰收的大棉垛；一条宽阔的青光大道，如带逶迤向前；道路两侧的红柳花开得正媚，仿佛一团团粉紫色的雾扫过车窗。许久未驶长途，心情竟如同天空一样明媚，可仍是有些忐忑：婚后，我去公婆家的次数屈指可数，且次次皆有夫陪同，我并无须多言。可眼下夫抽不开身，我孤身前往。面对两位老人，话该如何说，又该怎样与老人相处呢。我一路走，一路忖思。

　　一路向东，紧赶慢赶，可架不住秋日昼浅，到沙雅时天已黑透。因去得少，并不熟悉公婆家，依着导航找到小区，进大门时，保安并不识我，不允汽车进入，无奈，百般解释，仍被阻于大门外。彼时正是下班高峰，身后马路车流如潮，夫又不在，无人接应，也不知该将车停到哪里去，一时眼泪几乎要流了出来。正自心焦，却见灯影中一人蹒跚而行，像是位老人拖着一双不利落的腿缓缓向我走来。我并未在意，只是焦虑地想眼前事该如何解决。那人走到近前，直唤我小名，我这才认出是阿公。进门后才知，前日夫便告知阿公我今日将至，老人家恐我难进小区，早询问过我的出发时间，算好了几时到家。阿公拖着病腿，几次三番出门迎我，可皆未迎到。阿婆劝他腿疾行走不便，莫要再去，就在家中等候。阿公只说，儿媳也是人家父母的心肝宝贝，几百里路来看公婆，我们不能怠慢了人家。

由于秋燥，那几日我恰好生了口疮，下唇肿得老高，吃喝时痛楚不已，遂显得很是憔悴。进了公婆家，阿婆一眼便瞧见，问明因由，心疼道，定是水喝少了，嘱一定要多喝水下火。我连连应声，来路上反复演练了几遍的见面客套话早忘得一干二净，只顾端着茶杯拼命喝水。阿公端着茶壶，坐在一旁笑眯眯地望着我，并不说话。我知他老人家素来耳背，只与阿婆叨叨扯扯半个多时辰。水也喝了，饭也吃过。阿婆说长途驾车疲惫，早回家歇息。我正要起身告辞回自家，阿公却示意我等等，我只好坐下。只见阿公慢腾腾挪进厨房，拿出一个老式水壶，说我火气旺，特意沏了褪火茶，等下带回去多喝点儿，明日就能消燥。

那水壶，是多年前常见的军用铝壶，七八十年代时几乎家家都有一两个，外壳的漆色脱得斑斑驳驳，那么熟悉，仿佛少年时父亲曾用过的水壶。我幼年时，放暑假，父亲常常用这铝壶沏了酽酽的茯茶背在身上，带着我去钓鱼、捡野蘑菇。玩得累了，感觉焦渴，父亲就将壶盖拧开递给我，就像阿公递给我的样子，笑眯眯，满脸慈祥。

那天，我双手接过水壶，依然和当年一样沉甸甸，手感也一样光滑细腻，温温的，像极了多年前父亲牵着我的那只手。三十年后，水壶，依旧是当年的水壶，可递给我水壶的那个人，却再也不是当年的那个人。但那日，我在心里，将阿公当作了父亲。

回家后忙忙碌碌，直到临睡前才记起那褪火茶，慌忙倒了一大杯。茶仍热腾腾的，只是入口极苦，如药汤，令人蹙眉。若是以往，恐怕连一口都喝不下，可那日我却不能挑剔，因为那是阿公的一片心意。于是忍着苦滋味强咽下，虽难以下咽，但一股热流入腹后，口中却始回甘，清凉凉、甜滋滋，就像母亲年年酿就的醪汁那么爽口。

那次，夫一直未能回家，我每日去公婆家做饭、吃饭，相处得很是融洽，并未有丝毫拘谨感。阿公说，你到了家，就是女儿，女儿回自家，是万万不能客气的。这话，说得我眼框湿湿的。

没几日，假满，准备回宿城。头晚，我特意做了米饭，烧了几个菜，三个人安静地吃饭，不说话，却满屋子温馨。饭后，我正忙着洗碗、擦灶台，转身，却见阿公慢腾腾地进来。老人家本有腿疾，行动迟缓，那时厨房地砖湿滑，还未及拖擦，我慌忙丢下手中的碗碟，擦净手，边搀阿公边嗔他有事喊我便是，莫在厨房逗留，小心跌倒。阿公只是双眼殷殷地望着我，说："你快离家了，我还有点舍不得。"

我鼻子一酸，眼睛涩涩的，说："阿公，您莫惆怅，回去上几天班，过段时间我还会来看你们。家在这里，以后我常回来。"

再回沙雅，是二十余日后，此次我并未驾车，而是坐大巴回去。这次，我提前给阿公挂了电话，嘱咐莫再要来来回回地接我，我并未驾车，可自行进小区。阿公嘴上允了，可待我进小区门时，灯影下，阿公早已候在路边。那几日快要立冬，天气日寒一日，夜风也刮得冷飕飕，我上前握住阿公的手，那手却冰冷。

翌日，夫告假归家，终于团聚。吃过早饭，双双去看公婆。进门，却见家中只阿婆一人枯坐，问及阿公，说是昨夜腹痛不已，自行服了药，至今晨仍未消解，将将骑三轮车去医院了。

夫急忙致电阿公，久久无人应接，只好驾车去寻，路上汽车往来穿梭，夫驾驶，我一路望马路两侧，却并未见阿公身影。

一路行，一路望，直寻到医院门诊部，也未找到阿公。夫有些焦急，挂电话，仍然无人接听，慌忙找去内科诊室，却迎面与阿公相遇。他手中拎着几盒药，蹒跚而行。一问，已是诊完疾，方取了药出来。夫埋怨阿公，明知儿媳皆在，也明知自己有腿疾，偏要独自骑车去医院，不能体谅下儿女牵挂之心。阿公说："你们平时那么忙，好不容易才回来一趟，家里事情也多，就不麻烦你们了，我能自己看病。"阿公说这话的时候，望着我，仍然笑眯眯。夫无话可说，只好嘱我驾车送阿公回家，他骑三轮车回去。阿公却不允，坚持要自己骑车。夫百般劝说，阿公仍不肯上车。夫已有恼意，埋怨阿公任性。阿公只是不睬，自顾自地开锁，慢悠悠上车，并转头对我说："你俩去逛逛街，中午早点回家吃饭啊。"

相聚总是太短。夫假期很快结束。回了单位，我还有几日休假，忖思公婆孤单，不如再多住几日，陪陪老人再回宿城，遂依旧每日买了菜，去公婆家做饭一起吃。阿公胃有陈疾，一向饿不得，也吃不得刺激的东西；阿婆牙口不好，吃不得坚硬的东西，遂常做软糯易消化的汤饭。因着老年人的通病，公婆平常饮食极是简单，并不讲究营养，吃饱肚子为宜。我做的汤饭，淋了醋，酸酸的，阿公竟很是喜欢，边吃边赞不绝口。那日午饭，仍是做了汤饭，三人各自一碗，热气腾腾，公婆吃得极是酣畅。其实我并不喜食汤饭，吃完一小碗，便置了筷。阿公说我吃太少，汤饭不扛饿，早早腹中就得辘辘，须再添半碗才行。我说，素来只一碗的饭量，再多也吃不下。阿公不允，始终坚持，若是我不添饭，他也不吃。无奈，我又盛了半碗饭，认真地吃。阿公坐在对面，脸上满是笑意，那么亲切，就像父亲曾经的笑容。

那几日天已冷下来，暖气却还未供，公婆住一楼，家中冷气袭人，可那日的饭，却吃得心里暖洋洋。

饭后闲聊，说到翌年可长居沙雅，可常来为公婆做爱吃的汤饭。阿公笑盈盈地说："你做的饭合我们胃口，我和你妈爱吃。我们老了，饮食清淡、软和，可你们年轻人牙口好，喜欢吃有嚼头、有味道的。以后你有时间了，偶尔来家做一顿就好，不必天天陪我们一起吃，你们只管做你们喜欢的饭食。"

那时，在阿公眼中，我们仍是年轻人，身轻似燕，腿脚利落得似乎能行二万五千里长征，牙口好得能嗑坚硬的杏核。可阿公忘了，生命的列车疾驰不息，从不曾丢下谁，窗外的草木此消彼盛，并不因谁的意愿错过季节。他以为尚还年轻的儿女们，其实脸上也早已覆满岁月的风霜，肩负重重的担子，也和千千万万父母一样踽踽而行。

父母的心大抵相似，总是一厢情愿地用他们风烛残年的身体去抵挡光阴的狰狞，仿佛百炼之躯，让儿女在他们的庇佑之下走得慢一些，再慢一些，可谁能挡得住岁月的饕餮之口？父母在，靠山在，儿女依旧是父母面前肆无忌惮撒娇、淘气的孩子，等到有朝一日父母皆不在了，那堵挡在儿女面前的墙便訇然坍塌，待烟尘散去。那生命的尽头，那漆黑的洞口，便逐日清晰。

回宿城那日，我刚起床，阿婆打来电话，喊去家吃早饭，说："你爸把早点都买回来了，赶紧过来趁热吃啊！"

头晚回家前，阿公还嘱我："明早睡好了再过来吃早饭，不急啊！"

吃过早饭，清扫了厨房，准备回去收拾行装出发。阿婆说："快入冬了，天黑得早，早点走，早点到家。"一旁端坐的阿公颤颤起身，想送我出门。我轻轻扶住阿公的肩，将他按在椅子上，嘱他莫操心。那时，我按在阿公肩上的手并未用力，可阿公竟轻飘飘地坐在了椅子上，仿佛孩子的身体。我心中有些吃惊，却并未多想就出了门。其实，那时阿公身子已有了癌瘤，身体失去了力气，并日渐一日地消瘦下去，只是我们谁也不知道。

出门时，阿公阿婆双双将眼望向我，殷殷的目光中似有不舍。我喉头一哽，轻轻带上了门。

正午，我坐上回阿克苏的大巴，车上乘客不多，我打量身旁，两位美丽的维吾尔族姑娘正亲昵地窃窃私语，她们身上散发的香气弥漫了整个车厢。一位中年母亲怀抱婴儿，婴儿的嘴里紧紧衔着橡胶奶嘴，甜甜地酣睡。我望向窗外，正是暮秋，草木盛极而衰，早失去了夏时的鲜润，近处的胡杨叶却黄得触目惊心，像满树的蝴蝶在风中穿梭。

阳光那么明媚，一抹天色澄澈。

我禁不住回头去望，那些深深浅浅的黄，由一片片清晰的胡杨叶，渐渐模糊、模糊，直到融成一团团混沌的金色，此起彼伏。青色的道路迅疾地倒退，像一条带，蜿蜒远去。

我记起，三十年前的某个秋日，父亲骑着一辆老式自行车，载着我，也在一条满是胡杨叶的小路上驰过，明媚的秋阳打在我脸上，我在车后座上兴奋地东张西望。一只"黄蝴蝶"飘到我的眼前，我一把捉住，淘气地将它塞进父亲的衣领。父亲缩着脖子呵呵大笑，脚下的车轮依旧蹬得飞快。

可是后来，父亲丢下我，在漆黑的夜里独自走了。他穿着后背已晒得发白的中山装的背影，离我越来越远，越来越远，远到我再也看不见。我大声呼喊，竭力追赶，却只能在梦中相见。

后来，某一日，在万千的人群中，夫搀着阿公蹒跚而来。仿佛一场轮回，那些我曾经难忘的瞬间失而复得。

光阴啊，你慢些走！

秋月夜

　　如果不是海哥告诉我，我完全不知道这个看上去与平常并无不同的日子，竟藏着一个传承了上千年的节日——中元节，也就是民间俗称的"七月半"，亦称"鬼节"。

　　这是一个初秋的夜晚。月亮慵懒地悬在浮尘还没有散尽的夜空；车辆呼啸着穿梭往来；路灯昏黄的光芒下，梧桐投下一团团暗黑的影子；不远处，蛐蛐乐此不疲的歌声在秋丛的剪影中缭绕……一切都昭示着这是一个再寻常不过的秋月夜。

　　当从海哥口中得知今日是"鬼节"一事，我突然感到无比惊悚，空气中似乎飘浮着阴森的味道。我紧张地四顾："海哥，我娘说的，七月半，鬼乱窜。咱们今晚会不会真的看见鬼？会不会真的撞到传说中的鬼打墙？"海哥失笑，我亦觉问话憨痴，不由掩嘴偷笑。

　　汽车潜行在夜色中。海哥的车技相当令人心安，一如他的气质，沉稳镇定。我安静地坐在海哥身后，注视着车窗外浑浊的月色挟着树的影子匆匆掠过。

　　我不禁有些眩晕。时光有一种交错之感，这空气、这月色、这树影正在追着、赶着、奔跑着赴一场盛大的约会。

　　海哥和我，又在赴谁之约？人总是匆匆地赴约，或风雨兼程，或颠沛流离，是谁也逃不脱的宿命。

前方交叉路口，一团橘红的火光摇曳着，汽车驶近，能看见一位身穿皂色外套的中年男子正半跪在火堆旁，火光映衬下，看得见他神色凝重。男子手握一沓黄纸，正轻轻地投向火堆，火舌迅速舔食，滚滚热浪将灰烬送上天空。黑色的烬打着旋，散入墨色的天空，消失不见。

汽车驶过，我趴在车窗上努力向后望，火光渐渐远去，皂衣男子半跪的身影渐渐模糊。我想起三十年前的某个场景，何其相似。那个夏日，正是花好月圆之夜，可我却跪在父亲身旁焚烧黄纸。灰烬习习，青烟袅袅；两点红烛，长夜不息。

心中方始清醒。原来，今日也是父亲的忌日。只是不知阴间的节日是否如人间那般盛大。再望向窗外，面对路旁那些先前看来鬼影幢幢的树，竟再也无惧怕之心。

结束柏油路上的行驶，乡间小路以暗寂的姿态迎接我们。海哥平稳地停车。打开车门，郊外的夜风携着凉凉的秋意抚过我裸露的肌肤。不禁打了个寒噤。那日，我还穿着裙衫，边城早晚温差极大，身体备感凉意，我不由双臂环抱。细心的海哥回身从车中取出一件衣衫递给我，我接过披在肩上，温暖中再度想起父亲。

秋风起兮，秋草黄，又是一年雁归时。时间如箭穿梭，此年又将终结，人亦归往何处。

白日的浮尘还未褪去，月色也有些浑浊。一排排幼杨仿佛单薄的少年奔波在四野。不远处，几座屋舍自窗子透出黄晕的灯光，隐隐似有人语。

二十年前，我与海哥相识于一个偏远的边塞小城。彼时，海哥未娶，我正青春烂漫，曾日日坐在海哥的自行车后，穿行在阡陌纵横的乡间小路，一起踏青、游玩。那时，两人称兄道妹，相处很是和睦。后来，海哥回了煤城。再后来，听说他娶了妻，生了子。那时通信不畅，我便渐渐失去了消息，此后，再未见过海哥，甚至遗忘了自己曾经有过这样一位兄长。曾听过一句话：相见的人会再相见。果然不假，二十年后，在一个秋月蒙蒙的夜晚，我竟立在海哥的身后，在烟火稀落的乡间小路上仰望月色。

人生奇妙，常常有许多意料之外的事情发生，譬如我与海哥的重逢。原以为多年前的相识如夜空中的两颗流星，短暂的交汇后便各奔东西，"人生不相见，动如参与商"，从此山高水长，即使咫尺之遥，亦两相遗忘，却不料竟在一个秋月夜"今夕复何夕，共此灯烛光"。

与海哥的谈笑，甚为轻松，全无伪装和矫情，就仿佛夏日的一缕甘泉潺潺流淌，清澈、明净。在见到他之前，我一直以为，行至中年的男子饱经沧桑，应是功利的、圆融的、浑浊的，但海哥留给我的印象，却是干净的、沉稳的、睿智的，通明世事，人情练达，坚定中又不失霸气。岁月之船在乘风破浪的途中，将青年的生涩和莽撞遗弃在人生汪洋中，留下的是一个中年男人历经惊涛骇浪之后所沉淀的包容和辽阔。

一轮秋月高悬夜空，夜色更浓，秋虫已入了眠，远处不时传来几声犬吠，满满的皆是人间景色。和海哥娓娓的交谈中，家事、公务、人间事，竟说也说不完；也说到少年往事，那些顽劣事、荒唐事，欢乐不已；再说到别后光阴中那么多的愁苦和劫难，而今心境早已平复，只是坦然笑忆当时风涛，曾烟尘嚣嚣。彼时如临深渊之地，而今回头望，原来只是一湾清浅溪流，转眼人生过半，那些过往的伤感、苦难皆已随风飘散，来日无多，理应好好珍惜。

月夜静好，秋风薄凉，昨日已逝去，明日却将谱新篇，秋夜邀约，无关风月，竟也如此美好。

第二辑
草木辞

草木辞

一

立夏，塔里木绿意正酣。榆树新叶蓬发，杨柳拼命地抽穗，梧桐的浓荫日渐盛大。街角花园里烂漫了大半个月的丁香仍余香袅袅，路边的槐花却迎来了一年中最煊赫的时节。花絮沉甸甸地缀在枝头，槐花微苦的清香与丁香的幽香奇妙地交织，竟融合成酽茶般的烈香，追随着晚风，挤进门，挤进窗，渗入发丝，渗入衣襟，浪漫的气息氤氲了一整个城市。

花香撵着季节，不几日便到了月末。某个清晨，走在路边的树荫下，夏风清凉抚过，一缕甘香翩若惊鸿，诱人满口生津，正欲深嗅，却又迅疾遁去。四下觅香，始见不远处的青砖地上早积了一地果实。急忙奔去察看，只见满地蜜汁飞溅，蜜蜂嗡嗡，蚂蚁奔劳，来来往往好不热闹。抬头望天，一株老树满目翠色，绿茵茵的梢头缀满了拇指般白亮亮的果实，几乎遮蔽了大半个天空。踮起脚尖，欢喜地去够那枝条，风狡黠地袭来，一颗透熟的果实"啪嗒"掉在肩头，摔成一摊烂泥，湿嗒嗒地黏在衣衫上。忍不住用手指去蘸了那泥，送入口中，甜蜜的滋味瞬间湮没舌尖。

是的，塔里木的桑葚熟了。

桑葚初熟时节，塔里木甜杏正青，红桃正涩，苹果和梨正结了玲珑的果实，皆不得入口。桑葚就做了果实兵团的先锋，粉墨登场。

塔里木向来多桑，田间、地头、阡陌之间多有植桑。桑树易长，三五年便枝叶婆娑、虬枝如盖。农人若耕作劳累，正好坐在树下，饮上几口冷茶水，再背靠着树身小憩一会儿，消暑亦解乏。因"桑"音同"丧"，中国民间惯有"前不栽桑，后不栽柳"之说，故寻常人家门前是鲜见桑树的；然而，塔里木的维吾尔族人却并不屑此说，故栽桑习俗沿袭迄今。在塔里木的乡村，如见谁家院中或是门前屋后挺立一两株枝繁叶茂的大树，那人家，定然是维吾尔族人，那树，也多半是桑树。桑树耐旱、粗放、不拘水肥，刨个坑，随意栽下几株，不几年便绿荫如云，既能遮阴，亦能结下满树的甜蜜。在新和县的"乐器之乡"加依村，栽桑习俗更是被传承到极致。村里的桑树简直稠密到"叶绿掩柴扉，户户桑葚香"，不足三里的一条小路，入眼处皆为桑，红桑、白桑、黑桑，花样百出，滋味更各有千秋。曾有人戏谑，若是初夏时节在加依村漫游，根本无须用手去摘桑葚，只需将头仰起，张嘴，准保有熟透的桑葚掉入口中。

关于桑树的起源，众说纷纭，各持己见，但可以断定的是，桑树确是中国最古老的原生树种之一，其历史可追溯到商朝。河南安阳商都城殷墟遗址出土的甲骨文中就曾发现关于"桑"字的象形文字，民间亦有关于黄帝元妃嫘祖为蚕桑之母的传说，足以证明华夏植桑历史之悠久，几乎可与中国五千年历史比肩，亦因其超强的繁衍能力与顺应自然的能力，在华夏大地数千年不绝，才引嫘祖就地取材发明养蚕缫丝技术，使人类衣可蔽体，安度寒冬。

自嫘祖集百姓事蚕桑始，养蚕缫丝技术逐渐在华夏大地推广，市井、宫中丝绸衣衫盛行，并携千年烽烟，与光阴共进，被人们赋予种种美好，诸多与桑关联的历史记载留传至今。

当目光穿过历史的林樾，复归三千年前，一个明月皎皎的夏夜，兰花的香气如海水蜂拥，一位青年男子独自徘徊在一株老桑树下，等候他的爱人。阵阵晚风，吹得桑叶婆娑作响，发出"沙沙"的呻吟声，皎洁的月光映在青年的双眸中。他的心像风中的桑叶一般悸动，情丝也像海水一样泛滥，心跳难耐，相思情浓。青年不由将满腹情丝化为诗韵，写下一首诗歌以寄相思，这便是诗经《国风·鄘风》里的《桑中》一文。诗中，男子以对话的方式热忱地表达了他的相思之意："爰采唐矣？沬之乡矣。云谁之思？美孟姜矣。期我乎桑中，要我乎上宫，送我乎淇之上矣。"一问一答，遣词优美，寥寥数语，便将一对情侣于桑树下相悦的故事娓娓道来，纵使千年后品读，仍觉美好如斯。同样，在诗经《小雅》中，亦有一首至今仍为人津津乐道的《隰桑》，同样以桑寄情："隰桑有阿，其叶有难。既见君子，其乐如何。隰桑有阿，其叶有沃。既见君子，云何不乐……心乎爱亦，遐不谓矣？中心藏之，何日忘之！"诗中描述了一个二八女子徘徊于桑树下思念爱人的场景，桑叶婆娑，撩拨得她心痒难耐，一颗春心荡漾，难以自持。她欲向爱人表达情意，却又纠结矛盾，最终不得以臣服于现实，无奈"中心藏之，何日忘之"，将思念埋藏心底。而此情此景，皆因桑为媒。

日月盈昃，朝代更替，那些宫城之中，故事、传说岁岁更迭，然而，被寄予美好象征的桑树从未淡出时光。它一路开枝散叶，在华夏大地繁衍生息，将根扎在风沙弥漫的西域，扎在垂柳如烟的长江南北，绿了一百年、一千年，让翠绿的桑叶愈发葳蕤；让一双双纤巧的手摘下一箩箩桑叶，喂养数以亿万计的蚕，吐出比太阳的光芒更为纤长的丝；让一代代蚕娘从青丝到暮雪，织就一匹匹宛若云霞的绸缎，直到"春蚕到死丝方尽"，以另一种方式让桑的生命生生不息。而后，桑的绿荫又一路播撒到两汉，再次与一位名叫罗敷的美丽女子不期而遇，便有了著名的汉乐府诗《陌上桑》。作者用生动的语言娓娓讲述了一位采桑女罗敷在采桑途中发生的故事，令人时而莞尔时而揪心，并在民间长盛不衰，传唱千年。

这是桑的生命力。无桑亦无罗敷女，无桑亦无诗千首。桑树可福荫，桑葚以酿酒，桑叶更伺蚕，蚕缫丝，丝成绸缎，终予人以锦衣。"春日照九衢，春风媚罗绮"，丝绸的华丽娇艳了千百年来的每一个春天。后来，诗人白居易也写下了一首诗《缭绫》，将以蚕丝而编织的缭绫之美赞美到极致："缭绫缭绫何所似？不似罗绡与纨绮。应似天台山上明月前，四十五尺瀑布泉。中有文章又奇绝，地铺白烟花簇雪。"阐述了一株桑树的力量。它以身饲蚕，造就了蚕丝的辉煌时代，奠定了中国在世界丝绸史上的地位，并因此为引，成就了一个名叫张骞的人。

张骞的一生，是与桑结缘的。公元前138年，张骞奉汉武帝之命，出使西域，但很不幸，在穿越河西走廊时，被匈奴强行扣留。可怜的张骞，被匈奴足足软禁了十年。这十年，他夜夜梦回长安，"浊酒一杯家万里，燕然未勒归无计"。后来，这个心志高远的男人设法逃出王庭，但他并未回乡，而是再次踏上西去的征途。那时节，西域天高地远，草木稀落，白昼日光毒辣如火，夜里风沙乍起乍歇，前有漫漫长路，后有绵绵追兵。张骞一行饥渴难耐，眼看就到黄昏，还未寻到心仪的宿营地，忽然，前方一片绿荫遥遥，张骞惊喜交加，跌跌撞撞直奔那绿荫而去。毋庸置疑，那是一片桑林。也恰巧，正是桑葚熟时，张骞有幸饱食了一顿蜜甜的桑葚，而后心满意足地倚在一株老桑树下，昏昏欲睡。那晚，西域的月光格外明亮，天幕黛蓝，星辰如海，夜风飒飒地吹，桑叶沙沙地私语，张骞嗅着桑葚的甘香沉沉地睡去。那夜，他梦回长安，那条他常常走过的街巷边，几株桑树比邻而立，那桑葚正散发出诱人的气息……后来，张骞二次出使西域时，特意来到这片桑林前，深深地拜了一拜，而后策马扬鞭，一路向西，最终贯通了历史上著名的丝绸之路。

张骞已远，历史已为云烟，昔日的丝路仍如纽带连接各地。而与它息息相关的桑，在张骞故去两千年后，仍在每一个初夏挺立在塔里木的乡村和城市的道路旁，依旧散发着醇厚的香气，如同当年张骞嗅过的那缕香……那些桑，穿越历史的尘烟，见证商的兴替、春秋的繁芜、汉的盛大、唐的绮丽，和塔里木的崛起。

五千年来，一场场有关桑葚的盛事，在曾经的西域和今天的塔里木重演，从未消声。就譬如我的窗外，一株新桑正在夏风中摇曳，桑叶绿得发黑，桑葚正垂挂在枝头，酝酿翌日的甜蜜。

二

　　中国惯有立秋三候之说，"一候凉风至，二候白露降，三候寒蝉鸣"，泛指季节更替下自然的变迁。宋人朱熹亦有诗吟"不觉池塘春草梦，阶前梧叶已秋声"，眼看草木由盛及衰，只好无奈地将悲秋的惆怅寄于笔端。此时，若是在距江南万里之遥的塔里木盆地，秋的触感则更为鲜明。霞光缱绻，余晖脉脉于柳梢，蓦地漠风四起，天色沉郁，仿佛要酝酿一场暴雨。可那雨偏又不肯落下，煎熬着、踌躇着，直至夜浓更深，万物将将要安眠，却乍地惊雷如怒，疾雨如注，铺天盖地酣畅而下。待到翌日，晨起推窗，只见天际处雪山清明，四下里风高云阔，丝缕凉风萧萧而来，不由胸襟豁然，秋滋味可谓入景入心。

　　边城秋凉，正是母亲编草席的好辰光。闲不住的女人，但有暇时，总伏在小院的荫棚下，十指飞花地编草席。那草，叫芨芨草，将好熟在秋时，不单是上佳的编席材料，还是牲畜们的口粮。春时，万物复苏，芨芨草万千新枝破土而出，像数不清的箭镞发散向天，入夜，春雨淅沥，那新丛得了滋润，便铆足了劲儿地潜滋暗长，拔节、抽穗，纤细的秆鲜绿脆嫩，在暖阳下散发出青草独有的清香。此时，周边的牧人们早盘算好了芨秆最饱满的时节，三三两两地骑着驴或马，长调短声地吆喝着，赶着自家的羊群拉拉杂杂地来了。嚼了一冬干草的羊，口里早就寡淡到了无滋味，远远就嗅到一股诱人的青草香，涎水不由在舌间澎湃，四蹄踢踏，一通狂奔，便猛猛扎进芨芨草丛大快朵颐。此时，一旁的牧人则安顿了坐骑驴或马，择一处高坡的凹处，懒懒地斜倚着，手里不时揪根鲜嫩的芨芨草芯丢进嘴里，嚼出满嘴的清甜。若困倦了，则幕天席地，在暖阳下入一场黄粱美梦。

日头不觉西斜，羊群亦已吃到肚腹饱胀，散漫地四下闲逛，只可怜那芨芨草群被戕害到失去了颜色，如鏖战后的残局，满目折损的箭镞横七竖八地杵在天地间，一派悲凉之色。天色更晚，牧人与羊群披霞光远去，一片狼藉的芨芨草群终得以喘息，复归宁静。这野草果然粗放，在天幕下不声不响地积蓄精气，才隔几日，便缓过了精神，一场夜雨后，又万千新丛向阳发了。

在塔里木，芨芨草是人们司空见惯的野草，多长在荒芜、贫瘠处的草滩、旱地，年年岁岁风来雨去，冷暖自渡，鲜有人问津，却生得极为茂盛，一簇簇，一片片，野腔野调，漫天漫地。一千两百余年前，著名诗人白居易曾满心怅惘地立于一片原野之上，吟出一首千古名篇："离离原上草，一岁一枯荣。野火烧不尽，春风吹又生。"这"原上草"究竟所指为何，世人多有争议，但我一直以为芨芨草才是最符合"原上草"之意境的。试想，莽莽荒野，放眼望去，衰草零落，唯芨芨草安之若素，一丛丛地蓬生。春时，新枝发轫如长发摇曳多姿；秋时，老秆柔韧荡漾若海浪，其茂盛之态最符原上之草。再者，七八十年代，不仅牲畜吃的是芨芨草，编芨芨草席也曾盛极一时。纵使经牛羊啃食、人工收割，可那草却总也不见绝迹，依旧漫山遍野，正应了"野火烧不尽，春风吹又生"之说。

古人曾称芨芨草为"白草"。据《汉书·西域传》记载：

"楼兰国出玉，多葭苇，柽柳（即红柳）、胡桐、白草。"颜师古《注》亦有说到芨芨草"白草似秀而细，无芒，其干熟时，正白色，牛马所嗜也"。说来也怪，芨芨草幼时尚翠，越老，颜色越浅淡，直至秋时完全成熟，则通体泛白如枯，形若冲冠之发，向天发散。它的花儿亦为穗状，细细碎碎，幼时极易与野生稻禾混淆。在温宿县阿克布拉克草原，我曾见过大片的芨芨草群，东一丛，西一丛，漫不经心地覆满了山坡。山风袭来，万秆芨芨草齐齐倒伏；山风一去，草群又齐齐立起，气势磅礴，亦柔亦刚，总也未见折断，极能适应环境。若是深秋时分，云天漠漠，远远望去，连天的芨芨草淡白如雾，逶迤而去，苍茫之感顿显；又总觉那草丛中隐匿了千百羊群，直如《敕勒歌》中所唱："敕勒川，阴山下，天似穹庐，笼盖四野。天苍苍，野茫茫，风吹草低见牛羊。"

芨芨草茎秆纤细，修长，触感光洁。秋时节，野地里的芨芨草熟得将将好，正是编草席的好材料，因其茎秆细脆，若要编席，头天须得浸在屋后的大池塘里，饱饮夜水，编起来才有韧劲，不易折断。割草、浸草，自然都是父亲的任务。大院东面的荒原正是芨芨草安身的家。父亲下工后，约三两工友去荒原上走一圈，不多时，一大捆芨芨草便沉甸甸地挂在了背上。若是哪日父亲将芨芨草浸得太多，母亲多半会熬到很晚。一盏六十瓦的灯泡，黄晕晕地悬在覆了芨芨草席的荫棚上。母亲独自蹲在光影里安静地编，乌黑的长辫在灯光下闪闪发光。睡梦中，我依稀听到母亲疲惫的哈欠声，从深夜到黎明，光阴就在十指窸窸窣窣的编织声中悄然流逝。

母亲编席水准如同她擅长的织毛衣，实在是功夫了得，手指一压一挑间，草席便迅速向前延伸，几个时辰便能编好一张，一周能编三四张。待到周日，父亲把编好的草席摞在一起，卷成一个硕大的席筒，牢牢地缚在他心爱的老"永久"自行车后座上，摇摇晃晃地骑去巴扎售卖。母亲编席，从不吝用芨芨草，席面紧致、细密、光滑，极为结实耐用，在巴扎上众多的草席中，一眼就看得出质地来，卖价又比旁人低廉，往往很快就被识货的买主抢空。父亲得了卖草席的钱，少不得在巴扎上左右踌躇，置两三家用，打一壶老酒，再骑上咣当作响的老"永久"兴致盎然地归家去。

父亲一向信奉《朱子家训》中"黎明即起，洒扫庭除，要内外整洁"的训诫，童年时，每天清晨，父亲在小院中"沙沙"的扫地声曾一度替代突兀的闹铃声，准点唤我起床，而父亲手中所持的那杆大扫帚正是以芨芨草捆扎而成。父亲将收割回来的芨芨草挑出长短一致、粗细均匀的用于编席，余下参差不齐的便归置成一束，用细铁丝牢牢地扎紧，如是，一杆半人多高的大扫帚遂告功成。那芨芨草虽貌似纤弱，但用它扎成的扫帚却极是顺手耐用。其不似市面上售卖的竹扫帚那般沉重、粗粝，也不似高粱扫帚那般硬而无弹。因芨秆细密、轻巧，穗柔韧，双手轻轻一舞，便划出一个丰满的半圆，凡过处，沙石垃圾荡然无存，庭院干净如洗。父亲扫地时，常穿一件蓝布大褂，双手威风凛凛地拖着一杆芨芨草扫帚，左起右落，姿态像极了戏台上的武生。

世事芜杂，人多健忘，早记不清那些年父亲到底扎了多少杆芨芨草扫帚，扫小院，送亲友，只记得，多年后，父亲故去，母亲搬离小院，我清理柴房里蛛网盘结的角落，挪开母亲十数年积攒下的杂七杂八，腾起的尘烟下，一杆芨芨草扫帚安静地倒立在墙角，仿佛是父亲头晚才刚刚扎好的。我禁不住用手去拨弄梢头的草穗，那穗迅速地倒伏又弹起。

　　三十年后，阿克布拉克草原的芨芨草群仍波涛连天，摇曳在远山的裙边，而老屋东面那片荒坡却被无边的苹果园覆盖，曾陪伴了我整个童年的芨芨草席和芨芨草扫帚也已遗失在光阴之中。是的，早已无人钟爱它们，它们只活在母亲的絮絮叨叨和我深夜的梦境中。后来，某年，一个秋日的午后，耄耋之年的母亲俯身在核桃树下捡拾一颗埋藏在泥土中的果实，一缕秋阳穿过核桃枝叶的缝隙映在母亲的发上，银丝闪闪，我方才惊觉，母亲曾经乌亮的头发竟被光阴围剿到所剩无几。我走上前去，轻轻地拨开一缕发，那万千银丝啊，像秋时熟得正好的芨芨草那么洁白！

三

　　我初至阿依库勒镇不远处的月亮泊时，正是这里最美的时节。据说，在某个春潮泛滥的夜晚，月亮似坠入人间，碎落一地，化为众多水泊，故此才有月亮泊一说。那天，正逢初秋，万里无云，天青似釉，那些水泊在天光下皎洁得如同月色，清澈而又明亮，旁边拥簇着一团团红柳，粉紫色的花瓣层层叠叠，如烟似雾。水树相映，与南面灰色的远山遥遥相对，竟构成一种奇异的浪漫气质，令人心醉。

在寥廓的塔里木，红柳可谓无处不在。贫瘠的山地，荒凉的戈壁，经年无水的沙漠边缘，皆可见红柳默立，其身侧也多为胡杨。一乔木，一灌木，一高，一矮，却并未有突兀感，而是两两纠缠，根系深入大地，犹如连枝一生相依。只是，胡杨以叶的华美取胜，而红柳却是以漫长的花期渲染了塔里木。若单论红柳的花朵，姿态平平，并无惊艳，纤弱的枝叶间缀着丰茂的花序，但那花朵虽玲珑如苔，却经久不衰，几乎开遍春、夏、秋三季，若是用心细嗅，那苔花竟散发出淡淡的香气，似有非有，很是受用。除花外，红柳还有另一奇。在塔里木，人人皆知晓，红柳的枝条亦带香，维吾尔族人向有以红柳烤羊肉的习惯。折取新鲜的红柳枝条，将肥瘦相间的羊羔肉穿于其上，炭火慢炙，红柳枝的精髓渐被逼出，香气无处可逸，只好回渗羊肉中，待肉香四溢，送入口中，肉的浓香与柳枝的清香奇妙地融合，真真令人满口生津，欲罢不能，不由令人心中感慨人间至味不过如此。

塔里木植物纷繁，千姿百态。若论气节，胡杨、红柳当仁不让，二者不仅伴生，在习性上竟也惊人的相似。但凡林木葳蕤、水草丰润之地，鲜有红柳丛生，大抵是天生不喜争高下，自知无牡丹的雍容，亦无玫瑰的娇媚，更不屑苇的轻薄，哪里荒芜，哪里开花。而那春水，那沃土，皆给了那些耐不得寂寞的别家。这人间，终究是要均分秋色的。

但我惊诧于月亮泊的红柳此起彼伏地相依成团，粉紫色的花开得如火如荼，远远望去，像轻盈柔软的云朵，竟具别样的气势，与冷寂的山水相得益彰。我徘徊在红柳丛，越发诧异：这柳，说它是野生，但树丛之间高低错落，间距不远不近，恰到好处，多有雕琢之意，似有人刻意为之，却又不解。只听闻有人工种植胡杨，却从未听闻有谁人去栽红柳，如此野生灌木，成不得良材，漫不经心便长满荒滩，又何须费尽心思去栽。直到后来，我在月亮泊的水边遇见一位女子。

　　这位有着汉族容颜的姑娘名叫帕提古丽，安静地坐在水边，让我想起一支像月色一样淙淙流淌的钢琴曲《水边的阿狄丽娜》。传说中的阿狄丽娜，有着旷世的容颜，她坐在水边的样子，定然是如帕提古丽一样从容。只是，不一样的是，帕提古丽并无羞花的容颜，周身却散发着一种别样的气质，就像水边的红柳，并不妖娆，然而苔花纷繁，香气丝丝缕缕，缭绕在月亮泊大大小小的水潭上空，令人沉醉。

　　这是一个温暖的故事。帕提古丽娓娓的讲述中，一株红柳正怒放在她的耳畔，秋风微凉，苔花亲昵地触碰她的耳垂，她伸出手，将柳枝温柔地掩入花丛。帕提古丽的父母本是汉人，她的家乡本在天山北麓水草丰茂的伊犁，在帕提古丽出生百天之时，她被双亲遗弃在一个村口。那个清晨，她尖利的啼哭声响彻了整个村庄。所幸，村里一位善良的维吾尔族妈妈收养了这个弃婴，并给她起名帕提古丽。无疑，帕提古丽是幸福的。在她的新家里，父母和四个兄弟姐妹从未有谁嫌弃过这个收养来的汉族妹妹。善良的母亲养育出了善良的孩子，帕提古丽在家人的呵护下像花一样绽放。这美丽的人间，总有一些温暖像春雨默默地滋润着万物。后来，帕提古丽上了大学。其间，她与班上一位来自塔里木的汉族小伙相恋，毕业后，征得家人同意，两人一起奔赴小伙的家乡阿克苏，双双落脚在彼时尚在景区蓝图之上的月亮泊。那时，帕提古丽并不喜欢月亮泊。这远离烟火的荒凉山地，怎敌她繁花遍野的家乡伊犁？那些鲜见草木的荒坡上土地皆干燥到发白，那一潭潭方寸大小的水泊根本不足以滋润脚下贫瘠的亘古荒原，只有水边稀稀落落的红柳勉强为景。

恋人的爷爷当年是塔里木的老军垦战士，爷爷曾为孙子讲述塔里木大垦荒的故事——地窝子①跟前，原先皆生的是红柳，茂盛之极；后来修地窝子，遂砍尽，可翌年春天仍是新丛频发，遥望仿若地窝子的头发，在风中摇曳，甚是美丽。逢冬，无柴可烧时，战士们常折枯柳枝烧火。爷爷还说，红柳是有魂魄的花儿，懂报恩，但凡给它一滴雨水，它便染红一片天……

和她的恋人一样，帕提古丽爱上了红柳。她看着月亮泊稀落的红柳，不由萌生了种柳的念头。于是，恋人成为她最忠实的跟随者。翌年春日，帕提古丽将一株红柳郑重地栽在了月亮泊的水边。两株，三株，十株……三年后，月亮泊的红柳已蔚然成林，朝朝暮暮，花谢花开，从未缺席。

长夏渐盛，月亮泊的红柳花依然开得如同粉紫色的雾，一茬茬，一片片，散了又来。帕提古丽在红柳丛中笑得眉眼弯如月亮。

这是见证爱情的红柳。无疑，月亮泊的红柳是幸福和幸

---

① 地窝子：沙漠化地区的简陋棚屋。

运的。

　　然而，对于一百年前摇曳在鸣沙山下的一丛红柳而言，其见证过的一幕幕却是痛苦并悲哀的。

　　1900年初夏的某个清晨，清风微徐，阳光正好。敦煌鸣沙山东麓的某道断崖上，莫高窟严寂无声。崖下，红柳花开得正喧闹，亦如一百年后月亮泊水边的红柳，如烟似雾。洞窟前的一条小路上，一位身穿皂色道袍的道士蹒跚而来，一步三晃。道士姓王，已看守莫高窟多时。无巧不巧，王道士经过一丛红柳时，宽大的袍袖被一根柳枝刮了一下，本就破旧的道袍又破了一个口子。王道士转身，愤愤地将柳枝折断，恶狠狠地扔在地上，边用脚重重地踩踏，边悻悻地咒骂。

　　王道士并未发现，他身后那丛失去了半枝柳的断枝处竟无声地淌出一滴晶莹的泪。哭泣的红柳终究只是一枝红柳，即便它日日参佛，修炼出些许佛性，依旧不能阻挡一场文化浩劫。

　　那天，不知是幸运还是灾难，被柳枝刮破道袍的王道士无意中发现某个洞窟裂了一道缝，凑近看，内中隐见有物。王道士不由心跳激越，面露喜色，以为自己打开了传说中的藏宝洞。他兴奋地将洞窟打开得更大一些，让阳光明晃晃地照亮那片漆黑。

　　王道士看见窟里堆满了经书等文物，并无他想象中的黄金珍宝。他不相信地使劲揉了揉眼睛，试图看得更清楚一些。没错，确是满满一窟文物。王道士的心瞬间沉重。他沮丧地蹲在洞窟口，失望极了。愚蠢的王道士并不知晓，这个洞窟中竟然隐藏着中国无比灿烂、珍贵的历史文化遗产——从前秦到元代的经卷、文书、织绣、画像等五万余件文物，涉及中国古代政治、经济、文化、宗教等领域，堪称世界文化遗产。

悲哀的是，王道士不知晓这些文物的价值。晚清政府的腐败无能，更使得这些珍贵的文物在破土后，依旧被王道士用别在肮脏裤腰带上的一把钥匙锁在了藏经洞。穿着皂色道袍的王道士依旧日日从岩下的那条小路往返藏经洞与住所之间，一丛曾失去半枝枝条的红柳依旧缄默地注视着那个一步三晃的背影。

宝贝一旦见日，光芒就不能遮掩。欧美的学者、考古学家、探险家，甚至日本人皆闻风而动，他们虎视眈眈地包围了藏经洞，觊觎不已。

这是莫高窟一场前所未有的劫难。自 1907 年至 1924 年的近二十余年间，这些借考古、探险名义来敦煌的外国人，以几乎可忽略的低廉成本，从贪婪无知的王道士手中骗取了大量文物，并运送回国。

1914 年，英国人斯坦因再次用欺骗手段从王道士手中谋取了六百多箱经卷后，王道士捧着手中微薄的银两，恭敬地目送志得意满的斯坦因离去。那一刻，王道士是喜悦的，他并不知晓他所犯下的滔天大罪；斯坦因亦是喜悦的，他不费吹灰之力就将中国最辉煌的文化遗产俘获在他手中！他们各有所获，以为神不知鬼不觉。然而，莫高窟前的一丛红柳却目睹了这场令人发指的文化盗窃事件。

斯坦因扬鞭而去，数辆马车载满沉重的经卷，随车轮辚辚远去，渐至无踪。天边，残阳如血，惊心动魄。断崖下，一丛红柳悲愤地注视着发生在阳光下的这一切，然而它终究不能言语。是的，它终究是一株无能为力的植物，纵使它曾以纤弱的身体阻挡过这场浩劫的发生。翌日，莫高窟下原本开得烂漫的红柳竟闭了花瓣，日渐萎去。

我并未去过莫高窟，大约此生也不会去。我不能见那失去珍宝的洞窟，或有锥心之痛。只是那曾经萎去的红柳，听闻已重焕生机，如烟似雾，盛开在鸣沙山下。

夏风沙沙而起。夕阳下，月亮泊的红柳婆娑舞蹈，鸣沙山那道断崖下的新柳亦将闻风而起，百年前的血色残阳早已成为远山的霞衣。

木兮，木兮

一

一场气势磅礴的暴风袭击了12月。

据说它的瞬间风力曾达十二级，前所未见。那天，它高举旌旗，携千钧，自塔克拉玛干沙漠浩荡而来，在疾行途中，与西伯利亚寒流相遇。寒气，杀机，凛然之下，暴风所挟堆积成一堵庞大的沙墙，所向披靡，逾南而去。当它抵达夕暮下的阿克苏，状若疯狂，几乎要将黯郁的天幕撕碎——先是匍匐着横扫城市的肌肤，将每一个褶皱里潜藏的污物悉数卷起，而后挟着落石飞沙，犹如子弹出膛，射向四面八方。

那时，我正在家中，心惊胆寒，不知所以。向阳的南窗轧轧作响，沙石飞扬，北面的窗已然合不拢。我在窗下，奋力掩合，汗水淋漓。双眼迷蒙之际，发现一棵柳在窗外剧烈地摇摆，漫天枯叶如黄蝶在沙石中左右突围。

暴风之下，树身已然半倾；树冠伏地又猛烈弹出，姿势诡异；柔韧的枝条凌厉若鞭反笞身体。柳在黑魆魆的暴风中痛苦地挣扎。

风势之烈，无可匹敌。

风于凌晨匿去。翌日，天空若大病初愈，面颊青灰、失神，阳光全无踪影。我推窗望柳，只见大部分细柳枝已被暴风掳去，几枝臂粗的主枝竟也折断，如白生生的枯骨外露，断臂般触目惊心。树下残枝败叶，狼藉满地，犹如历劫。

我以为它或需时日才复归从前，毕竟柳之生年从未历此创痛，那些折断的枝丫也实在伤了元气，需要时间来修复。然而，百余天后，正翌年清明，春风拂面，万物生长，这柳已在暗地里疗伤，那些惨不忍睹的断枝竟悄悄萌出了芽苞，只十余天，又新枝密发、柳絮纷飞了。

我着实佩服它的坚韧。这株高柳在北窗外已整整八年，树身虬健，枝丫斜伸，越过五楼，遥遥直指六楼。八年前我搬入新家时，这柳就立于窗下，彼时还是幼树，树梢将将够着二楼，常年无人照管，也从未见修剪，逢大水漫灌林带时能饱饮一顿。平时只靠雨水、雪水润养，看似漫不经心，却不知不觉长成一株大树，在酷暑时为窗前投下一片浓荫。

这柳在窗外立了八年，因隔着纱帘，很少能欣赏到它的姿态，每年也只在清明前后那几日暖风和煦时才记起，急忙掀开纱帘，只望见柳枝泛绿，满树新芽，鸟雀梢上啼鸣，南疆的春天已然到来。

边城向来是多杨柳的。城郊的道路旁往往是挺拔的钻天杨，树干笔直，贯入云霄；城市马路边栽种的多是翠绿的柳，柳叶如眉，柳枝婆娑。若是去了乡村，那些农家的屋舍四周，甚至阡陌之间，无处不见杨柳质朴的身姿，实在是边陲不能再平凡的树种。

然而，平凡的杨柳也有称奇，我在天山神木园见过极尽苍劲之美的杨柳，姿态奇特令人叹为观止。此园实是珍奇，四野赤地的戈壁之中，蓦然一片草木葳蕤、浓荫蔽日之地，树龄逾千年的古树触手可见。山柳、新疆杨和箭杨在潮湿的地下盘根错节、缱绻延伸，地上的部分枝叶相连、不分彼此；粗粝的树皮俱是褶皱纵横，斑驳点点，显见岁月的印记。若是用心查看这些古树的树干，多是依风势盘旋而生，大风摧倒后渐生新根，渐成新木，再向天歌。到最后枝干虬结，遍地扎根，一棵母树竟生出数棵子木，森森而立，周身散发出边塞独有的狂野气质，分不清到底孰为母，孰为子。

　　我幼年时，父母在工厂工作，厂房之间栽种的是柳树，厂区围墙外是一排白杨。杨是钻天杨，柳仍是我家南窗下最普通的高柳，春夏时节覆满风尘，灰扑扑的很不打眼。平常，来来去去的人们对这平凡的树是视而不见的：这粗放的杨柳，花朵并不娇美，色彩也不斑斓，实在是见惯不怪，有什么可欣赏的呢？杨柳无声，只是默默地蓄势、默默地生长，忽而一日，走在路上，头顶多了一片荫蔽，抬眼一望，杨柳不知何时已亭亭如盖。

　　我原先工作的大院里亦有几株蘑菇柳。大院已有二十余年历史，据说这柳是在大院启用后栽种的，算来也该同龄，称得上老柳。这柳生长的环境甚是局促，是在水泥地坪留出一个规规矩矩的花池，面积约有半张方桌大小，四周用方砖砌出锯齿的牙边，将树根箍住，平常并无人浇灌，旱极时甚至有蚂蚁在树下做了巢穴，树却生得枝繁叶茂。

其中有一株柳居于墙边，旁侧有个简易水龙头，夏日常有人接了水管洗车，顺手也将含有洗洁精或洗衣粉的污水倒入柳池，有一次甚至在柳池中看见一摊黑色的油脂。这柳倒是宽容大度，酸甜苦辣悉数接收，不仅未被毒杀，枝叶反倒格外翠绿，其他几株柳都生满了腻虫，唯独这柳干干净净。

在我搬离大院前一年，这几株老柳终是被关照了。这柳原先就被修剪过，枝干矮壮，叶浓密，夏日聚成一团，圆滚滚的，密不透风，很是美丽，偏偏有人多事地要砍去它们。终究是阻挡不住，当下就有工人搬来大锯，一通折腾，外加半下午尖利的噪声，最后只剩下几个孤零零的树桩。不着一叶，光秃秃、矮墩墩的树桩，做桌子太小，做凳子太高，三三两两地立在院中。我以为老柳殁去，一度立在桩旁，也效黛玉凭吊树魂，却不料这柳桩甚是坚韧，失去了叶的庇护，经盛夏烈日暴晒，数日过后竟然萌出新芽，月余过后又是新丛频发，满树葱茏了。

夏时到乡村去，看见有农人砍了粗硕的柳枝插在水渠边，横七竖八的，没几日就有蔓草攀附、缠绕，绞成一团乱糟糟的麻。这蔓草虽令人厌恶，却也起了遮光保湿的作用。柳枝在蔓草的荫蔽下努力地吸收泥土中的湿气，根系渐渐舒展，暗暗地向上输送养分，树干便在节间鼓出一个个玲珑的芽苞，眼见着开枝散叶，长成一株茁壮的柳树。

这种枝条扦插的柳在南疆乡村很常见，通常生在田地的引水渠边或是乡村小道的两侧，矮壮、粗硕，枝条密集发散，斜斜伸向天空，一边防固了渠岸和路沿，一边为农人提供源源不断的柳枝，搭凉棚、搭篱笆、搭豆角架，都靠它。因它的截面在成年后渐渐生出孔隙，若夏风无意将周围的菌送来，再逢雨水浸润，菌便能借着湿气迅速生长，不几日便在隐秘处生出金色的柳树菇，采摘了用来炖鸡，简直是人间美味。

二

我家老屋后有一株老山杨，枝干虬结，树冠如盖，足足遮蔽了半幢屋舍。许是太老，树虽高大，枝叶却稀疏得很，姿态格外苍劲。某年夏季，雨水繁多，夜里动辄电闪雷鸣，大雨倾盆。一日，雷声异常激烈，仿佛炮声轰隆，令人心惊肉跳，眼见着是一场暴雨的前奏。这老树大约是过于高大，又孤零零独自矗立，便招了雷击，待到翌日被发现时，半边树已被击得黑黢黢，甚是苍凉悲壮。大家围在树下，议论纷纷，齐说这下可好，树命不保矣。果然，三五日后，日渐枯萎。有人便将下部枝条砍下，当柴烧。某日，我偷偷攀附其上，却发现，重创之下，老杨树并未息声，只是蛰伏而已。它的血脉仍在土地之下暗流涌动，脉脉滋长——我看见，它的节间正在悄悄萌出新芽。

杨树枝干光洁，就总觉较其他相对粗糙的桑树、柳树要脆弱许多，其实不然，它亦是极耐折腾的。幼年时，常见杨树上扎有蚂蟥钉，约中指粗细，锈迹斑斑，多嵌于约两米高处，一树上有时有一个，有时竟有两个，多年无人去除，也不知其用。有的蚂蟥钉扎入时日过久，已深深嵌入树干，树也不理睬，只顾生长。渐渐地，随着树干愈发粗硕，蚂蟥钉愈是死死地箍住，树不断生长膨胀，又将钉紧紧嵌入。倘无人伐树，数年后，坚硬的蚂蟥钉竟被粗壮的杨树树干完全吞噬，嵌入年轮之中，最后只隐现一道深深的裂缝。

在南疆，在那些干旱的郊野和沙漠边缘，白杨往往销声匿迹，取而代之的是胡杨。我印象最深的是温宿库都鲁克大峡谷，空旷的谷口，两株胡杨寥然肃立，以天幕为盖，以巍峨雄浑的山峦为背景，脉脉相对，枝叶彼此靠近，当地人将其命为夫妻树。然而，令人遗憾的是，两树之间仿佛总有一道无形的墙在竭力阻挡它们相拥，无论它们的枝丫怎样努力，终是不能触碰在一起。后来，当我在一个秋日再次至库都鲁克大峡谷时，看见这两株树中的一株已殉亡，另一株孑立旷野，落叶萧萧，情景深感凄然。

在我看来，胡杨可谓南疆最为出彩的树种，因它的叶形奇特，我一度以为是柳，后来细细观察才发现它是一树三叶：底层幼叶狭长，与柳叶无二致；愈往上行，枝杈渐杂乱，杨叶变异为略带锯齿的卵形，半圆形，状如杏叶；待到顶端，叶渐老去，则化为寻常的杨叶，多裂，与枫叶极为相似。对于胡杨叶形的多变，植物学家的解释是，因其多生于盐碱、干旱地带，叶形变化是为了最大限度保存水分。

胡杨确是一种神奇的树，在南疆的沙漠边缘，戈壁之中，它是最富生命力也是唯一的乔木，无论沃土或是贫瘠，俱安之若素。通常，耐旱树种是不易湿生的，胡杨却是个例外。我常常在郊野的河畔看见挺拔的胡杨，其形如常见的白杨，树干修直，枝叶繁茂，秋时与蓝天一同倒映在河水中，美轮美奂。然而，我在旱极的沙漠，亦常见到矮小的胡杨高高矗立在沙丘之上，树叶飘零，却枝干劲健，令人称奇。

若是仔细观察水边和沙漠的胡杨就能发现：水边的胡杨往往枝叶密集，叶片圆润，树形高大伟岸，一树三叶的特征极不明显；身处旱地的沙漠胡杨，却是树形扭曲、身姿瘦小，枝干坚实苍劲，仿佛暮年青筋虬结的手臂，叶稀疏、狭小，一树三叶的特征极为明显。

2010年夏秋时节，我分别在叶尔羌河谷和十四团一带的沙漠中见证了胡杨依环境而思变的智慧。它那坚忍的生存方式亦为人类贡献良多——居于河边的胡杨稳固了河岸，生于沙漠边的胡杨则阻挡了土地沙化的进程。

我曾在喀什的巴楚县深入一片面积广博的枯胡杨林，那里寥无边际，情景悲凉。在此之前，我见过的多是有生命的胡杨，春夏的苍绿、深秋的金色无不彰显生命的色彩。而类似此处浩大、死寂的枯胡杨林，则前所未见。确切地说，它其实只是一片失去生命的胡杨桩，它们的形态和城市郊野的胡杨相比，实在太过贫瘠。不过，我知道，这是沙漠胡杨与生俱来的求生方式和风沙年复一年的掩埋所致。这些枯胡杨桩大多仅一人高，姿态奇异，枝干坚硬，如是将枯枝折断，声音清脆，因沙漠的劲风已将最后一丝水分掠走。只是，每一个干枯的桩都在用力支撑直立，努力让身体仰望天空，那些树皮已完全剥落的灰白枝丫四面伸展，显现出一种无言的悲壮。

我一直认为，只有沙漠之上的胡杨才最能完美体现"屹立"一词的内涵。跌宕的沙海之中，苍茫的天幕之下，劲风萧萧，一株胡杨寥然漠立于风中，远远望去，孤独而又苍凉，那种渺茫的意境再无其他能及。

专家在考古昆岗古墓群时，发掘过一种奇特的墓葬，其中棺椁以圆木凿成，契合拼接，状如船形，只是无底座，亡骨放置入船棺后，上方以同样船棺覆盖，外用新鲜湿牛皮包裹，缝合接缝，最后葬入墓穴，以沙土掩埋。沙漠里空气干燥，湿牛皮渐被细沙吸干水分，体积骤减，越缩越紧，直至将船棺死死箍住，密不透气，细菌虫蚁俱无法衍生。棺不朽，棺中尸骨亦渐为干尸，越千年而不腐。赫赫有名的小河公主即葬于此种船棺之中，渐为干尸，容颜历千年时光，仍眉宇秀丽，睫毛清晰，生前风采依旧。而承载小河公主不腐之身的船棺，即是以沙漠地带见惯不怪的胡杨木凿就。

我无缘亲见不腐的小河公主，但在阿拉尔市的昆岗文化园中，仍是见到了神秘的船棺和远古时期的古羌人干尸，一男一女安睡于玻璃罩内。男人身形高大，发质卷曲金黄，三分英武仍在；女人身姿娇小，皮肤枯槁并紧紧贴附于骨骼，但五官轮廓犹有妩媚之感。二人神色安详，所着麻布衣衫犹能蔽体，并无想象中恐怖之感。这神奇的干尸现象，一为沙漠干旱的自然环境造就，二为神奇的胡杨船棺成就，缺一不可，胡杨木质之坚韧亦由此可见一斑。

阿瓦提刀郎部落有片高坡，据说此处本是一片千年古杨林，许是树龄实在高寿，一些树渐渐老去、枯死，但风骨犹存，屹立不倒。后游园管理方将树冠悉数锯截，只留下不足两米高的枯桩，林立高坡，供人观赏。这些枯死的胡杨桩异常粗硕，外皮剥落，触感嶙峋，姿态雄奇，仿佛人工雕琢，是以往从未见过的。称奇之下，我以手环抱一桩，双臂竟无法合拢。正是余晖脉脉之时，一抹橘色的霞光缓缓倾泻在高坡之上，枯桩矍铄，神采奕奕，钟坐如老翁，俱垂首沉思，缄默不语。夕暮之下，历史的沧桑、时光的凝重，顿时显现。

三

我少年时在工厂大院生活，那附近有一列卡坡，卡坡不远处有个浅浅的池塘，塘边生满红柳、芦苇、罗布麻以及无名野草，还有一株斜生的老柳。春夏时节，罗布麻和红柳花开得灿烂，花间藤蔓缠绕，蝴蝶飞舞，很是热闹。只有几株沙枣树，仿佛对这草木蓊郁的潮湿地避之不及，疏疏离离地兀自驻扎在卡坡脚下的贫瘠荒凉处。

这便是沙枣树的习性，与胡杨一样，惯生在荒漠与半荒漠地带。和其他树种相比，沙枣树实在是一种太过朴素的树，叶纤细狭长，叶面浅绿，叶背银白，仿佛覆一层纱，枝叶也总是无精打采地耷拉着，远望如一团灰蒙蒙的雾色，很难引人注目。

我是极不喜欢这树的，树身满是疙瘩，枝丫横生，间藏锐刺，一不小心就会戳破人的手，令人敬而远之，树形亦是扭曲丑陋，成长一生也难以成材，实在找不到钟情之处。只是，它的花，我是格外爱恋，喜欢极了它的香气。

沙枣花的香气是馥郁甘醇的。盛花期时，若是从树下穿行，一缕浓香蓦然袭来，不由地想深吸入腑，进而心身沉醉。行车时，每逢遇见路边开花的沙枣树，总要驻足，小心翼翼地折几枝带走。将折下的花儿随手放在车窗下，立刻满车浓香，一扫沉闷，即便是三两日后干枯了，那花仍是香气隐隐，久久不散。若是归于家中的花瓶，再淋些清水，花期就长了很多。陈花凋落，花蕾又开，屋子里终是甘香萦绕。

90年代，父母在喀什工作，所在的工厂旁是一片荒滩，土地盐碱厚重，满地如霜，落脚之处，白花花的俱是碱壳。四周无水源，也鲜见树木，只稀稀落落有一些不惧碱的杂草。称奇的是，这草木凋敝的荒原旁竟有偌大一片沙枣林，俱是多年老树，突兀嶙峋，锐刺锋利，枝叶稀疏，一些树身上还会凝结一种琥珀色的胶，晶莹富有弹性。据当地维吾尔族人传说，沙枣胶有生发黑发的功效，且只有老树才有，维吾尔族女子幼年时就常以其养发，发质乌黑浓密。

母亲一度落发严重。有年7月，父亲带我在这片沙枣林采集沙枣胶，父亲用小刀刮，我持小碗接。絮叨之间，我问父亲，这片沙枣林四周俱是荒滩，又无水源，却独独一片偌大的树林丛生，是野生还是人工为之。

不及帮父亲采集完沙枣胶，我便一路寻至枣林西边。寂静的沙枣林中，一座土屋赫然入目，院墙倾圮，门窗洞开，显然已荒废多时。我并未贸然闯入，只沿土屋旁的小路继续向后寻去，见不远处的林中，两座长方形的土塚比邻而立，塚上两簇枯木，其上仍系挂几缕已分辨不出颜色的残破布条，萎靡地垂悬，显见已多时未有人祭扫。坟茔下，一丛伏地野草四下攀缘，隐约可见四脚蛇的巢匿于其中，还有蚂蚁拱出筛状的小孔，正有细沙缓缓泄下。

从父亲口中，我听到一个凄婉的故事。多年前，此地并非沙枣林，而是一片盐碱荒滩，空旷、寂寥。碱地上零零星星生着红柳、梭梭等旱生植物。附近人烟稀少，只有一里外孤零零立着一座干打垒的土屋，屋前立着一株老胡杨，屋后生着几棵沙枣树。

土屋内四壁徒然，住着一家三口。男主人叫木合代尔，维吾尔族，自小父母双亡，以放羊为生，屋是邻居所弃，他借于其居。木合代尔木讷少语，直到三十岁时才娶了妻，是一位十九岁的有智力障碍的汉族女子。这女人虽痴傻，但也知疼惜丈夫，平常木合代尔去放羊，她就在家洗衣做饭，有时做好了饭便给男人送去。日子虽艰苦了些，还称得上温馨。

只是，婚后女人一直未生育，这让木合代尔时有所憾。一年暮秋，有人在村口捡到一个刚出生不久的女婴，肢体略有残疾，左手只见四指。木合代尔听说，也不嫌弃，兴冲冲就抱回了家。见了弃婴，女人也喜欢得不行，一时间竟然不痴也不傻，对孩子很是疼爱。夫妻俩便把女婴当亲生女儿精心地养着。日子细水长流地过去，孩子长到了五岁。

女人走的那年，只有二十七岁，是个夏天。土屋后的沙枣花开的正盛，香气馥郁，烈烈引人。女人最爱沙枣花，每年花开时节，总要折几枝插在捡来的酒瓶中。四壁寒窑，添了几缕花香，也就多几分温馨。那天，木合代尔去放羊，眼看夕阳西下，暑热渐退，女人顺手折了一把沙枣花，一手握花，一手牵着女儿去迎接丈夫。路过一个池塘时，见几个孩童一丝不挂，嬉笑打闹。母女走远后听见一阵呼救声，女人转身，拖女儿奔回塘边，手中仍紧握沙枣花。有孩子溺水，女人只将女儿放在一旁，咕咚一声跳入水中。女人不谙水性，塘其实也不深，只是塘底淤泥厚重，落水孩子又死死抱着女人不放，沉浮之中，挣挣扎扎，两人双双沉入水中，无一活命。塘边，女人的沙枣花散落一地。

噩耗传来，木合代尔肝肠寸断。望着永无声息的妻子和恸哭的女儿，男人一夜白了头。将妻子葬在土屋后，悲伤的男人从此更是寡言，如同失语，只是默默地将女儿养大。但他并未忘记妻子最爱的沙枣花，每年春天，都会砍一些健壮的沙枣树枝条栽在墓的四周，并从老远的小河担水浇灌。枝条渐渐地发芽、展叶，女人的墓也渐渐被沙枣树环绕，年年春月花香弥漫。木合代尔也学了妻子，每日折几枝开得正盛的沙枣花，插在酒瓶中，仿佛妻子犹在。

时光悠悠，五年，十年。木合代尔渐渐老去，脚步开始蹒跚，背影日渐佝偻，只有屋后的沙枣树越来越茂密，将土屋包围，并不断向四周延伸，最后，俨然成为一片沙枣林。

十四年后，在木合代尔的呵护下，女儿已亭亭玉立，去了工厂做工，木合代尔却不幸被检查出了肝癌，在病痛中苦苦煎熬了几个月后，溘然长逝。

我极想知晓故事中的女儿，那个当年的弃婴，在其养父去世后的去向。父亲长叹一声说，听说她嫁去了邻县，丈夫是个打馕的维吾尔族人，初几年尚在节日时回乡祭扫养父母，后来就只隔几年回来看看，再后来，再无人见此女回乡，一家人住过的土屋也遭废弃，那两座坟也渐渐荒芜下去。

故事中人物的悲凉命运还在我的脑海中回放。几日后，父亲无声地倒下，在殷红似血的霞色中遥遥远去。此后，近三十年，我再未踏上喀什的土地，只是每到 5 月时节，郊野弥漫的沙枣花香，还有父亲讲过的沙枣林的故事，渐次浮现在脑海之中。

斯人已逝，再无人钟爱。那片寂静的沙枣林是否依然散香，那些嶙峋的树干是否依然淌出晶莹的沙枣胶，木合代尔和妻子的坟头是否有新枝向阳，故事中的女儿是否已在纷繁的人事中将这片沙枣林遗忘。

我只望那树、那花仍有芳华。

四

多年前，母亲居于城郊一座建于 20 世纪 80 年代末的老宅，庭院阔大，极适合开垦小菜园。闲不住的老人就种了一架葡萄，开了几行菜畦，从集市买回辣椒、番茄、豆角、长茄等菜种撒入，没几日院中就新苗点点、葱郁满园。种完菜，地尚有闲余，母亲又自一位园林老友处讨来一株槐树苗，栽在靠墙的地头。

这槐树初至家中时不及人高，枝干纤细盈弱，菜地里的茄子辣椒倘是长得高了，就将它半截身子淹没，它只探头探脑地露出梢尖，稀稀疏疏垂着几枝羽叶。满畦菜，一树槐，爬满架的葡萄，母亲也未偏倚哪个，浇水、施肥一并兼顾。到盛夏时，葡萄已是藤萝满架，蔬菜长得茂盛，槐亦节节拔高，眼见就越过院墙，伸入邻家。我常于暇日回家，见这槐亭亭如少年，入眼满是蓬勃，甚是喜欢，也总抚着这槐，以手丈量粗细。

这菜园只在院中存在了两年，为砌鸽巢、养藏獒，菜地半日即夷为平地，菜苗、豆角架被悉数除去，而后又铺了红砖，挨挨挤挤的，到最后只余半架葡萄和一株茕茕孑立的槐，于鸽巢之旁相望。

失了菜地，母亲再未有心思去关注葡萄和槐，残存的半架葡萄在一个寒冷的冬天因未掩埋惨遭冻伤，只有槐此时已然在地底扎下深根，几年后便粗如杯口，越过院墙，羽叶婆娑秀丽，每年5月开出一树紫色的花，一串串，一簇簇，掩在茂盛的枝叶间，散发淡淡的香气。

约是在槐树龄十岁之时，母亲接到通知，老宅将于年后被拆除，建新屋。自是遵照，择时搬迁。然，其他东西好安置，能搬走则搬走，唯独这槐让人依依不舍。

此时，槐树龄虽有十岁，但其拘于庭院，根部被四面红砖围拢，只余方寸土地，素日又无人浇灌，枝干生长速度远不及寻常的杨柳，仍是如面碗般粗细，亦不高大。最重要的是，这槐已然担当了顶墙柱一职——母亲与邻院共建一堵院墙，以红砖砌就，二四单墙，甚是薄削，不料有年地震，稍强烈，这墙松动了基础，往我家微倾。好在这槐虽不壮硕，根却扎得牢固，比顶墙柱仍是稳当许多，就死死撑住了这墙。只是，重负之下，槐也有些倾斜。大哥又择两根粗重的杨木段于旁侧一同支撑，槐方释重，墙亦多年不圮。

母亲不舍槐。邻居大叔善解人意，提议迁树——将这槐沿四周泥土一同小心起出，再连土团一同运走，另植于佳处。

为此，母亲特意致电园林老友，询问是否可行。对方明确回复，若是树形大小适中，可行。老宅中物品陆续被搬离，运筹帷幄的母亲择日开始动手迁槐。好在正是初秋，暑热已消，先倾院墙，再迁槐。嘈杂之下，一通折腾，眼见槐渐渐与土地分离，只是树虽不高大，但起出的土团很是硕大，又格外沉重，无法运出，于是几名健壮青年以麻绳系牢土团，用木棒穿于其中，挑在肩上，这才将槐连根迁出。

借了邻家的运输卡车，又是一番折腾，这槐才被搬上了车。只是枝叶在摔打之中折去不少，树干被蹭去皮，根部的土团也被震脱得七七八八，被切断的根截面原本是洁白的，如今已沾满了沙土。

可怜的槐，遍体伤痕累累。母亲叹息不止，也是无用。

槐，仍被运回了当初的来处——母亲那位从事园林工作的老友的苗圃，被植在了大门边的闲余地，身边是几株古朴虬结的龙爪槐，槐下茵茵的绿草中正有红玫瑰吐露芬芳。

时年春节，我陪母亲走亲，再至老友家，想起槐，便去了苗圃那里，老远望见一枝秃杆。走近，只是一阵心酸：这是母亲家那株熟悉的槐啊！它伶仃地立在寒风中，树干上的伤痕已然成旧痕，可是，它的树冠，树冠已荡然无存！

它已然不能被称为树，只余修直的身躯、光秃秃的树干，被截去的顶端，用灰白色的塑料膜紧紧地缠绕。我知道那么做是为了保湿，不使其脱水枯死。只是，它更像一根真正的顶墙柱，虽然无墙可抵，只能伶仃地伫在当下，在远处此起彼伏的鞭炮声中瑟瑟发抖。

我想，它可能最终失去了生命。一棵没有思想的槐，在十多年后一个喜庆春节的鞭炮声中，消亡了。

　　6个月后的7月，我又想起了那槐，终究放不下，仍是去了苗圃。老远，便望见一棵树——修直的树干，玉立如青年；翠绿的冠，已亭亭如盖。

栀子花记

　　九岁那年，父母从塔里木出发，一路翻山越岭、长途跋涉，送我和三哥回了千里之外的四川奶奶家。赴川原因之一，据说是望女成凤的父母唯恐他们心目中天资聪颖的女儿被彼时教育资源匮乏的遥远边城耽误了前程；原因之二，大约是离乡经年，亦如当年纳兰容若萌发"故园无此声"的思乡之情，遂毅然决然地留下大哥二哥，拖儿带女地奔向了他们日思夜想的故乡四川。

　　我彼时年幼，突然要远离双亲赴川生活，其实并不情愿。四川位处盆地，地势低洼、雨水繁多，空气极是潮湿。我已习惯在干燥的塔里木生活，并不适应当地的气候，因此总有抱怨。好在，雨水多，草木格外蓊郁，四处皆绿茵茵的，家花、野花亦处处开，这对于天生爱花的我而言，姑且慰藉了一颗惆怅的心。

　　奶奶家位于岷江不远处五通桥镇城郊的山脚下。一幢祖屋，大约有数十年历史，是农村常见的老瓦房。黛瓦陈旧，下有毛虫藏身，墙缝里爬满青苔。房前有个坝子，坝子下是一片橘树，一年四季绿漫漫的，像海一样荡漾。屋后，是一片毛竹林，遂成了知了的家，叫声铺天盖地炸裂了整个夏天。屋子东西两侧皆是坡地，闲不住的大姑仍在这里栽满了红苕。地垄边上，三三两两地立着各种野花，个个茎秆翠绿，花色缤纷，格外美丽。每逢春夏之交，从地垄边经过，空气中总弥漫着丝丝缕缕的香气，细细嗅来，总有一抹馥郁的甘香极是诱惑，勾得人左顾右盼寻觅香气之源。

循香而去，我找到它的发散地，正是地垄边那一丛开得正娇媚的白花儿，花瓣层层叠叠。深嗅一口，那香气顺势而下，甜蜜立刻霸占了我的肺腑，幸福的滋味让我几乎眩晕。我爱极了这白色的花儿，小心翼翼地捧着它，飞快地跑去找大姑。大姑怜爱地拍拍我的头，找来一根细白线，将花儿轻轻地缀在我的衣襟上，让那香气始终缭绕着我，而后告诉我，这就是栀子花。

自此，栀子花那一抹馥郁的甘香便缭绕于我的心房，经年不散。

5月的五通桥，街头处时时可见女子挎了草编篮，口中唤着"栀子花喽，黄桷兰喽，香喷喷哟，甜蜜蜜哎"，满街兜售着花。那篮子里一朵朵洁白的栀子花或黄桷兰，甜香与蜜香交织在一起，香得浓烈。卖花女子以同样洁白的棉线串了或三朵或五朵，五分或是一角钱一串。买花的人也多是青年女子，一串或是两串，随手就缀在衣襟上、挽在手腕上，款款而去。那一缕缕馥郁的甘香便如影随形、一路飘散。少时的我虽不谙风情，但也觉窈窕女子携一身花香而行，实在是如诗般风雅。

翌年栀子花谢时节，我将回塔里木。原因唯有一，即父亲思女心切。让年幼的兄妹俩寄居于遥远的故乡四川，尤其想到唯一的小女儿，这令爱女如掌上明珠的父亲始终牵挂于心。父亲终日将此事挂在嘴边，母亲遂提议将兄妹俩接回塔里木。于是，在四川刚住满一年，我和三哥便由堂哥护送回了新疆，从此再无缘入蜀地。而往后的十余年中，再未嗅到栀子花馥郁的香气，只是在心中偶尔忆念当年蜀地的人或事时，譬如疼爱我的奶奶、一生未嫁的大姑，以及屋后的毛竹林和盛夏炸裂的知了声，鼻息间仿佛总有一缕若有若无的甘香缭绕，宛如蜜糖。

我知道，那是栀子花的馨香。它将与我儿时在四川的那一段记忆一同盘踞于心，永生不忘。我甚至以为我永远不会在塔里木遇见这种花。

大约是 90 年代末吧，我在阿克苏再次见到栀子花。那是一家并不起眼的花店，依稀记得是在车马喧哗的健康路旁，店里的绿植并不多。彼时我对植物的钟爱虽不似后来狂热，但已是兴致初起，在当时鲜有绿植售卖的阿克苏，遇见这样的花店也必然是要进去逛一逛的。却不承想，我竟遇见了栀子花。

我一直以为我不会在塔里木遇见它，儿时携一路花香而行的风雅早已成为深藏于心的梦。那日，当看见默默挤在一片绿叶中，熟悉而又陌生的栀子花时，我心狂跳，怦然不已。那一刻，几乎要落泪。我的栀子！我细细地端详着。这是一盆枝头缀满花蕾的成年栀子，枝干茁壮，枝叶稠密，浓绿的叶片闪烁着油亮的光泽，清晰的脉爬满叶面，待放的苞紧实而坚韧，可以想见一朝吐蕊，必然是香气滔滔。低头触近花蕾，鼻息间仿佛嗅到一抹隐隐的甘香。儿时的记忆瞬间像知了的叫声一样炸裂开来。栀子花，你跋千山涉万水，越天山过玉门关，和着辽远的羌笛声，一路携蜀地的泥土与花香而来，是为圆我的风雅之梦吗？我捧起它，再也不忍放下。

栀子花，我的梦，我将携你归家，待你花开时节，我再挟花香而行！

我携栀子归家，以托木尔峰冰川融水倾心浇灌，以发酵的有机清液补给养分，让边城的艳阳日日沐浴着它。我以为，以我虔诚之心必然令栀子茁壮如蜀地之花那般，花团锦簇，香气澎湃。

但事与愿违，十数天后，栀子枝叶纹丝不变，蕾也日益萎靡，我以手轻轻触碰，即掉落于地。我并未亏待于它啊！

纵使我悉心照料，那栀子花却并不承我情。蕾将落毕，枝杈间方生出碧绿的新叶，老叶却又自叶尖焦枯，并渐渐脱落。初始以为是植物新陈代谢，去腐存新，并未在意。不料新叶还未完全成熟，竟又重蹈覆辙，自叶尖开始焦枯，并不断延伸至叶柄，最终，片叶不存，只余下光秃秃的枝杈，在塔里木的阳光下缄默无语。但我并无良策，仍如往日按时浇水，每日祈祷它能历过此劫。可一月余后，那枝杈竟也渐至萎黄，直至死去。

我心伤不已，心念了十余年的栀子竟魂消香断。谁，又将圆我的风雅之梦？

两三年后，阿克苏的绿植种类渐多，栀子已平常多见，我心有不甘，遂再次抱一盆归家。唯恐再次枯萎，仍向卖花人细细请教了养殖要点，信心百倍，忖思此次该是无虞。然而，与前次如出一辙，尽管我像养护婴孩一般细致照顾，三月余后，那可怜的栀子依然是一缕花魂悠悠而去。心仍不甘，于是再次至花店抱回一盆，可那栀子再次莫名其妙地枯萎。咬咬牙，复抱、复萎，前后近七八株，无一成活，最长生存时间仅有六个月。我百思不得其解。二哥和二嫂皆繁忙，平日他们家的那株栀子并无人打理，常常多日不浇水，一年不施肥，却枝繁叶茂，长势甚佳。可我悉心呵护，为何却缕缕伤神？

直至一友人得知我与栀子的故事，摇头长叹：万物皆随缘，倘千般呵护，万般用心，此花仍一再殇于你手，必为无缘，不可强求。

如醍醐灌顶，如梦方醒。花事如人事，随缘方为上上。自此心死，断了养栀子之心。倘一日在街边偶见，亦是叹息一声，低头嗅一嗅熟悉的甘香，遂黯然而去。

儿时携花香而行的风雅之梦，再无圆时。

菜　园

那个菜园突然就荒了下去。

它位于一楼的拐角。黑漆的铁栅栏锈迹斑斑，菟丝草细小的白花儿开得正盛，纤长的藤蔓见缝插针地绞成团、乱成麻、缠得乌蓬蓬，有一种声嘶力竭的感觉。栅栏一角，几块废弃的粗木板，参差不齐地搭出简易的棚。棚顶堆满空纸箱，和一些肮脏的瓶瓶罐罐。我记得那里曾养过几只鸡，和一条沉默的黄狗。现在已听不见鸡鸣，也很久未看见黄狗摇得滚圆的尾巴。棚正在一点点倾圮。一些叫不出名的野茅草、杂灌木，毫无章法地放纵生长，几乎湮没了菜地。一棵矮壮的无花果树突出重围，杵在窗下，枝叶硕大，像旧时代女子手中的团扇，散发清凉的味道。只是树上没有果子，许是结了，也会被淘气的孩子们越过栅栏摘了去。

树的两旁，一扇门、一扇窗，关得很紧。门是铁门，晒到起皮，一道道雨水的痕迹显而易见，像深色的衣衫被阳光晒久了一样的灰白，只角缝处依稀可见早先的颜色是深邃的海蓝色。窗是落地窗，覆满风霜，季节的情绪一览无余。有扇窗的玻璃裂了道细细的缝，仍努力阻隔着窗外鲜活的空气。站在栅栏外，能隐约看见窗内的花色窗帘静静地悬垂着。

我很想越过栅栏，去敲那扇紧闭的门。

“有人吗？”没有人应声。我知道一定没有人应声。

那菜园，荒草萋萋，显然已很久无人打理。我记得那里曾经结满通红的番茄、紫郁的长茄和翠绿的黄瓜，栅栏边有几枝夜茉莉，一只母鸡咕咕地歌唱，炫耀着刚刚产下的温热的蛋，黄狗吐着长长的舌头扒在栅栏上向我摇摆着尾巴。

我还记得菜园的主人，是一对老年夫妇，眉目和蔼，很爱笑。

我平日进进出出，路过菜园，老夫妇总会热情地招呼：“上班啦？”“下班啦？”仿佛很相熟的样子。

其实我并不识得他们。头次遇见，妻子一脸真诚地笑，我以为她在招呼旁人，但左右顾盼，并无旁人，小怔过后，才忙不迭地回应，脸自然也回应得如花朵般，仿佛相识多年。

不相识，有什么关系呢？让人欢欣的事物不需要追究出处，譬如老夫妇的笑脸和招呼。

后来，常见夫妇俩在菜地边闲坐。丈夫一手挟着烟，一手摆弄着什物；妻子搬个小木凳，坐在一旁，嘴里絮絮叨叨。我听不见她在说什么，只见嗫嚅的唇。丈夫偶尔不耐烦的样子，皱眉，猛吸几口烟，将烟蒂扔了，妻子便缄口。鸡在一旁“咯咯”地叫，黄狗懒懒地卧在门边。

可是我很久未见到他们了，那对眉目和蔼的老夫妇。

有几日下班，我并不想回家。一群孩子在水泥地坪上用粉笔划着方格，玩着几十年从未变过的攻城游戏。我依在白色车门上，双手环抱胸前，羡慕孩子们的笑闹。我的身前、身后，是清一色的菜园。

我对面的菜园里挺立着一棵花椒树，上面结满密密匝匝的果实。那是青花椒。它的香气有别于红花椒。头年深秋，我曾看见一位微胖的女子挎着柳枝篮子，细心地摘果实，里面已盛满细小暗绿的青花椒。我从她身边经过，看见树下散落着一些果实，鲜麻的香气让我齿颊生津。只是现在，花椒还未成熟，树下很干净。三五行青菜鲜嫩欲滴，正是用来打清汤的好时节。

　　菜园的旁边，也是菜园。主人家用银亮的铁网围了，便显出新鲜来。园子里没有人。我记得那里住着一家人——有老人，有青年人，有孩子。菜园里种着一棵桃树，果实结得正旺，诱人地挂满一树。只是树下并没有种菜，一些蒲公英稀稀落落地驻守着那棵桃树。我觉得很可惜。桃树下，那么好的土地，为什么不用来种菜呢？那些蒲公英，为什么不清除呢？不过我记得，每年春天那些蒲公英都会开出鲜艳的黄花，并不比玫瑰逊色，像刻意种的。

　　菜园的旁边，还是菜园。它们整整齐齐，排列在停车场两边。

　　大多菜园是种了菜的。南瓜藤爬满栅栏，丝瓜藤爬满窗棂，辣椒和番茄争夺阳光，扁豆角和长豇豆比赛谁的果实更饱满。那是有生命的菜园。

　　我看见那对老夫妇的菜园。无花果枝叶越发硕大，荒草越发茂密，没有辣椒、番茄和黄瓜。鸡，不见了。狗，不见了。抽烟的丈夫和絮叨的妻子，也消失了。

　　被遗弃的菜园，被遗弃的家。

　　那些鲜活的生命，都去哪儿了呢？

鸡被送进了人的胃，狗被送去了乡下。老夫妇也许是去了儿子家或女儿家。他们是有孙子的，我见过。

可是菜园荒了很久，我从未见主人回去过。那座棚歪歪斜斜，将要倾圮。窗玻璃上的四季特征越发显然，窗帘静静地悬垂了很久。它们都已失去了生命。

我抬头望向四楼那扇挂着绣花白纱的落地窗，一些植物在纱帘下悄悄地凝视着我。

那是我的家。我没有菜园，我种很多观花和观叶植物，那片窗前其实也是菜园。我在我的菜园里种米兰，种茉莉，种沙漠玫瑰，种天门冬，种绿萝。我赋予它们水、养分，它们回报我绿叶、花朵和不同的香气：幽香、浓香、清香。我们相互滋养、安慰，如同那些种满菜的菜园。

那个被遗弃的菜园呢？它不知不觉就荒了下去。那对老夫妇，去了哪里呢？

我忽然惊觉。

花上堂

70 年代，父亲盛年，我正垂髫。彼时家境清寒，四壁徒然。母亲每天争分夺秒地和白昼抢时间，编草席，织地毯——天黑时，昏黄的电灯下勉强可编草席，却是万万看不见地毯细密的经纬，一旦织错，就须拆了重来。可是，织地毯的工钱比编草席多多了，母亲就辛勤地俯身编织，除了吃饭、睡觉，眼里什么都盛不下。这时，我才华横溢的父亲只能担起母亲的职责，做饭、洗衣、照管儿女，忙得不亦乐乎。即是如此，他仍能见缝插针地从柴米油盐的嘈杂与烟气中寻找到一星半点的闲散，譬如读书、养花、拉二胡。

百花中，父亲独爱菊。"宁可枝头抱香死，何如吹落北风中"，菊的风骨贯为父亲处世圭臬。他四处收集各类菊安放在小院。闲暇时，修剪枝叶、疏松盆土，隔三五日淋几瓢屋后的井水，各类菊便在季节里摇头颔首地招摇出妩媚或狂野的姿态，它们的花朵也蓬发在岁月的风尘中。

父亲种菊并不讲究，盆土永远是大院公共菜地的园土，掺少许发酵过的羊粪，花器也只用最素简的粗陶瓦盆，维吾尔族匠人烧制，巴扎上五毛钱一个，厚重朴拙，透气性好，极适宜植物的生长。各类菊就在这素简的瓦盆中争先恐后地叠翠听风，直到孕蕾、开花。逢了深秋，北风肃杀，百花凋落，唯菊始盛。

小小的院落，白菊、黄菊、紫菊，花团锦簇，日子就在花开花落中姗姗而行。

那个年代，南疆人俱是烧煤取暖。到了深夜，炉火燃尽，寒气顿生。各类菊不耐阴冷，寒热交替中叶片就掉得稀稀落落，父亲便拦腰剪了，只留下几枝一拃长的秆。少年总是不知怜惜，见了这只剩秃秆的盆，顺手就将铅笔屑、瓜子壳、杯子里的陈水，趁父母未瞧见时偷偷丢进盆中。沉默的秆挺立着身子，悉数接纳了这乱七八糟的垃圾，深藏的根系却在盆土中潜滋暗长，悄然蓄力。待到清明前后，阳光和暖，父亲将这几枝萎靡的秆从阴冷的屋子移出，置于小院。"随风潜入夜，润物细无声。"一场春雨过后，光秃秃的秆竟在节间悄悄地爆出了芽，仿佛一夜间便一树新叶，满目翠绿。我惊喜地看着这新绿。父亲告诉我，这就是菊的生长习性，叶片坠落是以免消耗养分，光秃秃的半截秆是为了摄取阳光维持生命，这一季的丑陋只为把所有的力量积蓄给深藏在泥土中的根，去酝酿来年的新叶和花朵。

1997年春，我有幸得了去南京出差的机会，却因意外滞留。一日无事，逛至夫子庙，见人头攒动，很是喧闹，便择人迹稀落处而去。至一条巷口，忽见花市。平生在南疆从未见过的绿植和开得烂漫的花儿交相辉映，一片盎然。我拉住一位卖花人问花，竟发现了心心念念的巴西木，枝叶婆娑，风姿秀丽。我心动不已，踌躇再三，再加卖花人一通巧语，全然不顾山高水长——返疆还有数千公里的路程——只顾欢天喜地抱一盆巴西木老桩和一盆开得嫣然的杜鹃回了住处。

翌日晨起，抚弄着窗下的花儿，昨日花市景象仍在心中盘旋，不由牵念。我不顾同屋人嘲笑，再去夫子庙抱回几盆植物，有南天竹、六月雪、兰花等。

匆匆忙忙，十余日后，已是 4 月初。天气日渐暖煦，诸事也已了结。我把八九盆花儿安置在车里，一路辗转回了疆。

那日傍晚，进入哈密境内，一行人宿于有名的关隘星星峡。此峡夹峙两山之间，劲风萧萧，寒热不拘，彼时虽已暮春，夜晚仍有霜冻，但一时嫌麻烦，并未将花儿移入客栈，心怀侥幸，想着只是一夜，料不会有大碍。晨起出门，只感西风凛冽，寒气逼人，心下一沉，慌忙打开车门，只见米兰已然遭遇冻伤，叶片仿佛被烫过，全无生命迹象；杜鹃不愧又名映山红，抗寒性一流，依然兀自怒放；其他花儿微有霜冻，但仍可期。只怜惜米兰，千山万水，路程已过半，眼看不日到家，突遭此一难，活脱脱是我一时偷懒所致。我悔恨交加，不禁蹲在花前垂泪。

小心翼翼地将余下的几盆花儿带回家，安置在小院的葡萄架下，这才安心。换了环境，这些来自异乡的花儿不服水土，坚持了半年后，终是凋零得七七八八，只剩一株坚韧的巴西木老桩仍在苦苦煎熬。终于，在不死不活地沉寂了七个月后，这株老桩总算适应了南疆的碱水，开始萌生新叶。

时光悠悠。细细数来，从 1997 年到今天，这株巴西木陪伴我的时光已逾二十年，称得上岁月历久，情感弥深。如是无恙，它应是要陪我到终老了。一人，一叶，从平房的北窗到高楼的阳台，再到现今的落地窗下。圆缺的月，阴晴的昼，六月的雨，十二月的雪，在生活的细水长流中，一丛叶用无声的绿色静静地淌过岁月。

2000 年后，当地渐渐有了花市，当年在南京遇见的杜鹃、茉莉等已不再是稀罕品种，大多已花开边城，寻常可见，只是我的爱花之心仍不变。一时深喜三角梅，四处打探珍奇花色扦插繁育；一时又移情扶桑。这使得那些年家里一年四季花开不绝，三角梅、扶桑次第盛开，缤纷烂漫。

一日，偶逛巴扎，自一花摊中发现一盆扶桑。卖花人告知，此株为罕见的玫红色扶桑，珍贵不凡。那时节，哪里见过玫红色扶桑，简直如获至宝，忙不迭地抱回家中精心养护，浇水、施肥、剪枝，从未怠慢。这扶桑也是颇为争气，很快就枝繁叶茂，一月后就在枝梢孕育了两个小小的花蕾。大喜过望，遂一日三探，每天晨起必先奔至花前，下班后更是诸事不问，先搬个小板凳痴痴地坐在花下托腮凝望，在脑海中想象从未见过的玫红色扶桑开花时的绚烂娇美。

兴许是看花的目光太过炙烈，让这一对娇羞的并蒂蕾无以抵抗，还不及绽放，就在十天后双双萎黄凋落。失望之余，百思不得其解。家人调侃：莫不是你目光有毒，害死了花儿？说来也确是怪事一桩。自此后，这株扶桑再未孕蕾，只是一味地生长枝叶，任凭施加各种有肥水均不为所动。恼怒之余，遂赠予友人，不再过问。

惜花多年，识花无数。论香气幽雅，还数茉莉，夏日一抹清香，幽雅迷人，满室生香。论生命力旺盛，再无花堪比绿萝，清水中也能生出一丛青枝翠叶。论花开长久，莫过于非洲紫罗兰，春夏秋冬，无时不开花。论花朵娇媚艳丽，西洋杜鹃可谓百花不争。最难侍弄的，还是栀子。

九岁时，曾在四川农村生活一年有余，常见野栀子丛生。当地人对之见惯不怪，不大关注。一年四季，野栀子寥落地傍在田边任雨打风吹。这朴实的花儿也不自贱，只是默默地生长、孕蕾。待到5月，忽一日空气中便散播着丝丝缕缕馥郁的香气，甜蜜、芬芳。询问姑姑，知是栀子散香。彼时年幼，并不懂怜香惜玉，信手采摘一两朵缀在发间，蹦蹦跳跳地行走，一身甘香迤逦而随，并无风雅，只是甜蜜。

一年后，一别蜀地，往后又经年不去，再无缘见栀子。只是在心中时时思念，一缕馥郁的甘香常入梦境。梦醒后，竹林青秀，依稀如昨，田边栀子余香犹在，袅袅不去。直到二十年后，在边城一家花店偶遇栀子，枝叶翠绿不减，香气仍如故时，记忆仿若潮水，狂喜之下，迫不及待就抱一盆归家。孰料，这在四川平凡如狗尾巴草的野花，田边地头胡乱生长，花开年年，芬芳岁月，来到这遥远的边城，虽备受宠溺，终究是不耐盐碱，月余后即片叶不存，枝杆渐渐萎去。我爱栀子心切，仍不死心，两年时间先后养育十数盆，改良水土、薄肥勤施，如同养育婴儿一般关爱备至，全无用处，悉数死去。伤心之余，此后不再养育栀子。

年轻时，总有猎奇之心，大众花卉必不入眼，总觉平凡多为庸品，譬如吊兰、玉树，有水就扎根，给点肥就灿烂，从不挑三拣四。随着年岁渐长，才发现植物并不在贵贱。如已是凡物的米兰，花朵微小如米粒，很不起眼，然阳光愈烈，花开愈盛，四季散香，嗅之如醇醪，身心沉醉；已沦为"街花"的绿萝，从不见孕蕾，一生不花，却最易养护。我曾在朋友家见过攀爬的绿萝，沿墙壁一路蜿蜒，垂挂满墙，如同绿色的瀑布，赏心悦目。我养过的一种重瓣三角梅，开花前必然叶片凋落，枝丫光秃遭人嫌弃，却不承想是在默默地酝酿最美的花季，总在春节前后繁花似锦，增辉岁月。母亲家有过一盆巨大的仙人球，置于窗台多年，从无人问津，只三五月想起淋一瓢水，也不见旱死，有年却悄悄地孕了蕾，在一个夏日的傍晚，蓦然开出艳丽的黄花，仿佛将一生的积聚怒放在这一刻，美得令人惊叹。

春夏时节，去乡野踏青，心境不急不躁，细细地打量田边的野花、野草。早春的蒲公英，初夏的马兰花，开满整个夏季的野菊，甚至被羊群啃食过的细碎的苜蓿花蕾，也是独具风韵的。还有罗布麻的花儿，嫣然的粉红缀在纤细的枝条，仿佛小小的铃铛，玲珑可爱，一丛丛，一簇簇，开在水边，傍在山脚，真真是浪漫的花儿，让人心生欢喜。有一年，我小心地掘了一枝罗布麻的幼苗回家，种在盆中，期望生出一盆粉红的铃铛，结果野花终未能成活。

一日在楼下，发现几枝紫色的野花在邻居菜地的网栅下探头探脑，我蹲下细看，其花朵单薄，十余枚花瓣托着一簇淡黄的花蕊，很是秀丽，旁有三两花蕾似开非开，衬托之下，竟然如少女般风姿绰约。一时看得发呆，瞧着四下无人，偷偷掐下，藏在身后，扬扬得意地带回家插在清水中，欢喜地赏花。这野花一番清韵，总觉熟悉，左右忖思，才想起这分明是野地里最不被待见的刺蓟，连兔子都不啃食的野草。

一时哑然，片刻，又释然。嗯，管它是什么草，管它兔子吃不吃，只要是旺盛的、开花的、入了眼的，就是喜欢的。

刺蓟施施然地在清水中开放了七八日。如是再见，仍会再掐几枝回家。谁说野花上不了堂?

一棵香椿树

　　母亲家位于郊外，一幢老旧的平房，阔大的庭院，被母亲的菜地及一架葡萄霸占了一多半，中间一条窄窄的方砖小路方便进出。院墙边，一棵碗口粗的香椿树乱枝斜飞，生长得格外茂盛。每年清明前后，母亲便在那菜地里开出一条条田垄，点上各式菜种，用土虚虚地掩了，等到几场春雨淅沥，菜种便吐了绿，迅速地拔高。待到盛夏时，香椿绿得发黑，拼命地往天上窜；菜地里的茄子和青椒也较着劲，结出油亮的果实；屋檐旁葡萄架上的藤蔓更是忙着东缠西绕，直将院子挤得熙熙攘攘，再无空余。母亲还喜欢养鸡，再加上院角一只比特犬、一只藏獒，但凡有一点点动静便疯狂地吼叫，院里从早到晚鸡鸣犬吠，热闹得不行。

　　周日，又回母亲家。推开院门，却不是旧时的熟悉模样，以往被菜地、葡萄架及香椿填满的小院居然空空旷旷，一行行纵列的菜畦被整齐的红砖地掩盖，屋檐边的葡萄架连同葡萄皆了无踪影，枝杈斜飞的香椿树更是荡然无存。那香椿栖居了近十年的土地居然被一座硕大、敦实的水泥建筑所取代，上面有一个庞大的木笼，一群鸽子正像绅士一般，边"咕咕"地唱歌，边优雅地踱着步子。

　　往昔那一抹浓浓的田园风景被谁夺去了？

憨掬的大嘴比特犬冲我讨好着，血统已不太纯正的藏獒看似凶猛实则热情地疯狂扑来，圈里的鸡也不甘示弱地高声应和。一时间，耳畔沸沸扬扬，好不热闹。我连唤母亲。母亲推开房门喝住了狗的疯狂，鸡也安静下去。我才问母亲，菜地为何要改建为鸽舍，葡萄、香椿都去了哪里？

母亲摇摇头："你哥要在这儿养鸽子，一百多只鸽子自是不能空间太小。要盖鸽舍，还要焊鸽笼，只有废了菜地，移了葡萄。本不想动这香椿的，可多少有些碍事，就一并砍了，心疼也没办法。"

顺了母亲手指的方向望去，果然南窗下新砌了个约一平方米大的花池，那株"失踪"的葡萄树正端端正正立在其中，因移栽匆忙还未及搭架，杂乱的枝条几乎铺满了花池，全无当初虎踞龙盘的威风。

葡萄尚存，香椿何在？

我望向香椿树曾经的位置，原本被它浓绿枝叶所遮住的那方天空，如今肆无忌惮地坦露出水洗的湛蓝，曾经如盖的绿荫却没有留下一丝痕迹。那棵在院里生长了近十年的香椿树，就这样无声无息地消失在我眼前，心中不禁怅然。

这棵香椿树种于母亲家尚在十年前，本是由母亲一位专门从事林业的老友从老家四川带回，在塔里木培育成活后，赠予母亲。虽已过去多年，但我仍记得移栽香椿树时的情景。那自千里之外迢迢而来的家乡小树，伶仃地立在一排幼杨中，无依无靠，楚楚可怜。我与母亲小心翼翼地将其连土掘出，将根部仔细包裹了，带回家种在院墙下。可那树，不死不活，片叶不发，母亲忧心忡忡，唯恐凋萎，每日察看，直到一月有余后才爆出新芽，这才放下心来。往后，在母亲的精心照料下，这棵香椿树仿佛有了灵性，铆足了劲地拔节。秋冬时塔里木风霜犀利，香椿皆扛了过去，一年年的，枝杆越发壮硕，直到枝繁叶茂，长成一棵挺拔的大树。只可惜，如今故人仍在，香椿壮硕的身姿却荡然无存！

我不由怀念香椿树岸然立于院中之时的美好。每逢暮春时节，眼望嫩红的叶芽一天天地饱胀，又似乎一夜间吧，嫩叶便缀满枝头，油亮亮地沐浴在阳光下。这时，母亲总会喜滋滋地唤三哥摘了树梢的嫩叶，洗净、切碎，和了自家鸡所下的蛋一同爆炒。墨绿的叶，金黄的蛋，不只颜色赏心悦目，那鲜美的滋味竟与曾在四川奶奶家吃过的香椿炒蛋如出一辙，直叫人食欲大增。待到盛夏时节，香椿叶已渐老，无法再做食材，母亲便任其自由生长，也不修剪。那树遂肆无忌惮地拔节，羽状的对生叶左右横飞，张扬得几乎要遮蔽半片菜地。

从来不知这跋山涉水千里而来的香椿树在新疆居然有如此强健的生长能力。想那习惯了蜀地酸性土壤的树能够择地而居，不畏塞外盐碱，生长得枝繁叶茂也就罢了，令人尤为惊异的是它的幼苗竟然遍地开花，抢了菜地中茄子、青椒、豆角的风采和营养不说，最远的一株幼苗竟离母树有四五米远，径直挺立在院门处，只一年时间便令人惊叹。难以想象，这香椿树该有多么庞大的根系才能生出那么多幼树，能够扎根在离自己数米远的地界，其适应环境的能力及生命力的强健，由此可见一斑。

面对香椿的泛滥，母亲头痛无比。这境况，分明是要毁了母树和树下的那片菜地啊。发现第一株椿苗时，母亲并不以为意，只是听之任之，却不料，那树立即得意地生出第二株、第三株，直到后来泛滥成灾。见香椿蔓生，隔壁邻居断言，照此下去，那香椿的根系或许有一天会顶垮了母亲家的房舍，甚至长到他家去，莫如早早砍了安心。权衡利弊，犹豫再三，母亲决定尽数除去香椿幼苗以绝后患，于是吩咐三哥择日将一株株椿苗悉数掘出、抛弃，清除得干干净净。而那院中，已是疮痍满目，大大小小的深坑横陈在菜地中，一片狼藉。但自此，菜地中的茄子、青椒、豆角因少了香椿幼苗来攫取营养，生长得愈发旺盛。

清除了幼苗，那香椿母树大约因失去幼苗的羁绊，竟加快了生长速度，努力汲取天地精华，很快便窜高到近三楼的高度，日日傲视身下那些低矮的茄子、青椒，只是也绝了母亲食摘椿芽炒鸡蛋的心——椿树已甚高大，非登梯无法采食其叶也。自此，无人搅扰的香椿枝叶日复一日稠密，树干年复一年粗壮。

弹指间，光阴倏忽而过，香椿树越发繁茂。可当年栽下椿树的母亲却已暮年，满头的银丝如同稠密的椿叶。只有那香椿树依旧绿叶葱茏，努力地靠近一方蓝天。

望着香椿已是空荡荡的曾经的家，我不由在心中遐想：人若如树，又会怎样？是否也会将悲喜离愁置之度外，只是心无旁骛地去追求心中的目标？

我便想来世托生为一棵大树，高高地矗立在山顶，远离人间喧嚣，尽情地享受阳光雨露，享受花草们爱慕的目光。

然而，树终究是树，它的生命终究不是自己所能主宰的。

当树的存在"妨碍"了人们的某些行为，它的生命便戛然而止——或是被砍伐，或是被连根掘起。即便它曾经辉煌曾经灿烂过，它终究只是一棵树，一棵任人宰割的树，终究逃脱不了死亡的阴影，正如母亲院中曾经的香椿树。

想及至此，竟然不知如何抉择。做树？做人？

还是做一棵树吧！即使有一天被人砍伐，即使有一天被连根掘起，即使有一天被森林之火焚烧，还是做一棵树吧！因为无论如何，树比人的生命简单得多，树总是以枝繁叶茂的姿态矗立在阳光下。

那么，这棵曾经的香椿树，已经去了天堂的香椿树，来生是否还要化作一棵树？树魂飘散，不得而知。

花间事

　　我自小便喜欢植物。每逢春夏去了野地，地垄上金灿灿形如野菊的蒲公英，渠边上粉嘟嘟像小铃铛一样的罗布麻花儿，坡地上细碎如苔米的红柳花儿，甚至初春时刚刚发芽的柳枝，总有几枝被我剪下插在瓶中慢慢欣赏。若是实在没有好看的野花可采，也会采一束狗尾巴花儿，带回家插在小花瓶里，竟是别有一番韵味。

　　爱花如痴。待后来我有了自己的家，少不得将早春新萌的浅绿、盛夏繁茂的浓绿、几近秋时的老绿、雨后初霁的鲜绿，齐齐请进家门，日日精心养护。那些盎然的绿也很是争气，在明亮的阳台上挨挨挤挤地各据其位，你追我赶地疯长。有段时间，植物们长势极好，枝叶稠密得互相遮掩，蓬勃得简直像一座小花园。

　　盛夏，是花儿们尽显娇姿的最好时节。一屋子的绿肥红瘦们争相绽放，演戏般地你方唱罢我登场，烈焰似的红、娇媚的粉、素雅的白、明艳的黄，直将阳台点缀得花团锦簇、馨香四溢，常引得友人们慕名而来。闲暇之时，我亦时时手捧清茶一盏，施施然穿行在花间，闻香、识花，不亦乐乎。

　　彼时最喜欢的还是茉莉，乍看不起眼，但花期盛时，数十朵花儿齐齐绽放，浓绿如卵的叶间缀着星星点点的洁白，不只清雅，那香气，也最是沁人心脾。它的香，不浓烈，清幽而又绵长，仿佛夏夜清凉的月色，像水般流淌，不经意间便闯入鼻息，悄无声息地渗入毛孔，令人精神为之一振。

多年前曾养过一株茉莉，在某个夏日黄昏开满一树，印象极为深刻。记得那日，我推门进屋，幽香磅礴，令人心旷神怡。我急忙去看，并不算高大的一株植物上，洁白的花朵竟足足开了近百朵。

早先还喜欢养米兰。它原属灌木，枝丫丛生状，好发蘖枝，故此显得格外茂密。米兰的叶片生得极为秀气，如指甲般大小，呈油亮的黄绿色，密密匝匝；花亦娇小，微如黄米粒，小小的，一簇一簇，很是雅致可爱。米兰花虽玲珑，却也有香气，它的香属甜香，若是走到近前，什么也嗅不到，然而走开来再闻，那浓浓的甘香便款款随来，深吸一口，只觉像喝了蜜糖，甜滋滋的。那时心中若是有苦，也多半在这甜蜜中消融了。

只是米兰很难扦插，它虽是木本，但生根不易。我曾用过多种方法，水培、沙培、土培，皆未能成活，反倒是曾剪过枝条的伤口渐渐枯萎。后来我才发现，米兰根本不耐修枝，看似繁茂，实则娇弱，旱则落叶，涝则腐根，颇是多事。我最不喜此类挑三拣四的植物，后来遂很少养这花儿。

最耐活、易扦插的植物应是扶桑，只要温度适宜，水肥相宜，一年四季花开不断。遗憾的是，它单朵花期极短，人称其"朝开暮落花"，即是说其清晨将将绽放，到黄昏便凋萎的脾性。扶桑花期虽短，却并不耽误它的美丽。它的花朵中最常见的是淡粉色的重瓣，花朵硕大，花瓣层层叠叠，像极了牡丹。

乍一看，颇是娇美，可经不起细细品味；若是再多瞧几眼，就会发现那淡粉原来是一种俗不可耐的乌粉，花瓣边缘掺杂着隐隐的晦暗，像是被榨干了水分，不鲜亮，不润泽，干巴巴，仿佛光华渐逝却仍浓妆艳抹的女子，远看窈窕淑女，近睹却经不起推敲。

我见过最惊艳的扶桑，是由我一位友人的父亲嫁接而成的。他以一株单瓣扶桑为母本，寻来粉色、大红、黄色、橙色扶桑的枝条一一嫁接，竟全部成活。那年我见到那株嫁接扶桑之时，它已被养护近十年，早已长到近屋顶高。正是夏日，扶桑树立在小院中，阳光下开得灿烂，一树多色，五彩缤纷，娇艳无比，我竟看痴了。这株嫁接扶桑，据说曾有人出数千元的高价购买，但友人之父婉拒了，只说这扶桑从幼株养大，精心侍奉已数年，形同儿女，感情甚深，绝非金钱所能衡量。再者，若是买花之人不懂花语，只顾赏花并不悉心打理，那花儿早早蔫了，岂不让人心痛。养花养到如养儿女一般，却也少见，只是不知那扶桑树能否读懂主人的心意。

能与扶桑一较高低的，无疑是三角梅。三角梅名字诸多，如簕杜鹃、九重葛，皆是美丽的名字，与它的花一般美。三角梅的花很是奇特，三片绯红如叶的花瓣众星拱月般拥着一簇小小的蕊，其实那花瓣只是它的变态叶，而蕊才是真正的花，只因花太小，反倒不如变态叶来得斑斓多姿。故世人皆以叶为花，众口一词，也无人纠错，便一直错下去。

三角梅开花有一奇，每逢盛花，叶便落得干干净净，苍劲的枝干上尽皆缀满花儿，一串串、一簇簇，开得热闹，野性十足，直让人怀疑是否是绢花。南方雨水丰润，最是盛产三角梅。它枝条并不粗壮，也未见有藤，却极擅长攀缘，常常被栽种在墙边，也无人关照，只是默默地生长，暗暗地抽枝，渐渐地爬满墙。待到一日花开，千百朵或粉红或玫红的花儿怒放，竟绚烂了那一堵墙。纵使一堵陈旧的残墙，那时也像披了霞衣般美丽。也见有人将三角梅栽在阳台的，那花儿不声不响，便一路攀缘至邻家，将花儿开满整个阳台，令邻人惊喜不已。

球兰开花最为艰辛。我曾养过一株球兰，因其性喜阳，遂将其放在南窗下暴晒，那花果然爱阳光，迅速地抽枝展叶，很快便盘踞一满盆。球兰娇气，其实也肯长，若是不修剪，那柔韧的枝条竟能长到几丈长，也不消停。只是，这花令人懊恼的是开花极其艰难，常常只长叶不开花，那叶肥厚、油亮，瞧上去便是不缺营养，可死活就是不肯开花。我养那盆球兰足足有五年，这五年间，我耐着性子等、盼，仍是只见叶不见花，不耐烦之际，险些拔除了丢弃，但想想又心不甘，只好继续耐着性子等。

好容易等到第五年，那花实实惊喜了人，一夜之间枝节便爆出许多玲珑的花苞。不几日，突然嗅到一股异香，寻香而去，才发现是球兰花开。这花称作球兰，果然名副其实，一个花苞生出数十朵娇小可爱的小花，每朵小花的花心皆生出红色的蕊。玲珑的小花们紧紧地相拥，围成一个硕大的粉色花球，一枝枝，一团团，沉甸甸地坠在枝条上，简直美得惊为天人。那时才觉得，漫长的光阴下所孕育的事物一旦蓬发，才是惊世骇俗，远非凡物所能比拟。

第二辑 草木辞

161

古人常以花喻作女子，如"芙蓉如面柳如眉""梨花一枝春带雨"。若是月色如水的夏夜，点一盏明灯，沏一杯清茶，再手捧一本心仪已久的书卷，安静地坐在群花之中，边读书，边听花儿们枝叶摩挲的私语，嗅着幽香，心境格外安宁。那时光，便在花香、茶香、花语中淙淙而去。

杨柳记

塔里木的春天向来不乏杨柳。城市的马路边，郊外的乡道旁，村野人家的房前屋后，甚至垄上地头，皆有杨柳。这实在是边陲的树种，不挑拣，不愤悱。风也好，雨也罢，但凡来了，皆是施施然受之，绝无推拒。

那杨柳虽平凡，却也有自己的风采。若论身姿挺拔，非白杨莫属，亭亭玉立正如青年；若论秀美婀娜，那必是柳无疑，柳叶狭长若蛾眉，柳枝摇曳若女子腰肢。唐时白居易曾有"一树春风千万枝，嫩于金色软于丝"之句赞柳，可见柳之娇美。

春季，桃李芬芳，百花齐放，却是最让人恼的时节。那时，纵是无风，亦是杨花漫天、柳絮纷飞。倘是行人从杨柳树下走过，细碎的花絮便调皮地沾在了发间，披在了肩上，如是穿了毛衫，散落的苔花挂满一身，很难摘除，令人头痛不已。故宋人范成大有"无风杨柳漫天絮，不雨棠梨满地花"之说。

可那风却是最喜这花儿的，待到杨柳花铺满一地，便欣喜地展开一把无形的大扫帚，积蓄了力量，席卷而过。那些毛茸茸的花絮皆堆积在了角落，不再四散奔逃。

杨花是没有香气的。那花，我总觉丑陋得像极了毛毛虫，没有丝毫美感，亦勾不起人们的喜爱之心，但它依旧在每一个开花的季节缀满枝头，悄悄地向人们宣告——塔里木的春来了。

相较而言，柳花就更讨喜些，黄绿色的花絮散发着一股若有若无的清香，温暖地弥漫在 4 月的风中。闭上眼睛，深深地吸几口，花香便在肺腑中流转，只觉周身通透。如是在和煦的春阳下，嗅着这淡淡的柳花香，再折几枝娇弱的柳枝插在瓶中，"岁月静好，现世安稳"的意境便立刻在眼中了。

　　杨柳天性粗犷，无须刻意管理，大水漫灌，雨水浸润，只要有一点点湿气，便开枝散叶，浓荫蔽日，待到几年后成材，将其砍下，即可择其用之。杨树枝干粗壮挺拔，极适合做房梁。七八十年代时平房居多，路旁时常可见准备建房的杨木，树干笔直，青灰色的树皮极为光洁。夏日傍晚，人们常手持折扇，三三两两坐于其上谈天纳凉。

　　杨木若是做房梁，断是不能留树皮的。这树皮其实是极好去的。持一把短刀，在杨木顶端轻轻削下，用手一撕，一缕狭长的树皮就很轻松地被剥除。这活儿甚是粗浅，女人、孩子俱可操作。幼时极喜欢看人剥杨树皮，总觉一削一剥，动作优美流畅之至，有时看得痴迷，竟在杨木旁伫立良久，不知归家路。

　　春天的柳树枝条柔韧，人们折一枝细长的柳枝，顺着枝条一捋，枝干立刻雪白，柳叶、柳花就都挤在了枝梢，毛茸茸一团。小孩子们举在手中，捽捽打打的，你抽我一下，我回你一下，嬉闹之间，童年就在柳花的香气中氤氲而去。

　　那些双手灵巧的人，折一枝粗实的柳枝，择中间一段光洁的部分，以小刀截取下来，用手轻轻地揉搓，皮与杆就渐渐地分离，再将洁白的杆抽出，一个完美的柳笛就在手中了。将柳笛含在口中，柳树微苦的滋味很快渗入齿间，用舌尖轻轻地将柳笛抵住，再呼出一缕气息，悠扬的笛声便回响在塔里木的春色中。

第三辑

关山越

喀依古往事

正是仲秋前日，白露将至时，荒野的苇花开得烂漫如雪。早晚已寒意微起，午后的秋阳依旧锋芒似剑，刺向一片荒瘠的坡地——万物皆笼罩在季节最后的张扬之中，高坡、河床、土丘、残垣，以及一面低矮、简朴的碑石。

阳光刺目，耀眼难耐，我以掌蔽日，自指缝凝视碑身。碑沉默不语，原本白漆的底色上雨迹斑斑如同泪痕，八九排小楷蓝字仍清晰可辨。

喀依古遗址[①]，原规模较大，南北长一千米，东西宽三百米，现存遗址东西长约一百五十米，南北宽约六十米。遗址中部偏南有一城址，平面呈方形，边长约五十米，墙垣宽约二米四，存高一至四米，门在北墙中部，宽约三米。城垣系土坯砌筑。遗址上散布平砂红陶、灰陶片、石磨残片、龟兹小铜钱等。时代为北朝至唐。

我的目光离开碑文，向四面环视——前方泛着青色的、已经干涸的河床蜿蜒蛇行，脚下夜雨稀疏坠落的细小窝陷漫延如筛，东南方向的坡面上一堵残败的土垣狮形盘踞，狮身上被雨

---

① 喀依古遗址：位于新疆阿克苏地区温宿县境内，修建时代为北朝至唐，曾为丝绸之路驿站。

蚀出的一页扁形孔洞，状若人目，正缄默地映照一方瓦蓝的天空。

我迫切地想洞悉喀依古的前世今生，然而阅遍史料，却收获极小，除去碑身上的寥寥数语，竟未能找到关于这座遗址的更多记录。它仿佛一位金盆洗手的侠士，曾"十步杀一人，千里不留行"，却一夜之间"事了拂衣去，深藏身与名"，待到一日重返江湖，却无人能识。后来，在某个仲秋，它用一块破碎的陶片、一段败落的城垣，以及一条干涸的河床，将往事逐一揭晓。

陶片之恋

躺在这片沙土中多久了，我已数不清。只依稀记得，当年我也是一个年轻、饱满、充满活力的陶罐，我的身体也曾经盛满甘甜、清凌凌的泉水。可是后来呢？我拼命地回忆。但西域的风太犀利了，它无孔不入地挤进我身体的每一个孔隙，削割我裸露的每一寸肌肤。记忆，就如同被这风沙磨砺得消瘦的身体，爬满光阴的裂纹，让我日益腐朽，直到再也支撑不住，终于粉身碎骨，散落一地。

到现在，我已经很少去想昨天的事。它的确太遥远了，遥远到如同一缕烟尘。我试图去捉住它，它却总是从我的指缝中狡黠地溜走。但是现在，应该是秋天了吧，天空似乎高远了一些，也明净了许多，云清淡得像透明的纱罗，只有阳光还是那么炙热，晒得我周身滚烫。我眯起了眼睛，浓浓的困意不由袭来，像傍晚的潮水，波涛微漾，温柔地撩拨我的身体。

还记得离上一次大雪纷飞的日子已经过去很久。秋天已然到了，冬天一定不远了吧。我很讨厌冬天，我日渐衰老和单薄的身体已越来越不能承受刺骨的寒风。

秋风斜斜奔来，阳光变得慵懒，暖暖地铺在身上。野草的清香夹杂着一种暧昧的气息，立刻弥漫在我的鼻息。我努力睁开眼睛，想分辨气息的发散地。我看见河床边一丛红柳正开得妩媚，暗粉色的花絮层层叠叠，正妖娆地扭动身躯。

只是那柳枝摇摆的姿态，像极了一个梳着长长发辫在水边舞蹈的婀娜女子。她是谁？

恍惚中，我的思想穿越一条深邃的黑洞，疾行，一片片记忆的残片接踵而来。我用手拼命地拨开，可一些漏网的残片穿过我的指缝纠缠着我，它们旋转着，旋转着，一个婀娜的人形渐渐清晰。我正惊喜，那人形又忽而跌倒，腾起一片烟岚。尘雾中，一双清澈如城外那潭泉水般水汪汪的眼睛，微笑着弯成了一轮月牙，含情脉脉地注视着我。我的心猛地震颤，尘封的记忆从烟岚中渐次苏醒。

风气喘吁吁地穿过红柳的身子，向远方奔去，把暧昧的味道一同带走，我看见被抛弃的红柳绝望地伸出双手。风逃离了，阳光又开始炙热，一如那年的仲秋，那个暖秋，那双抱着我的纤巧的双手。什么海枯石烂，什么地老天荒，其实磐石不移的只是阳光吧，贫贱不弃，初心不改，永爱万物。

我终于记起了。大概是一千年前吧，那时候，我还是一个朴拙、厚重、年轻的陶罐。我的身体那么粗粝，我的衣衫那么清寒，我从来没有穿过中原人昂贵的绘着五彩颜色的华丽锦衣。可是，我远比那些轻薄精致的瓷器实用多了。它们那么娇弱，怎么能经得住西域的风沙呢？它们注定只能是案头的摆设。而我，每天清晨，我心爱的姑娘，那个梳着长长发辫叫赛罕的女子，用纤巧的双手将我紧紧地搂在怀里，像河床边那丛红柳一样摇摆着婀娜的腰肢，咿咿呀呀地唱着我听不懂的歌儿，带着我去泉边打水。

哦，亲爱的赛罕，我愿永生永世做你的奴隶！

我的赛罕来到泉边，影子倒映在水中，美丽得让我窒息。她一双纤巧的手将我倾倒在水中，泉水兴奋地激起一片片涟漪，仿佛洒满碎银。她像沙枣花一样甜蜜的笑容在碎银中一圈圈荡漾，甘甜的、清凌凌的泉水便丰盈了我的身体。

那时候，我，一个生于一千年前的古拙厚重的陶罐，感到满满的幸福，如同这清凌凌的泉水渗透我身体的每一个孔隙。

可是，后来……后来呢？我为什么不再是一个幸福的陶罐，竟然如此残破，成为一片孤独的陶片，被遗弃在这贫瘠、苍凉的荒漠中？我努力地去想，我努力地去想。

哦，我想起来了。那一年3月，西域正是春寒料峭，听说中原早已草长莺飞、细柳如烟了，可我的家乡，仍然一片萧瑟。我记得，那年的风沙异常猛烈，终日里劲风如怪兽咆哮，阳光被遥遥地阻隔，天昏地暗，沙石肆虐，仿如亘古洪荒。听从天山北麓过来的羊贩子土尔丹说，暖湿的伊犁河谷今年也阴霾多日，比以往寒冷很多呢。这是怎么了？上天是要断了我们的生路吗？哦，这里的风沙真是太无情了，我的皮肤都被磨得皴裂了。多年以后，有位叫岑参的诗人途经西域，也被厉风所震撼，挥笔写下"平沙莽莽黄入天，一川碎石大如斗"的诗句。其实，这正是那年我家乡的写照。那一年，风沙整整肆虐了整个春季，天空落不下一滴雨，城外的那眼泉早已经干涸了，城南的蓄水池也一天天沉陷，仅余的半池水面覆盖了厚厚一层劲风带来的草根、树叶，还有飞虫的尸体，它们被风推到蓄水池边，像游魂一样荡来荡去。风不停歇，池水渐渐发黄，仿佛陈年的死水。我的赛罕，哦，她已经很久没有像百灵鸟一样歌唱了，她丰润的脸蛋就像凋谢的马兰花日益萎黄。我看着心爱的姑娘，忧心如焚，却束手无策。

我悲哀，我只是一个盛水的陶罐。

煎熬中，日子挨到了5月，风沙终于匿迹，天气慢慢炎热，却依然是一个无雨的初夏，夜里总是雷声隆隆，却终究滴雨未落，城南的蓄水池已经清浅到可以看见池底的黄泥。而城外喀依古人赖以生存的最后希望——那条蜿蜒的小河，被上游蛮横的乌须莫部落阻截，早已断流，河床里甚至已荒草丛生。那天，有人在河边发现死亡的旱獭尸体，一只、两只、三只，酷热的天气下尸体很快腐烂，腐臭味甚至飘进了城里。先是城东屠夫家的阿婆高烧不退，随后城西铁匠家的小儿子也起了高烧，周身长满暗红的疹子，是种从未见过的病症。渐渐地，同样的病症越来越多，最先生病的屠夫家的阿婆去世了，铁匠家的小儿子也奄奄一息，铁匠老婆哀婉的哭声不停地钻进每个人的耳中。瘟疫的流言像秋天的苇花漫天飞舞。恐慌和死亡的气息如那年3月的沙尘，弥漫在沉闷而布满烟岚的小城上空。

城里，又有人死去，依然是相同的从未见过的病症。瘟疫的流言掳掠了每一个人残存的希望。

哦，我们做错了什么？这是老天要灭绝我们吗？城里每一个遇见的人都绝望地相问。

有人开始窃窃地私语：逃离吧，离开这片被魔鬼诅咒的土地，重新去寻找一个水草丰茂的家园吧！

有人开始大声地说话：逃离吧，离开这片被魔鬼诅咒的土地，重新去寻找一个水草丰茂的家园吧！

有人开始高声地呐喊：逃离吧，离开这片被魔鬼诅咒的土地，重新去寻找一个水草丰茂的家园吧！

喀依古的住民们崩溃了。他们凭什么要承受这比死还痛苦的一切？那天，悲伤的人们离开了他们深爱的喀依古。他们将不得不带走的物件满满地载在驼背上，在清脆的驼铃声中，沿着城外那条已经皲裂的小河向下游走去，踏上寻找新家园的未知之路。

没有人肯回头。而那一天，却是我的末日。

我，一个朴拙、厚重的年轻陶罐，怀着忐忑和喜悦的心情，以为将要随同心爱的姑娘赛罕一起离开没落的家乡，重新在一个水草丰茂的新家园落户。我以为，从今往后，美丽的赛罕又会像以往那样，将我抱在她温暖柔润的怀里，用甘甜、清凌凌的泉水丰盈我年轻的身体。

我以为我深爱的姑娘会忠贞不渝地将我带走。然而，我被遗弃了，我被无情地遗弃在凄惶而凌乱不堪的院落中，被一个嫉妒了我很久的浑小子摔得支离破碎，碎成一堆再也拼不起来的破陶片。

那天，望着赛罕消失在门外的婀娜背影和远去的依然清脆的驼铃声，我悲怆无力，我肝肠寸断。然而，我只是一个永远也流不出眼泪的、破碎的陶罐。

他们逃离了。我，一个曾经的陶罐，我的心已千疮百孔，和我的身体一样碎裂成无数陶片。我默默地躺在我曾经的家，孤独地望着天空盘旋的飞鹰。噢，让我做一只鸟吧！只要能陪伴在我心爱的姑娘赛罕身边！鹰仿佛深谙了我的心意，在我的头顶一圈圈盘旋，时而俯冲下坠，努力用翅膀击打我的身体。我激动地以为它要带我走了，我甚至竭力想要站起来。

可是，鹰飞走了。我哭了。在心里，没有眼泪。

春回秋转，年复一年，夏往冬来，日复一日，炙热的阳光燃烧着我的肌肤，粗粝的风沙击打着我的身体。我渐渐失去了年轻的神采，我碎裂的带着棱角的身体渐渐地被黄沙摩挲和覆盖，我渐渐地习惯了没有人烟的寂静。我像风烛残年的老人，悲伤地为我的生命倒计时。

直到一天，狂风呼啸，暴雨滂沱，天空像墨一样漆黑，被雨水浸蚀透的土屋轰然坍塌，而我，被深深地埋在了泥土中，暗无天日。

我以为我长眠了。风沙、阳光、人类、瘟疫，再与我无关。我沉沉地长睡，赛罕美丽的笑容日渐消失。

一千年后的某一天，一场暴雨袭击了大地，山洪暴发，将所有的真相暴露，我再次沐浴在阳光之下。只是，我已不愿睁开眼睛。失去了我深爱的喀依古和赛罕，这悲凉的尘世还有什么可值得我留恋的呢?

我昏睡。恍惚中,仿佛听到人类交谈的声音,那么陌生。我忍不住睁开眼,阳光锐利,四周葱郁一片,竟是我从未见过的景象,农田、树林、房屋,还有远处干涸的河床。一位穿着黑色皮鞋的中年男人伸出大手,轻轻地将我从泥土中拾起,并吹去了我身上覆盖的沙尘,我甚至能清晰地看见他手背上的青筋。

那是人类的触摸。一种久违的温暖包围了我,从每一个孔隙渗入我的身体,让我战栗不已。

我,一片来自一千年前的已经衰老到失去了棱角的陶片,被满满的幸福环绕着,来到 21 世纪初的某年 9 月。那天,阳光明媚,秋风徐徐,我看见有着清晰雨水痕迹的土地上,一行人类的脚印向前延伸。

城垣之梦

他们走的那天,其实我流泪了,只是没有人看见。墙的眼泪,流在心里。是的,我是一堵不会说话和流泪的墙。可是我的悲哀在心里。我知道他们将我抛弃了。当年他们赋予我生命的时候,可是耗费了整整三年时间,现在说抛弃就抛弃了。他们当我是谁?难道我没有自尊吗?哼,我也曾经是一堵骄傲的城墙!人类真是何其残忍啊!我憎恨他们!他们真是太不珍惜我了!

那时候,草原没有那么多的山石,可人类的智慧实在是让万物为之嫉妒。那些勤劳的人们，用黄沙和着红黏土，用小河里的水一点点润湿，入模、脱模，筑成长方的土坯，让西域猛烈的阳光曝晒，晒成坚硬的土坯，再精心地堆垒成一圈蜿蜒的城墙，堆垒出城里四方的屋舍，这才有了我和他们的家。那些日子，真是我这一生中最辉煌的时光。我，一堵足足绵延了两千多米的厚重土城墙，从此高傲地矗立在荒原之上，为人类遮蔽风沙，阻挡野兽和那些无耻的入侵者。当然，最让我引以为荣的，是我曾为丝绸之路上络绎不绝的往来商贾驼队提供了歇脚之地。

那时候，人们都叫我喀依古，一个在西域大名鼎鼎的驿站。

那真是一段令人留念的好时光啊！那时的喀依古充满了生机。每天清晨，袅袅的炊烟会在小城的天空缭绕，一丝丝、一缕缕，有时候夹着牛粪味道的呛人的烟会悄悄潜入我的身体，调皮地窜来窜去，我却喜欢极了那种味道，我知道那是生命的气息。我还喜欢倾听集市的喧闹、烈马不羁的嘶鸣、牛羊此起彼伏的呼叫、人类声嘶力竭的交流，那些嘈嘈杂杂的场景如此喧闹，却又是那么的安详，让我的内心无比富足。我知道，他们是在我这堵蜿蜒了两千多米的厚重土城墙的庇佑下，才能心无旁骛地劳作、生活、繁衍生息。他们是幸福的，我也是幸福的。

当然，我最喜欢的，还是那个名叫赛罕的姑娘。她有着像泉水一样清澈的眼眸，笑起来像极了夜晚的弯月，也像极了她母亲年轻时的模样。清晨，我总能看见赛罕抱着一个古拙厚重的陶罐，去城外的泉边打水。明媚的阳光洒在赛罕明媚的脸上，那张面庞比城外小河边那丛开着细碎花朵的红柳还要妩媚。我还看见那只被赛罕抱在怀里的陶罐，翕动着鼻翼，深深地嗅着赛罕身上好闻的羊油味道，一脸陶醉的样子。我早就知道这小子喜欢赛罕。可是又有什么用呢？他只不过是一只古拙笨重的陶罐罢了，虽然他很年轻。他实在应该感到悲哀。

其实，我也应该感到悲哀。我，不过是一堵由黄沙、黏土、河水赋予生命的土城墙，其实和陶罐的命运是一样的，我们的出身都是那样的卑微，就像3月的风吹来的一粒尘埃，那样的渺小。我们的身体也都不是万夫莫开、磐石不移的，荒原里没有茂盛的山林和坚硬的岩石，我们注定不能像大名鼎鼎的长城那样，用青石浇筑我们的身体。虽然我远陲西域，可是路过喀依古的中原商人告诉我，同样是城墙，长城却有着与生俱来的高贵，它青石砌就的身体是那般的强悍和坚固，它雄奇伟岸的烽火台如同王者俯视关外。当号角响彻云霄的时候，它化身铜墙铁壁，将风沙、炮火、无耻的入侵者通通驱逐出关外，保护万民生息。最重要的是，它浩浩荡荡绵延万余里是永远不会坍塌的、传承着龙之精神的长城，它雄浑久远的生命将永不熄灭，它精彩的历史将代代相传。

可是我，一堵蜿蜒两千多米的土坯筑成的城墙还能够横亘多久？十年？一百年？从知道长城那一天起，我就开始悲哀地思考我的生命。我渴望有一天，我也能变得高贵而强悍，像长城一样名声赫赫，以王者的威严俯视着草原万里，俯视着大漠落日。

然而，没有人知晓我是一堵有着哲人思想的土城墙。我的思想是那么的深邃，就像墨染的夜空。

直到我的住民们离去。

那一天，真是我这一生中最悲怆的时刻。曾经熙熙攘攘、充满了烟火气息的喀依古凄凉如荒漠，一切鲜活的生命气息瞬间消失，只留下人类曾经生活过的痕迹，在无声地诉说当年的辉煌。我的内心黯淡无比，就像那年3月的天空，阴霾密布，风沙肆虐。我努力地抬起我曾经高傲的头颅，眺望远方，可是我的视野中只有一片苍茫。

没有人知道我的悲伤。

时间过得真快。冬天又来了，真冷啊！凛冽的北风夹杂着雪花扑打在我的身上，我的身体渐渐冰冻。只有我的心，还在不甘地挣扎，期盼着我的住民们归来。

北风咆哮得更凌厉了，狞笑着撞击着我的身体，伴着沙尘无休止的磨砺，我的身体越来越单薄，越来越摇摇欲坠。可是我仍然努力地抬起我高傲的头颅，维系我仅存的一星尊严。

雪融化了，我又挨过了一个寒冬。春天来了，红柳爆出了新芽，蒲公英开着金灿灿的花朵，羊群在四周吃草，放羊的买买提照旧依偎在我的身下晒太阳。夏天来了，傍晚的雷电在我耳畔咆哮，我挺起胸膛，再次顶住风雨的进击，来吧！

一天，我隐隐嗅到空气中弥漫着甜甜的果香气。哦，秋天又来到了。我喜欢暖暖的秋阳照耀我冰冷的身体。我闭上了双眼，享受这温暖的休憩时光。秋阳下，我，一堵残存的只余一座宛如狮形的土坯筑就的城垣，做了一个梦。梦中，我看见我脆弱的身体化为坚固无比的青石，绵延万余里。我高傲地昂起高贵的头颅，如青龙盘旋在苍茫大地，将那些令人憎恶的风沙、野兽和万恶的入侵者阻挡在城墙之外。我还看见一列雁阵以优美的弧线从我头顶掠过。

秋风起兮白云飞，草木黄落兮雁南飞……恍惚中，我听见嘹亮的歌声在天空飘荡……

河床之殇

河水已经很久没有滋养过我的身体，我的身体干涸得如同千年的龟壳，丑陋不堪，一道道裂缝凄凉而又触目惊心。可是，我有什么办法呢？我也想让清凌凌的河水淌过我的身体，渗入我的每一道孔隙，让与河水一同游来的幼滑的细沙填满它们，让我变得和当年一样的丰盈，和浪花一同欢快地嬉戏，并逾南而去。

那真是令人怀念的日子啊！永远回不去了。

真讨厌。我讨厌没有河水流过的苍老身体。我讨厌一条死亡的河流。一想到死亡，我的心就像掉进了冰窖。譬如现在，虽然仲秋的阳光那样温暖，可我的心冰冷得就像冬天的北风从裸露的肌肤掠过，仿佛刀割。我的体温一点点流失，直到化为坚固的冻土。要知道，水，就是河流的血液，没有了水的河流，不，应该是河谷，充其量是一条死去的蛇翻着青白的肚皮躺在日光下，慢慢地腐烂，慢慢地风化，成群的苍蝇包围着它，吞食它，直到变成一缕臭气熏天的空气消失得无影无踪。

哦，这是一件多么可悲的事情。我曾经也是一条奔涌着浪花的、无比庄严的河流，挟着冰河的气息，裹着远古的沙石，像脱缰的野马，从天山深处呼啸而出，流过了峡谷，流经了草原，流到了喀依古，哺育生命，泽被万民，被日日尊崇，成为一条神圣的母亲河，就像恒河。

可是现在，我已经不能被称之为河流。我只能像那条死去的蛇，寂寞地躺在这里。我的身体沟壑纵横，寸草不生，丑陋得不忍直视。我竟然沦落成为一条挡住人去路，令人憎恶的荒芜的河床。

我无比羞愧，无比悲伤。

多么怀念从前的日子啊！那时候，上游源源不断的冰川水，奔涌着、蓬勃着，日夜不息地滋养我的身体，让河床宽阔如田野，让河水不羁地四处招摇。我疯狂的时候，甚至冲垮了河床，溜到河岸上，让溪水淙淙流淌，在河岸边生出一簇簇丰茂的红柳，在夏秋时节开出暗粉色的花儿，如烟似雾地浪荡着。那时候，我还能隐隐约约闻到淡淡的花香和暖昧的气息呢！天气晴朗的日子，那个叫赛罕的姑娘还常常来河边唱歌。哦，那真是宛如百灵鸟的歌声，那么的悠扬，那么的婉转，我的心都要醉了。有时候，赛罕会解开她长长的发辫，就着清凌凌的河水，抹上一种羊油做的肥皂，把头发洗得像荡漾的黑绸缎，诱惑极了。偶尔，赛罕也会托着腮静静地坐在河岸边，出神地望着河水。望着她那忧伤的眼神，我的心都要碎了。

哦，赛罕，那个美丽的姑娘，我真是喜欢极了她洗头的样子，那么娇俏，那么妩媚。虽然已经过去很多年了，可是我还是不能忘记她当年的模样，还有她头发上散发出的好闻的发油味道，香喷喷的，甜丝丝的，总是引诱得我在她身边卷起一个个又一个漩涡，久久不肯离去。

其实我早就想溜进喀依古城看一看，虽然我看不见城里的景象，但是常常听见放羊的那几个小子说到城里的事情，譬如住在城西那个丑陋的屠夫居然娶到了老婆，住在城东的铁匠终于得了一个小儿子，甚至还有一个轻浮的二流子调戏了赛罕，那脾气火暴的陶罐小子竟然把二流子的头打破了。可是母亲告诉我，河流是不能流进城的，那将会给人类带来一场毁灭性的灾难，将会使喀依古的人们失去他们的家园。

好吧，我是一条高尚的、神圣的母亲河，我还要泽被万民、哺育生命，我才不要给人类带来灾难，遗臭万年呢。

唉，回忆总是令人悲伤。

隔壁城墙那傲慢的家伙又开始做梦了。我又听见它的呓语，说什么长城。嗨，城墙，醒醒吧，梦了几百年，又有什么用呢？一堵破土块墙，做什么长城梦呢？唉，我虽然不做梦，可是我一直都在悲伤。我悲伤那回不去的过往，我那么怀念我曾经丰盈的身体，那流淌的清凌凌的河水和美丽的赛罕花一样的脸庞。

这世上真的没有什么是永恒的。千秋万岁名，寂寞身后事，大概只有汉时的明月仍然散发着秦时的光，只有精彩的文字敌得过时间的厮杀，在人们口中传颂千年。那些高飞的雁、低回的雀、南来的人、北往的客，终究都是要陨灭的，都不过是这世间一粒卑微的尘埃，就譬如我愈来愈削弱的身体，和我的邻居，那摇摇欲坠的城墙一样，当年那样的显赫，可是如今，还不是一样破败。

那年瘟疫时被埋葬在红柳丛中的屠夫的阿婆和铁匠儿子的坟茔，早已被西域的厉风夷为平地。

我又低头看了看我的身体，已经衰老得如同风烛残年的妇人，身体枯槁、干瘪，翻卷着层层叠叠的褶皱，丑陋得不忍直视。回想着当年的丰润，我实在想流泪。可悲伤的是，没有水的滋润，我竟然流不出眼泪。这实在是无比滑稽的事情。河流竟然流不出眼泪。

这是谁的错呢？自从喀依古的住民们走了以后，上游的乌须莫部落完全截流了我的兄弟姐妹，于是我更加枯萎，曾经丰盈的身体快速沦落为一条没有指引没有方向的纤细小河。我失去了流淌的意义，于是我拖着孱弱的水流四下里游荡，想找到我热爱的住民们，我是那样怀念赛罕在我身边歌唱的日子。

我没有找到赛罕，我的身体更加枯萎。大地吸吮了我最后一点点水分。我就要成为一条干涸的河床，就像一条死鱼。

我悲伤地躺在日光下，悲伤地让春天的风掠过我瘦弱的身体，让夏天的雨滋润我干渴的心房，让秋天的落叶飘过我枯萎的脸颊，让冬天的寒鸦在我的耳边聒噪。

我还悲伤地看见，身手敏捷的四脚蛇们在我的身体里肆意爬行。

我的悲伤如同当年的河水，日益涨潮。

一个云高水瘦的秋日，秋虫在摇曳的红柳丛中三三两两地鸣叫，我昏昏欲睡，却被一阵人声惊醒。我努力抬起沉重的眼帘，看见一群人站在城墙那家伙跟前将一面简朴的碑石竖立在狮形的残垣下，几个蓝色的汉字触目惊心：喀依古遗址。

我看见城墙那家伙得意地咧着嘴笑个没完。唉，城墙做了几百年的梦，终于被人类发现了它的价值，被重新审视，被冠以遗址的称号，从此不再破败、陨落、无人问津，终于成为一段历史的承载，被记入史册。它实在应该笑。

而我，一条干涸的河床，当年也曾是孕育生命、泽被万民的神圣的母亲河，也曾和城墙一起，承载和见证了西域的一段历史，可是现在却被人无情地遗弃了。没有人知道我当年曾经是那样野马般不羁地奔流。

我，一条干涸的河床，像死去的蛇，泛着青白的肚皮躺在日光下。

秋阳锐利，以剑的锋芒刺向这一片荒瘠的坡地，也刺在静静伫立在这片坡地下的一面简朴的碑石。

一枝红柳在它的身旁盛放，深粉色的花朵细碎而又艳丽。

眼泪在我的心里流淌，可是永远也流不出我的心。

河床之殇，深入骨髓。

关山越

关山万里不可越，谁能坐对芳菲月。

流水本自断人肠，坚冰旧来伤马骨。

边庭节物与华异，冬霰秋霜春不歇。

长风萧萧渡水来，归雁连连映天没。

——南北朝·卢思道

  某年岁末，我在温宿破城子夏特山谷附近的黄树林露宿。那日清晨，本是朔风凛凛，飘雪稀薄，到了夜里，忽就晴朗了。天幕之外，明月皎皎，星辰清澈，仿佛触手可摘。黄树林中，几盏帐灯映出蓝色、橙色和紫色的穹顶，寒气勉强被阻隔在帐外，但仍是透冷。远处的河流已冰封，涛声杳无踪迹，只有风不时刮过树梢的岑声。夜色深重，我蜷缩在柔软的鹅绒被中，倾听寒夜北风呼啸。

  元封六年（公元前105年）早春，汉武帝派江都刘建之女刘细君作为联姻公主嫁给乌孙王猎骄靡。那日，春风轻寒，江都公主刘细君携浩荡的和亲队伍——"宦官侍御数百人"，以及丰厚的嫁妆"乘舆服御物"若干，自长安出发，跋涉千山，穿越天山南麓，在龟兹国略做休整后，于当年秋时穿越别迭里山谷，抵达目的地乌孙国都——水草丰沛、牛羊成群的赤谷城。

彼时细君一行在别迭里山谷外的憩息之地，距我所遥夜听风的黄树林并不远。只不过，她至别迭里山谷时，正是初秋，谷外芳草微黄，杂树未凋，不远处冰河激越，汤汤如练，唯一的遗憾是初夏时节漫山遍野盛开的野花早已萎谢，但风物仍是美好。

那晚，随从皆入梦乡，只有疲劳的马匹在帐外嚼食夜草，发出滋滋的声音。它们太累了，自那日出了长安，万里西域路漫漫，马儿们每日身负重累，晓行夜宿，体力早已不支，困乏得几乎是边嚼边打盹。

"可前路叵测，危机重重，明天还要翻越冰川达坂，大意不得呀。唉……"听着马匹的咀嚼声，心事重重的细君喃喃自语。

她轻轻掀开帐帘，山风悄然潜入，带来一阵寒意，她不由裹了裹身上的貂皮大氅。大氅沾满扬州的雨、玉门的风和轮台的沙，早已褪去早先亮丽的颜色，可细君觉得它依然那么温暖。它是逝去母亲留下的遗物，细君便格外珍爱它。

细君将面颊埋在大氅柔软的茸毛中，闭上眼睛，深深地吸了一口气，那么亲切，那么甘甜，仿佛儿时母亲怀中的味道。母亲啊！细君眼中滚落下一滴温热的泪珠。她走出帐外，仰望遥月，天幕墨蓝，圆月无声，依稀可见月宫里桂树枝影幢幢，一如当年江都王府院中的桂树，香飘十里。可是现在，桂树依旧，细君却嗅不到花香，只有凛冽的寒气像潮水涌入肺腑，深入骨髓。

细君怅惘地环顾四周，杂树静默，树丛中十余顶熄了灯的帐篷沉沉如墓葬，只有此起彼伏的鼾声在宣告生命的延续。她痴痴地伫立，听见远处冰河隆隆的涛声穿过鼾声，仿佛铁骑破阵，在耳边喧嚣。她想起那年春时，扬州细柳如烟，微雨如芒，瓜州的琼花含苞待放，她随母后郊野踏青。她拈着紫色的罗裙，一双纤巧的脚踩在柔嫩的青草上，草尖集结的细雨洇湿了美丽的绣花鞋。她咯咯地笑，母亲在一旁慈爱地注视着女儿。

一切都仿佛还在昨天。可是再也回不去了。

"故园东望路漫漫，双袖龙钟泪不干。"一串眼泪滴落在别迭里山谷外，迅速被大地吮吸。翌年5月，一丛葱郁的马兰在此破土而出，开出紫色花朵。

那是细君的精血所化。从此，在每一个夏天，美丽的马兰花开满了别迭里山谷，那娇媚的紫色像极了那年春天细君身上罗裙的颜色。

头年，细君从扬州出发，也曾泪湿衣襟。她依依不舍，一步三回头，直至随从再三催促，方才怅然离去。经过灵璧时，细君再也难捺离殇，不顾阻拦，跳下马车，登上山顶，手扶巨石凝望家乡，久久不肯上路。

"汉以江都王女细君嫁乌孙王，女过灵璧，尝扶以石，后人镌石为模，腕节分明。"从后世的诗句中，可以想见彼时扶石望乡的细君是如何的心潮起伏，乃至手心香汗深深渗入石中竟不可知。

那夜，疲惫的细君仍是睡去了。她做了一个梦，梦见在扬州，如芒的细雨迷迷蒙蒙，婀娜的柳枝飘荡在烟雨中，她身穿紫色的罗裙在烟柳下婆娑起舞……

夜梦中，细君笑靥如花。

夜幕覆盖群山，寒气袅袅，渐渐凝成白露，在牧草之尖集结，酝酿翌日正午的流光。鸟儿纷纷归巢，蜷缩成一个绒球，发出梦呓的啁啾。林梢，一轮圆月凄楚动人，将光辉洒在山峦厚重的剪影之上。

天山在细君沉睡之时苏醒，黎明一点点出现。

天大亮，群鸟邕邕的啼叫声中，浩荡的和亲队伍将再次启程。那些暗夜的悲伤，被西域的晨风消弭得不留一丝痕迹。细君捧起一捧彻骨的冰河水，泼在脸上。那水，仿佛刀刃，锋利无比，一点点削割她娇嫩的肌肤，她忍不住打了个寒噤。

可是扬州的水啊，是那么的温柔！就像母亲的手轻轻地抚过女儿的面颊。哦，母亲！细君想起离开长安的前夜，她独坐绣阁，悲伤垂泪。红纱罗帐层层叠叠将她包裹，满屋红烛点点，映得她娇嫩的脸颊艳丽似云霞。那薄薄的纱帘，竟让她透不过气。那烛火摇摇曳曳，鲜红的烛泪汩汩流淌，如同血泪，怎么淌都淌不尽。细君泪眼蒙眬，满怀悲凄，耳中却听得一只异鸟在王府的花园中诡谲地啼叫。宫女吓吓地道不祥，急唤侍卫以棍驱逐，却被她拦下了。那鸟的叫声凄楚，"儿啊，儿啊"，闻之泣然，仿佛啼血，她明白，那是母亲的魂魄在为她送行。

那夜，江都王府彻夜无眠，紧闭的府门内，排排红灯笼高悬，宫女、杂役手执灯盏，络绎穿行，公主睡阁之外，红毯逶迤而去，处处皆是掩不住的喜气。虽是罪臣之女，终究是皇室宗亲，又身负大汉西域交好之累，焉能轻怠。皇恩浩荡，为她备下了精良的车马、上好的锦缎、繁缛的器物，以及庞大的陪嫁宫女、役者队伍。"赐乘舆服御物，为备官属宦官侍御数百人，赠送甚盛"，汉武帝须要镇一镇乌孙昆莫王猎骄靡及国民，展大汉昌隆，使其心悦诚服。

"只不过是国与国的斡旋罢了。"细君枯坐在妆台前，望着铜镜里容颜姣好的女子，自言自语。

那晚，她也彻夜未眠。怎能安睡呢？受父罪咎累，至身世畸零，不得已和亲西域，实是心有不甘。可天命难违，孤女势单，又不得不遵，只是此一去长安八千九百里，关山凶险，雄途漫漫，从此嫁做乌孙妇，故乡已隔万重山，恐余生再也难回大汉，莫非往后只能"夜来清梦忽还乡"了？

细君斜倚绣榻，肝肠寸断，手中绢帕已湿透。红纱罗帐层层叠叠，仍隔不住门外虚浮的喜气。红烛点点，泪痕斑驳，火苗透过罗帐，映在她稚嫩的面颊上。

不管愿不愿意，细君终究是做了乌孙王猎骄靡的女人——乌孙王猎骄靡以一千匹马作为聘礼，以刘细君为右夫人，然而，那匈奴得知乌孙与西汉结盟后，亦遣派单于女儿与猎骄靡，并将其立为左夫人。那乌孙王两相权衡，哪个都怠慢不得，只好做了墙头逢迎的草，一边立大汉公主为右夫人，一边迎娶匈奴女为左夫人。是的，大汉虽称雄一时，毕竟远隔万里，倘是乌孙国有难，远水总是难解近渴。可那匈奴却是近在咫尺，一阵草原的风就能纠葛了两边的气息。若是反了目，少不得狼烟再起。作为一国之君，谁不想邻里和睦呢？只可怜细君，本是堂堂大汉尊贵的金枝玉叶，如今远嫁西域，却做不得王后，竟要与他人共侍一夫，何其羞辱！

可山高水长，纵使是不可一世的汉皇亦鞭长莫及，二女一夫也罢，好歹嫁也嫁了，姑且随遇而安吧！

月余后，送亲的汉使回归大汉。故人远走，再无相见，细君依依不舍，送至城外，望着风中猎猎的汉旗，细君伤怀之下，泣诗一首：

> 吾家嫁我兮天一方，
>
> 远托异国兮乌孙王。
>
> 穹庐为室兮旃为墙，
>
> 以肉为食兮酪为浆。
>
> 居常土思兮心内伤，
>
> 愿为黄鹄兮归故乡。

汉使闻之泪流潸潸，回国后禀告汉武帝，武帝唏嘘不已，怜悯之心大发，遂"间岁遣使者持帷帐锦绣给遗焉"，聊以宽慰。

可那细君彼时风华正茂，远嫁西域，举目无亲，身边除去几个陪嫁丫鬟，眼中所见皆是胡言胡语的陌生人，不由思乡心切，日日以泪洗面，姣好容颜渐见憔悴，直至缠绵病榻。好在乌孙王猎骄靡为人还算温良淳厚，知晓右夫人远离家乡，病由心起，遂格外关照，平常诸事妥帖，时时嘘寒问暖，夜晚宿眠亦是雨露均沾，多少告慰细君一颗哀愁的怨妇心。细君渐渐地适应了西域的环境，心境舒展，甚至偶尔抚琴欢歌一曲。然而，语言终是不相通，两人无法深入交流。细君仍是倍感孤独，夜深之时，常枯坐帐中，不觉泪水涟涟，抚奏琵琶，其琴音凄楚，闻之使人悲泣。

两千年后，当我站在岁末的夏特山谷，远眺群山深处的木扎特冰川，巨大的冰裂缝深不见底，犹如饕餮之口，吐出阴森的寒气，仿佛将我吞噬。我心凛然，不由连连后退。路途艰险，一个小小的疏忽或将葬身冰川，永无生还。那年秋时，大汉的和亲队伍穿越别迭里山谷，江都公主刘细君亦曾站在一道幽深的冰裂缝前，眺望彼岸。百余公里之外的别迭里出山口，那位从未睹面的君王正在状如波涛的牧草中期待她的到来。草已微黄，但仍有淡淡的香气弥漫在初秋的草原。

然而，细君并不期待，甚至生念，倘是家国有召，她一刻也不会犹疑，将重蹈覆辙，纵使葬身冰川，也决不回头。后来，在攀上支离破碎的冰达坂后，细君拭去额角惊惧的汗滴，心存侥幸，试图回望来路，却只望见云雾缭绕、黑气氤氲，再无归途。她热爱的大汉，她嫡亲的汉皇，终究把她当作一颗棋子，遗弃在国与国的交锋中。

细君终于明白，穿过别迭里山谷，大汉从此是故乡，她便是乌孙国昆莫王猎骄靡的妻，无论等待她的是幸福还是陷阱，都已别无选择。后来，淌干了眼泪，已不再哭泣的细君住在猎骄靡为自己新建的汉风宫殿夏都宫里，望着熟悉的布景，以及身穿汉服的宫女、杂役，听着他们的吴侬软语，自欺欺人地安慰自己：这儿，分明就是扬州，就是家乡。你瞧，连垂柳都是一样的婀娜，一样的如烟似雾。那马兰草的花朵也和运河的汀兰一样娇美，只不过少了些许扬州的微芒细雨和扁舟江渚罢了。

那又有什么关系呢？西域的天空，那么辽阔；西域的风，那么凌厉；西域的男人，那么霸气。

想起她的君王，细君脸庞娇羞。她忽然发现，自己竟已在不知不觉中爱上了猎骄靡。哪个女子不爱英雄呢？只是，一些圆月皎洁的夜晚，细君枯坐宫中，红烛昏罗帐，将她孤寂的身影映在宫墙上，远嫁的公主手抚家乡带来的琵琶，泫然而歌。

细君以为日子将这样一天天地过下去，她已习惯了西域的风物，习惯了君王的爱抚。然而，事与愿违，猎骄靡依照乌孙国俗，欲将细君嫁于其孙军须靡。细君闻听如雷轰顶，先嫁父，再嫁孙，何以荒诞如斯！然而，纵使曾生在王室，她也不能决断自己的命运，她如今只是乌孙王的右夫人。在汉武帝的授意下"从其国俗，欲与乌孙共灭胡"，于是，时年二十二岁的江都公主刘细君在和亲两年后，悲哀地屈嫁猎骄靡之孙军须靡，并在不久之后产下一女。

故事原本该是如常演绎下去，军须靡无论精力抑或是权势，正如日中天，而刘细君此时也正青春华年，两相般配，该是琴瑟和谐，举案齐眉。然而，细君仍是无声无息地死了，死于公元前101年，那年她二十五岁，死因不详。班固在撰写《汉书·西域传》时，写到江都公主刘细君之死，只三字："公主死"。

公主死。此刻，距细君离开扬州已整整六年，离开大都长安整整五年。我揣测，刘细君或是病死，心病。我甚至可以想见一个来自礼仪之邦的汉女远嫁西域，与他人共侍一夫，先侍祖父，再侍其孙，那种屈辱和无奈必然令她郁结在怀、久积成病，最终客死他乡。

可细君已死。她的死因与她的身体一同埋葬在西域，永不见天日。

两千年后，我穿过当年细君走过的别迭里山谷，试图寻找她曾经留下的蛛丝马迹，却一无所获。光阴轧轧向前，细君的发肤早已融入草原，只有她的墓寂寞地伫立在昭苏夏特山口。墓周，牧草如波涛宕然，清香四溢。年复一年，列队的雁阵哑哑地鸣叫，掠过公主墓的上空，在每一个深秋向南而去，于翌年早春重返草原。

只是细君从来不是鸟儿，她没有翅膀。万里关山，只在梦中。

细君死去的那年3月，扬州依旧微雨如芒，细柳依旧婀娜如烟，运河边的汀兰依旧散发着淡淡的幽香，渔樵扁舟江渚上，绿女惯看春风。那年5月，草原的马兰花依旧盛开着紫色的花朵，仿佛细君曾经在扬州穿过的紫色罗裙，但那些烟柳和香气，以及忧郁的马兰花，细君嗅不到，也看不见了。

时光与城

　　黎明兼程而来，一抹青白撕破黛蓝的幕。夜，渐渐褪色，晨风裹挟着冷寂的气息，匍匐穿过高山和峡谷的罅隙，向沉睡的泽普勒善河匆匆而去。风声缥缈，如梵音吟诵，岸边草木耄然作响，河水从梦境中惊醒，泛起微波，在青光下荡漾如缎。

　　天色愈亮，一轮红日蓦然现于远山之巅，霞光盛极，大地如披锦帔。晨曦下，草木舒展，百鸟啁啾，泽普勒善河水金光闪闪，携秋风与草木的香气一路向东，汇入激荡的叶尔羌河。

　　此刻，奔流的泽普勒善河南岸，一座生机勃勃的小城以人类独有的声音和气息开启了崭新的一天。

　　它叫泽普，栖居于天山南麓的喀什境内，因西邻泽普勒善河而得名。若论地缘优势，泽普并无出众之处。它的东南方，是叶城县；它的西北方，是丝绸之路的要冲莎车，其土地面积近乎是泽普的十倍。然而，这并未令它湮没在南疆众城之中，它仍以它独有的内蕴，在广袤的南疆大地散发着魅力。

一

　　当灿烂的朝阳映照在泽普大地，清凉的晨风轻拂过城市的每一个角落，昨天一切的沮丧和不如意皆被朝阳的明媚和温暖的人间烟火消弭得无影无踪——清洁工凌晨清扫落叶的沙沙声，汽车往来穿梭的呼啸声，路边鲜花若隐若现的淡淡香气，以及街道上空弥漫的甜粥、面点的诱惑滋味。

这都是泽普人的幸福时光。

泽普也曾记录过我的幸福时光。在我最好的豆蔻年华中，我曾坐在一辆黑色的老"永久"上，依偎着一个人坚实而温暖的后背，在泽普的乡村小道中穿梭，让沙枣花馥郁的香气穿透岁月。

那个人是我敬爱的父亲。

这挥之不去的情愫，令我始终不能遗忘一座城的名字。

"浮云一别后，流水十年间。"在三十年后一个仲秋的午后，当我徘徊在法桐大道葱茏的梧桐浓荫下时，我的目光所及之处，静好的气息如影随形，让我一次次惊讶于泽普的蜕变，如凤凰涅槃。那些潜藏在记忆深处的、覆满尘埃的旧时光——朴实的红砖屋舍、拥挤的马路、飞驰而去的二八杠，以及乡村被藤蔓、杂草缠绕的门扉，竟遥远如发黄的老照片。

一切都那么陌生，曾在我梦中依稀的小村落，已被果实累累的红枣园所覆盖，醇厚的枣香味充盈在空气中，如同一条甜蜜的河流四处漫延；我试图找到当年父亲载我飞驰而过的乡间小道，却只遇见一条条黛青的马路向四面八方辐射。

这令我惆怅而又欣喜，逝去的旧时光令我再也寻不回记忆中老泽普的痕迹，而新时光的充盈和饱满，无处不凸现新泽普的朝气和蓬勃，清新得仿佛雨后初霁。

是的，那些陈旧的事物已遗失在浩荡的光阴里，被冠以历史的符号，徐徐远去。而在新时光的号角声中，一切散发着陈腐气息的事物，都将破茧成蝶，重焕新生。

是的，泽普人用了三十年时间焕新了一座城。而城市里那些他们亲手栽下、历三十年风雨、而今已树冠如盖的梧桐树，则见证了一座城的变迁。

毋庸置疑，如今的泽普已是梧桐的家园。多年前，泽普人栽下第一株幼小的梧桐树苗时，就已预见到它的开枝散叶，他们热爱的家园终将会被成片的绿荫掩映。现在，那些盛年的梧桐树正深深扎根在泽普形如脉络的城市道路旁，源源不断地为城市输送新鲜空气，吸附尘土，为泽普人遮蔽烈日和风雨。它已然成为泽普的象征，构成泽普在南疆的浪漫气质——譬如4月春雨打湿的鲜嫩梧桐芽苞，晨曦下身披流光的法桐公园，夏日午后在梧桐枝叶间往来穿梭的蜜蜂、蝴蝶，以及秋夜月色如霜的法桐大道。梧桐的姿态早已渗入泽普人的生活，成为一种习惯。

一棵棵伟岸的梧桐树挺立在泽普的道路、广场、公园甚至温暖的家的窗外。它们洞悉城市所有的情感，用茂密的树冠传递自然与人的关系，用如扇的叶拂过城市的白天和黑夜，在春雨和秋风中呢喃地絮语，令泽普人陷入沉醉。

这是生机盎然的泽普，我亦为之沉醉。但我听闻泽普还有另一种魅力，远比浪漫的梧桐更为厚重。那是一种由时光为脉络，将纷繁的历史、绮丽的自然风光完美结合所形成的深厚气质。

这种气质散发于泽普勒善河畔的金湖杨国家森林公园。

二

　　若非亲身前往，我决然不会想到，在泽普西南的戈壁深处，竟隐藏着这样一片如诗如画的胜景，将泽普的内蕴演绎到极致。

　　在中国历史中，西域史可谓纷繁芜杂，令人眼花缭乱。其中，著名的西域三十六国的兴衰史则占据了西域历史的半壁江山。今天的泽普，即是西汉之前著名的三十六国之一莎车国属，然而，因为一个人的出场，泽普得以一步步从村庄演变成为丝绸之路的重要驿站、城市，并繁衍至今。

　　这个人叫张骞，一个在中国甚至世界历史的长卷中都留下了浓墨重彩之笔的外交家和探险家。

　　毫无疑问，张骞是位伟大的开拓者。他两次"凿空西域"，获取了大量的欧亚资料，贯穿了一条长达六千余公里、连结亚欧大陆的丝绸之路，开辟了古代中国与西方之间政治、经济、文化的交流通道，也因此使得默默无闻的泽普与著名的丝绸之路有了千丝万缕的联系。

　　距张骞出使西域约一百余年后，泽普仍深陷于一盘散沙般的西域，作为他国的属地，开始了漫长的颠沛流离之路。从西汉在莎车一带屯田并设西域都护府，期间，泽普几经浮沉，一路搭乘岁月的航船，时而惊涛骇浪，时而风轻水静。

　　两千年间，泽普饱受掠夺、战火、灾害及变迁之苦，可谓历尽沧桑。然而，那条传说因河水中蕴藏财富而金光闪闪的黄金之河——泽普勒善河，却始终与它唇齿相依，陪伴它度过了漫长的岁月。而在泽普勒善河的身边，那片曾见证了泽普千年时光的古胡杨林，亦在沧海桑田的更替中，愈加葱郁、浩大。时至今日，它已被冠以"金湖杨国家森林公园"之美称，如同城市中那些树冠如盖的梧桐树，成为泽普另一张闪亮的名片。

然而，鲜有人知，这片浩大的胡杨林背后所隐藏的纷繁历史。据史料记载，在唐代，泽普一度曾归附于西域佛国于阗国，而今天的金湖杨国家森林公园的核心区亚斯墩林场，就曾是两军交战的古战场。如果没有历史记载，我很难想象在这片水树相依、风景秀丽的原始胡杨林中，曾响彻过刀戟激烈的撞击声和战马此起彼伏的嘶鸣声。即便千年以后，徘徊于金湖杨景区湖光水色的绚丽中，倘有风来，若是肃然凝神，在胡杨枝叶碰触的窸窣声中，耳边仍会传来裹挟于风中的啸声，若隐若现，神秘万状。

金湖杨景区所在地——亚斯墩林场，它的名字亦来源于一个悲壮的历史故事。"亚斯墩"维吾尔语意为"安睡"。据史书记载，西域时代，喀喇汗王朝一位王子曾在此与敌交战，不幸殉命，遂与战死的兵士一同葬身于此，"亚斯墩"由此得名。时光荏苒，西域王子和兵士们的精神滋养了成片的胡杨群落，而这片墓地便是今天的塔木阿力地古墓群。

难能可贵的是，时至今日，在塔木阿力地古墓群附近，汉代佛教历史文化遗迹仍清晰可见，佛教和伊斯兰教两种文化的碰撞与融合，为金湖杨景区赋予了独特的历史文化背景。

历史上的泽普，散发着时光的味道，气韵深厚，令人肃然。

三

草木盛极，时光却日夜不息，一个节气终场，另一个节气悄然登场——"云天收夏色，木叶动秋声"。

是的，泽普的秋要来临了。

在夏末某个深夜，泽普墨蓝的寂静被季节的悸动唤醒，一缕秋风悄然潜入城市，在黎明前夕卷起法桐大道一片暗绿的梧桐叶后，便向泽普勒善河匆匆而去。

此时，泽普勒善河所在的金湖杨景区里，河水清澈、欢欣，岸边胡杨枝叶葱绿，夏末的温存仍在上演。

当秋风家族倾巢而动，秋色迅速席卷泽普勒善河两岸，白露姗姗而至，秋分翩翩而来，秋意日渐浓郁，泽普勒善河上空开始升腾起淡淡的雾气。河水触感冰冷，岸边草木的颜色转为深邃，植物的叶尖呈现枯焦的黄，季节的离殇与河水的凛冽交织成金湖杨景区惆怅的暮秋滋味，仿佛在暗喻：一切，都将往落幕的方向靠近。

然而，大片日渐染黄的胡杨树叶却在向所有人宣告：秋之娇子胡杨，将迎来一年中最辉煌的季节。

是的，和旷野细小的草籽、稻田饱满的穗，以及树上五颜六色的果实相比，胡杨是更爱秋的，它们宁可忍受三季漫长的蛰伏，也要为一季的灿烂耗尽所有的精气。

当栖居在泽普城区的梧桐树还在用力汲取秋阳最后的温度，为将要来临的寒冬积蓄能量之时，与它们遥遥相望的金湖杨景区里的胡杨群落正在与秋风酝酿一场有关颜色的盛宴。

这种颜色和泽普勒善河中蕴藏的黄金颜色类似，皆为金色。金色曾是权力的代名词，然而，在金湖杨景区，这种颜色却涤荡了时光的一切陈旧和腐朽，凝聚成大美泽普的一种精神——胡杨般的坚韧。

我们不得不赞叹秋风的勤勉。它争分夺秒，将大地的绿色一点一点吞噬，将泽普的时光从夏末引向立秋、白露、秋分，直到霜降前夜，金湖杨景区的胡杨群落集体宣告——胡杨时代正式来临！

我见过多地的胡杨，无一不由时光磨砺，诸如最感沧桑的阿拉尔往沙雅途中的魔鬼林，俱为一色的枯胡杨，姿态奇异，犹如雕塑，悲凉如硝烟后的战场。我也见过著名的沙雅胡杨，姿态清癯，逐水而居，秀丽是秀丽之极，但仍觉疏落、寂寥了些。唯有金湖杨景区的胡杨群落，历千年时光繁衍生息，将根扎在泽普大地，向四面八方伸展、绵延，并与沙漠、戈壁、雪山、河流融合，构成金湖杨景区的绮丽风光。

在暮秋，我追随时光的脚步来到金湖杨景区时，正是午后。秋阳正好，秋风正爽，胡杨群落枝叶摇曳，在沙沙的树叶摩擦声中如同金色的海洋波涛起伏。阳光透过孔隙洒在肥厚的叶片上，叶面光润细腻，金色澄亮耀眼，纯粹得仿佛上好的黄玉，完全没有南疆戈壁中边旱胡杨的沧桑和干涩之感，将水胡杨茂密、干净、明丽的特质展现得淋漓尽致。

我们必须感谢穿林而过的泽普勒善河。千年以来，它孜孜不倦地滋养着身边的胡杨群落，造就了泽普水胡杨的秀美，成就了著名的金湖杨景区。

我们也要感谢盛大的胡杨家族，用三季的垫伏装点了日夜流淌的泽普勒善河。那些秀美的胡杨群落在每一个深秋将金灿灿的枝叶与飞鸟、云朵一同倒映在水中，在湖光水色中，赋予了泽普勒善河新的生命，让其宛若一条黄金之河。

这是金湖杨景区独特的明丽气质，然而，它还有另一种磅礴的气势，是得天独厚的地缘优势赋予它的宝贵财富——那就是矗立在它身侧的、犹如衬幕的雪山。

若是在天色晴朗之时，站在金胡杨景区的高处极目远眺，万亩金涛之上，一列雪山盘踞高天，山巅银光闪闪的积雪清晰可见，色彩纯粹得仿佛上天打翻了调色盘——金色的胡杨林之中穿梭着一条金色的河流，蔚蓝的天幕尽头耸立着一座银白的雪山，清雅而又热烈、宏伟而又壮观……

这是自然的泽普，也是时光的泽普。那些山川、大地用两千年哺育了广袤的胡杨群落，让它们生生不息地扎根在泽普大地，那座巍峨的雪山则用两千年见证了这片土地的悲凉与壮阔。

时间永远是矛盾体。光阴流转下，一切苍翠的、新鲜的、清澈的、坚挺的，都将衰老、腐朽、浑浊，甚至轰然坍塌。然而，没有什么比时间更富创造力。在漫长的岁月里，泽普那些旧时光里的物事，早已在历史的长河中被涤荡得如同泽普勒善河水，清澈、明媚。

一川静流，两岸胡杨。在草木淡淡的幽香中，一条金色的河流载晨曦默默远去，时光里的泽普又将高歌而行。

齐兰之恋

齐兰古城，位于阿克苏地区柯坪县阿恰勒镇其兰村东六公里，至今已有两千余年历史，其地理位置处于东经79° 38′ 5″至北纬40° 32′ 14″之间，为清代驿站遗址，属中国历史上有名的丝绸之路上西域三十六国之一尉头国国土。北宋时期，兴盛于两汉的尉头国从丝绸之路的历史记载中神秘消失，成为丝路历史上的一个谜境，而齐兰古城遗址却在漫漫黄尘中得以保留至今。古城中现有的八十米城墙保存完整，其中城门、角楼、炮台、官邸、驿站、住宅区、池塘一应俱全，城中一条清晰可辨的大道就是历史上神秘消失的丝绸之路北线的一部分。

一

逝者如斯夫，不舍昼夜。岁月的车轮轧轧行走。烟尘中，一越已是千年。

汽车沿柯坪启浪乡一路东行，车轮飞驰，席卷起地上的沙尘，戈壁与丛生的红柳、梭梭树在尘土中飞速后退，旷野的风穿过红柳枝叶的狭隙呼啸而去，阳光透过沙尘努力将光芒射向大地。

当混沌的视野渐始清晰，一条笔直的红砖小道尽头，一座伟岸的城楼蓦然矗立在天幕下。

某年端午，一个沙尘如烟岚的午后，距张骞出使西域已两千年，我与齐兰古城重逢。

当繁华落尽，城楼悲壮地肃立，我再度仰视它。

这是一座熟悉而陌生的城楼。它完全不是当年记忆中的齐兰。彼时的齐兰，城垛倾圮，城墙斑驳，入目处一片沧桑与悲凉，凋敝得仿佛荒茔，而眼下的城楼却如披新缕，岁月的痕迹已被现代的器械完全消弭，昔年的颓废荡然无存。

这令我有些失望。我一直以为，作为一段历史的见证，只有那些寒风急雨和烈日风霜摧残过的印记才是它最终的告白。

然而我仍然理解这焕新的城楼背后的涵义。柯坪实在是太默默无闻，虽然它的最有名的特产柯坪羊正在渐渐走出大漠，其产业已有壮大的端倪，但柯坪藏在荒滩之中的风景仍覆满风沙，譬如齐兰古城仍默默地潜伏在时光的阴影里，渴望人类的触摸和钟爱。

只是我嗅到，来自齐兰的风依然裹挟着汉唐的气息，那么深厚。毕竟是曾承载过一个朝代的建筑，它的一砖一瓦，它的一草一木，甚至它早已清贫如洗的黄土地，并不会轻易退出人类的发展史，它只是在以另一种方式回归。

二

我登上焕新的齐兰城楼。

风啸啸而起，穿透城墙，悲婉如夜妇哀啼。从城垛间隙望去，戈壁旷远，天空薄烟漫布，地平线逶迤远去。"四面边声连角起，千嶂里，长烟落日孤城闭……"迷蒙中，仿佛穿越至两千年前的西汉，恶战方起，满目狼烟滚滚，耳畔号角撼天，军旗在风中猎猎飞舞，那自肺腑而出的长调划破沉寂的天幕……

我回望城内，烟尘袅袅中，满城肃然，废墟依然连天，断壁绵延不绝，无数残垣静静地横亘在灰蒙蒙的阳光下，诉说连绵昼夜的寂寞。

风戛然，万物凝滞。天空缄默，呈现忧郁的灰。在晴朗的白昼，鸟曾飞进它的怀抱，然而并没有留下痕迹。古城忧郁的残墙下，怒放的红柳花沉默不语；坑洼的荒滩上，凌乱的梭梭树此起彼伏地簇拥。新生的它们亦未留下古老的痕迹，虽然它们曾与齐兰一同，携两千年的风尘蹒跚而来。只有古城的痕迹那么显然。朝来的寒雨和晚来的劲风，并未将它湮没在岁月的沙尘中。它努力挺起坚实的背脊，用潜存的气节为今人留下了一座怀古的残城。

严寒烈日皆经过，次第春风到古城。春风已长抚过柯坪。

据资料显示，当年齐兰所属的西域三十六国之一的尉头国繁盛、浩大。只是，俱往矣！那些弥漫在城池上空的烟岚，那些回荡在耳畔的铁匠铺的叮当声，那些窗外的市井哩语、人欢、马嘶，皆已远去。

纵然繁华不再，昔年旧貌却依稀，极目远眺，仍可见城内一条清晰的主干道宕然而去。干道两旁残墙断壁，密集而不杂乱，皆沿东西方向延伸，小径无数，四通八达，与房屋随处相连，通行之顺畅，足以还原彼时齐兰的实景。那该是如何的车马喧嚣、人流如梭、商旅贵胄、使者云集。

但更令我为之诧异的是，两千年前，在这贫瘠荒凉的莽莽戈壁之中，没有浓荫遮挡烈日，亦无清泉滋养人畜，更无肥沃的农田采收用以果腹，建筑工具亦是极度简陋。仅凭人们一双双青筋虬结的，被大漠风蚀皲裂的粗糙的手，是怎样把一掬掬黄土筑成如此庞大的建筑群？

我无法想象。

古人的坚忍确是后人永远无法传承的财富，那些巧思与智慧更是我们无法企及的高处。

三

从齐兰现存残迹可以断定，汉唐时，它必然是丝绸之路上一个举足轻重的城池。牵马的兵士，携重物的驼队，皆在齐兰补给、交集，中原的丝绸、瓷器亦自此源源不断地运送至欧亚各国。西方的珠宝、香料又按原路带回中国，丝绸之路的繁华一度在齐兰上演。

甚至可以想见，当年由西汉外交官张骞带队的使团自这里经过时，定然是休憩、流连过的。晓行夜宿的艰辛、长途跋涉的疲惫，以及大漠的风沙、粗糙的饮食，让这些从绮丽的都城长安而来的汉人无比渴盼干净的驿站和温热的食物。

我生于南疆。1980年时，正值幼年，曾随父母回四川探望祖母。蜀地遥远，先是乘汽车长途跋涉至大河沿站，再乘整整六天六夜的火车才踏上成都的土地，万里迢迢，横贯天山，可谓路途坎坷。而两千年前的张骞和他的使团，舟车劳顿，风雨兼程，从一个城市到另一个城市，常常是奔波数月。他该是怀了多么坚定的信念，才会两度出使西域。

然而在西行的途中，这个尊贵的使团不幸被挑衅大汉的匈奴扣押了，张骞和他的随从被俘虏。后来，这个悲惨的西汉外交官竟然在匈奴大营足足被困了十年。

我宁可让张骞留在齐兰。毕竟作为一个俘虏是一件很不光彩的事，而齐兰当年曾经繁华过，美女和葡萄酒的陶醉足以削减张骞的思乡之情。齐兰亦确有这个魅力，这从两千年后它依然健在的残垣断壁，就足以判断昔年的宏大和巍峨。

在我的印象中，凡在新疆与西域有关的遗址，多是不能再狭小与简陋。如温宿的佳木古城，小到已完全被一片棉田覆盖；再如喀依古遗址，亦只余一段狮形的残墙，已衰败到根本不足以称城。

只有齐兰历千年风霜，城楼的根基依然牢固，昔时的繁华仍留下蛛丝马迹，即使在人迹杳然的荒漠，它依然坚定地矗立在戈壁之中，默默地见证着岁月的变迁，执着地守候着这片寂寥的荒漠。

站在城楼下，我久久仰望，这焕新的城楼正以一种庄严的姿态缄默地俯视着我。午后的阳光灰蒙蒙地倾泻，我们低矮的身影与城楼庞大的影子重叠，静静地映在脚下的砖石地面。

这是今天与昨天的交融。在历史面前，人总是渺如微尘。

四

我走进古城，严格地说，应该是一片废墟。

只有它，依然是我记忆中的姿态，破败、苍凉。那些此起彼伏的残垣，仿佛从时光深处绵延而来，永远看不到尽头。十二年的时光，以人类的目光去看，漫长到足以让一些事物分崩离析，甚至生命终结。

然而，对于一座已有两千年历史的城池而言，不过朝夕。

那些土屋，纵使已破敝不堪，仍依稀可见彼时精致模样。屋屋相套，灶台、烟道、壁龛一应俱全；残壁光滑，并轧满云纹，凹凸有致，立体感极强，其考究程度令人叹为观止。

深入内城，一片圆形凹地霍然眼前，如一口巨大的锅。戈壁干旱，古城四面并无水源。这凹地，许是齐兰城当年的蓄水池，只是池内已滴水无存，池底龟裂板结，泥壳横陈。

当年，齐兰城内的人畜必是靠这简陋的蓄水池中的水生存着，而往来的客商路过这里时也会为自己的水袋装满水。张骞当年途经这里时，亦多半曾驻足在此，以水为镜，梳理蓬头垢面的风尘。

风再起，沙尘再现，阳光慢慢地黯淡。一道温柔的白光划过眼帘，俯身拾起，是一片白瓷，大小约如拇指盖，光泽柔和。应是经多年风沙磨砺，瓷片边缘已不再锐利，手感平滑，背面仍清晰地残留着半朵白底蓝花图案，其烧制精细，以手抚之，无丝毫凹凸感，类似现代的釉中彩工艺。

一斑即可窥全豹。虽并不确定瓷片的年代，但其边缘的磨砺痕迹足以证明其决然不是现代产物。它的历史，即便不过千年，亦为数百年之物，它精美的图案更传递出当年中原瓷器的烧制技术确是精湛。

五

我再次走上焕新的齐兰城楼，环顾内城，废墟无边，铺天盖地地包围着我，我竭力想要从中看到一些什么，却什么也看不见。我隐隐嗅到一丝历史的气息，神秘、模糊、若隐若现。这座规模宏大的土筑城池，历风刀霜剑、寒风急雨，至今仍未被黄沙完全覆盖。以它的承载能力，完全能够提供人类繁衍生息的场所，并不断发展、壮大，直至演变成现代都市。我想知晓，它的主人因何弃它而去？是战争，是瘟疫，抑或是自然环境的变化使然？

我一无所知。齐兰，确是一座神秘之城。

暮色四合，一行人在古城内扎帐露营，听风声，望星辰，期待意外之音。然一夜阒寂，并无意外。待翌日怅然归去，正是晨风渐起，红霞漫天。同行已纷纷离去，我仍依依不舍。

我徘徊在城楼之上，凝望古城，城内一片寂然，无边废墟挺立，静穆于霞光。环顾四周，荒滩、丘陵、废墟、红柳、梭梭树……时间仿佛停滞。我知晓，当我离去，古城又将沉沉睡去。

我再次恋上齐兰。

遇见铁村

"倘时光不负，我必在暮年以后牵你之手，在古树的浓荫下，在刀光剑影的传说中，遥望山峦，忆念昨日。"在白驼山庄拙雅的木阁之上，我扶栏而立，心中默念。

然而，在柯坪，2019年端午节翌日，你并未赴约。

正是仲夏，暑气上升，烈日盛极，荒凉的戈壁有如炭火炙烤，升腾起一片战栗的热浪。地平线在燃烧。

车轮轧轧，成片的荒漠靠近、又远去。在视觉疲劳的困顿中，一群白色的驼猝不及防地出现在我的视野。

这是一个白驼家族，其中有壮年和幼年的驼，有着或健硕或娇小的身姿、高昂的颈，以一抹赤色为背景，信步于丛生的梭梭树林中。南疆艳丽的丹霞地貌和柯坪的白驼完美地契合，场景如同油画。

生于南疆，眼中见惯的是褐色的消瘦的驼，眼前这从未遇见过的白色的丰满的驼，分明是意外的惊喜。温驯的目光，和蔼的神色，柔软而圆润的肚腹，些许倾斜的驼峰……这画面恰到好处。

传说中的金大侠笔下的白驼，果然非同凡物，不惧亦不狂野，令我心生欢喜。只是时间匆匆，不及驻足。汽车疾行，转瞬远山已遁去，待驼回眸凝望，我已依依离去。

公元前 202 年，张骞出使西域，开辟了一条从长安经甘肃、新疆到达中亚、西亚的陆上通道，成就了著名的丝绸之路。张骞因此青史长存，演绎一段传奇。而彼时在这条古道上担当了重要角色的驼亦一战成名，承"沙漠之舟"的美誉，一颂千年。

两千年烽烟散尽，神秘的古楼兰已逝，前人的足迹亦湮没于沙海，只余罗布泊深处不朽的胡杨船棺、剑指长空的墓志、小河公主不落的容颜，以及漫卷的黄沙。

俱往矣！唯有驼，穿越时光，背负历史的遗迹，携一串驼铃，留一印蹄痕，跋涉于沙海，沿张骞的车辙一同行走在漫漫古道之上，千年不歇。

这是我与铁村的第一次遇见。远山、烈日、荒滩、白驼，以及历史的凝重。

车轮不曾停息，如同生命的年轮，载着一群人的惊喜与期待，穿过荒漠与芳草，穿过如同烈焰燃烧的峡谷，一路向前。沿途丘陵跌宕，梭梭丛生，以及无名的灌木，稀疏、苍凉，然而淳厚的绿将生命的蓬勃展示得一览无余。

穿过一条狭长的道路，一座山石筑砌的拱桥赫然矗立，一列白驼背负重物行走于拱桥之上。拱桥正面，白漆上书四个大字"白驼山庄"。

当金庸笔下的故事与现实重叠，记忆的闸门渐次打开。二十年前，鲜衣怒马，一箫一剑，挑灯夜战，快意恩仇，是青年时的侠客梦；二十年后，锐气尽失，一锄一耕，一烛一卷，青衣白驼又何妨？断雁西风，隔窗听雨，该是中年时的平常心。

沿两侧石阶而上，石驼已在身畔，仍是如一的温驯、和蔼，蹄将落未落，行走的姿态坚毅、沉稳，仿佛身负千钧。长风萧萧，飞鹰盘旋，石驼仰头欲应，一缕嘶鸣将出未出。

倚于拱桥之上，凭栏伫立，四野并未有雾气缭绕，眺一抹天色，四野明净，长空高远，远山重峦叠嶂，沟壑清晰。丘陵之上，岩石堆叠，玛尼堆高高耸立，彩色旗帜在风中飞扬，将爱情、希望和祝福飘洒向柯坪大地。

手抚石驼，思绪飞远。射雕英雄的传说仍经年不衰。文人笔下的故事亦愈演愈精彩，狡诈却有着真性情的欧阳峰毁誉参半，我曾经以为的白驼山庄必是能激起心中铁血丹心、策马江湖的侠肝义胆。然而，当我在木阁之上，再次将目光凝视向远山，往事已矣，只有对历史的追思和今人的景仰。

这是我与铁村的第二次遇见。灌木、石桥、明黄的扶栏、古雅的木阁、洁白的石驼、耸立的玛尼堆，以及在炙热的阳光下如烟的往事。

驼铃悠悠，岁月徐徐，两千年时光，足以沧海桑田。然而，在柯坪，在它的乡野，在穿越它荒芜的戈壁和艳丽的峡谷之后，那些对生命的敬重，使我感动不已。

在我来到已搬迁多年的近无人烟的铁村古村之后，这种感觉愈发强烈。曾经的铁村，那是跋山涉水之后的柳暗花明。曾经回眸的温热的白驼，与温凉的石雕白驼，让我始终不能遗忘沿途荒漠与苍凉的基调。

走在古铁村的浓荫之下，竟宛如穿越。戈壁的苍凉还未拂去，炙热还在裸露的手臂之上流连，婀娜的柳树和挺拔的山杨已将清凉无声地赠予。柳的浓绿与杨的苍绿、杏的翠绿与青草的嫩绿，将烈日的光芒悉数收纳，只余细碎的斑驳藏匿于叶脉之下，叶便薄如蝉翼，透亮如玉。

正是铁村杏黄时，信手摘一颗杏，轻轻咬下，香醇的滋味弥漫舌间。还有甜蜜的桑。杏与桑散落于小路以及坡地，无人看守，亦不贪心入囊。倘是路过的人喜欢，便摘几颗，边走边吃，散散漫漫，让时光的静谧在甜蜜中慢慢氤氲。

溪水淙淙，从林下淌过，水草丰茂，掩于其上。掬一捧，十分清冽，依稀嗅到马兰花的香气和蒲公英的苦涩。

在铁村，我并未看见人的踪迹，也未听闻鸡鸣犬吠声，除去遍野的芳草、杂树，安静得仿佛从未有过人烟。我听说老铁村的村民已于数年前迁入离城市更近、人居环境更好的新铁村，想必经年过后，此处已是鲜花满园、牛羊满圈。

只是我更喜欢这沉默的古村。

但它依然是有生命的。在树荫下、在溪水边、在芳草地旁，我悄悄地倾听风和树叶的呢喃，蝴蝶和蜜蜂的叮咛，露珠和溪水的缱绻，马兰和蒲公英的缭绕。

我还看见浓荫下废弃的房屋。干打垒的土屋，屋顶茅草茂密，摇摇荡荡，仿佛赋予屋以生命。山石筑的石屋，原始、古拙。透过石缝，窥视屋外的风景，极具幽明之感。那些陈旧的门扉半掩，离人的痕迹尤在，角落散落着废弃的农具，喂羊的食槽。那些原木的栅栏，散乱地围拢了屋子、小院。青藤依然绕篱，鸡犬已然无踪。

这是我与铁村的第三次遇见。古柳、溪水、黄杏、白桑、木栅栏、沉默的石屋，还有时光的静谧。

在这遥远的没有人烟的村庄，我想我还应该遇见些什么。然而我并不知道。直到我来到了一座朴实得毫无特色的院落。

荒滩之上，骤然看到一座建筑，四周空旷，无遮无拦，烈日肆无忌惮地暴晒。走进方正的小院，灰白的水泥地，洁白的墙，依然没有树，空空荡荡。烈日熏熏，地面和墙面白得耀眼，让打着遮阳伞的我忍不住眯眼。

然而，风似乎对这座小院情有独钟，从我伫立在檐下那一刻起，风就从未停歇。我想我该怎样去表达它。习习的？好像没那么温柔。萧萧的？那该是形容秋天的风。飒飒的？似乎更恰当一些。于是，风飒飒地吹，经久不息地吹，吹到我未绾起的长发成结。

我的伞，撑开又收回，纤细的伞骨几乎要被吹折。风还偷袭了我的脚下，将远道而来的沙一层层堆叠，最后掠过我的脚背，积聚在墙角，安然落地。

我走进一间屋子，风亦堂而皇之地跟踪而入，将沙土席卷至光滑的地板之上。几幅白纸黑字的画作悬挂四壁，硕大的书桌无人伏案，一纸素笺静待，恍有墨香。我嗅到沙土的腥气与墨香奇异地交织。

是谁将一缕墨香带入这僻远之地？

我看见了那位女子。长年的乡村生活已然让她失去城市人的一切痕迹。素朴的衣身，粗糙的面颊，只是双眸中还含着热忱。

我走出墨香萦绕的屋子，风依旧飒飒地吹，携着远道而来的沙土。

这是我与铁村的第四次遇见。烈日下白得发亮的、孤独的画室，飒飒的、四季不歇的劲风，沙土的腥气与墨香的奇异交织，还有坚守在这荒滩之上的女子。

　　这遥远静僻的铁村，曾远离城市，匿于荒漠深处，无人问津。在 2019 年端午节翌日，我遇见了它们——白驼、石桥、木阁、古柳、墨香——也遇见了将它们带入村落的那些人。

夏特之恋

临行前夜，仍然对翌日的夏特之行心怀畏惧。12月的疆南，虽比疆北略略温暖几分，可终究是冬时，免不得寒风漫卷，瑟瑟而行。更何况是山谷露营，四周冰雪覆盖，北风彻寒，那万径无踪的孤寂只是想象，心中便寒战不已。然而，当我穿过坚冰结固的木扎特河谷，攀过满目疮痍的山丘壕沟，站在层层叠叠的冰川之上，山风凌厉，呼啸地撕扯着我的长发。我知晓，这是一次必然应约的行程。我依稀看见，夏特以王者的姿态拥我入怀。而远方，木扎特冰川正以它深重的寒气缭绕成的磅礴云烟，默默地凝视着我。

一

越野车在布满砾石的简易山道上行驶，山路崎岖，颠簸剧烈，像是骑在野马之上。好在领队孙哥车技娴熟，一路驾驭得得心应手，令人心安。从窗外望去，草木凋敝，入目处一片苍凉，好在天空格外晴朗，干净的湛蓝，薄云丝丝缕缕，纯粹得仿佛婴儿之目。山路旁，木扎特河顺流而下，河水不似寻常清亮，竟如黄河般呈现出厚重的赭黄色，仿佛流动的染缸将两岸的卵石皆染成黄色。坐在飞驰的汽车上，只见一股黄水穿行在若隐若现的黄石中，波涛荡漾。

这奇异的景色令人百思不得其解，遂询问专心驾车的孙哥。他告知，此股水流本由山中涌出，于上游不远处汇入木扎特河。其源头应是温泉，因泉水中硫黄丰富，故此才呈现眼下这厚重的赭黄色。当地人应景称此水为黄水沟。孙哥还说，曾目睹水中有鱼儿环游。

听闻孙哥之言，更是讶异不已。古话道，如鱼饮水，甘苦自知。果然是真言。人人皆以为此硫黄水苦涩无以生存，然而鱼儿却能在其中甘之如饴，悠然自得。譬如婚姻，譬如人事，若非亲身经历，断不可以臆念强加于人。

溯水而上，果然看见黄水之源自道路西侧汩汩而来，与东侧透亮的木扎特河水交汇融合，缠缠绵绵，一路相携，直奔下游而去。

"不积小流，无以至江海。"这世上本没有江河湖海，溪水潺潺积聚成河，河水滔滔汇聚成江，江水浩浩奔流入海，直至殊途同归，百川合一，可谓坚忍与执着。而世人只看见海的宽广与博大，却不知这一路的历程艰辛万分。水之征途，千难万险，然一朝汇合，则惊涛骇浪，汤汤不息。

二

以岩石为布，以利器为墨，镌刻图形或文字，日久而不消弭，甚至遗留千年，即所谓碑文。在以简或纸墨行文的古时，这大概是最长久的记录方式了。沿木扎特河谷一路上行，两岸山峰叠起，峭壁林立。越野车在一面垂直、平坦如斧劈的崖壁下停留。在孙哥的指点下，看见崖壁距谷地约十数米之处，古岩画跃然其上。

我很是疑惑——眼前的崖壁陡峭异常，几乎呈九十度角，且寸草不生，而这岩画却在半山腰，画周并无供人踩踏的孔洞或突起的山石，在没有先进攀登工具和设备的古时，匠人在如此险地是如何攀缘而上镌刻了图形文字，且意欲何为？

这令我想起了千年悬棺。同为绝壁之上，棺木悬挂于山腰，经风霜而不坍塌，历千年而不坠落，直至今时依然完好，先人之智慧堪称奇迹。眼前这岩画虽无悬棺繁复，然十数米高空镌刻字画亦属不易。同行友人机敏聪慧，猜测多年以前此地或为一片汪洋，前人乘船行至崖下，方在崖壁刻下眼前印记。

仔细观察了崖壁，果然发现端倪，其中央浸泡的痕迹犹存，仿佛海水入骨，浸出深褐色，与崖顶迥然不同，又如山的裙腰。裙腰之上，是仍清晰可见的镌刻痕迹，只是距离遥远，图形渺小如雀。众人努力分辨，印迹多为人形，亦有走兽形状，如羊、如狸，线条简洁流畅，颇有几分张乐平大师漫画的神韵。

站在崖壁下仰望，方觉这是一面再平常不过的山崖。它没有谷外托木尔大峡谷惊艳的色彩，亦没有风雨侵袭、触目惊心的沟壑。然而这前人有意镌刻的图形令这面崖壁充满了神秘的气息。奔跑的走兽，简朴的人形，莫名的符号，曾在汪洋中沉浮千年，呼吸海水咸涩的味道；千年以后，汪洋退去，山川破浪而出，这神秘的岩画亦浮出水面，并隐含昭示，留待后人无穷遐想。

三

穿过一片稀疏的老树林，寒气异常深重，仿佛穿透身体，人人皆裹紧了衣衫。队伍正快速前进，却见林边房舍三五间，门上挂着锁。林中白雪覆盖，老树枝杈横行，寂静而萧瑟。只是树下围炉取暖的痕迹犹存，恍若那人刚刚离去。"绿蚁新醅酒，红泥小火炉。晚来天欲雪，能饮一杯无？"当年白夫子邀刘十九雪中煮酒畅谈的场景之诗，竟如此应景。孙哥告诉我，这就是穿越夏特的第一站——著名的一号营地黄树林。

单黄树林这地名，就令人心生遐思。眼前是冬日里的景象，寒枝新雪，已是别有韵味。倘若夏秋时节，林中必然是一片风舞黄叶，如染秋霜，美不胜收的姣好景致。而令我向往多年的，传说中名闻遐迩的夏特古道起点就在此处。

夏特——这条丝绸之路上贯穿南北疆的重要古驿道，全长一百二十公里，向来以路途险峻、冰川迭出而盛名。西域时，夏特曾设有驿站，一度商贾穿行，人喧马嘶。然而，随着现代交通的日益发达，夏特渐渐被遗忘和废弃。平常鲜有人出入，只是近年盛行探险穿越后，这路途险峻、风景别致的古道才被列入中国十大经典徒步线路，为世人所知。故此，每逢5月、10月，木扎特河枯水时节，疆内外历险团队纷至沓来，将空寂的古道喧闹成烟火人间。

其实严格来说，如今的夏特并没有路，只天山中有一条经年不息、孕育冰川的平凡山谷。所谓的路，是集漫山的碎石、层出不穷的冰川和寒气逼人终年流淌的木扎特河于一体的路。这样的路，自然不是仅靠双脚行走就能走过的，大多数时候是用攀爬来代替的。这想必便是夏特的铮铮傲骨。想要征服它，必然先臣服于它。

然而，就是这样一条艰险莫测、前途未卜的高危线路，为它而来的探险、穿越的驴友仍如长江之滔绵绵不绝。传说中的夏特如此艰险，我却一直不明白这形同自虐的路途为何魅力无穷。

直至我走进夏特。

四

一个四面环山的谷地，便是木扎特冰川的入口了。我一直以为，冰川入口无论如何该是一派彻寒的冬日景象。然而，眼前这个被山环绕的谷地开阔而宁静，和煦温暖有如春日，微风扑打面颊，甚至有温柔之意。这远离城市的深山竟然并未有临行前夜想象中的寒冷，这令我十分意外。十年前曾至神奇峰冰川探险，夜晚宿于冰川之下，滴水成冰，血液几近凝固。一行人险些冻殁在冰川之下的情景令人刻骨铭心，多年后想起时仍心有余悸。此时，这意外的惊喜反倒让人有些不知所措。

暮色四合，落日像温暖的柑橘悬在天际，择一处平坦的山地，各自扎好帐篷，五彩的颜色便灵动了荒芜的山谷，生命的气息瞬间弥漫。

毕竟是冬日，山谷的夜也还是冬的味道。寒气渐起，有人点起一丛篝火，熊熊燃烧的火焰驱散了寒气，火光映照着一群城市中人欢乐的面孔，歌声、笑声、山的轮廓、人的影子。

这是夜的山谷，它掩盖了夏特的荒芜与苍凉。

黎明一点点撕碎夜的黑幕，清晨的木扎特河谷冷峻而宁静，夏特之路从脚下开启。这是远离城市的深谷，没有车的轰鸣，亦没有鸟的婉转，只有冰层覆盖下的木扎特河水淙淙流淌。河边浅滩处，寻一处单薄的冰层，将卵石用力地敲击，清脆的薄冰便璀璨成绮丽的水晶坠落于冰窟，河水破冰而出。这百万年积聚而成的冰川水，在冬日的阳光下散发着逼人的寒气。捧一掬，双手彻骨冰冷；入口细细品味，舌下满是清冽甘甜。恐怕是世上最昂贵的酒水，亦无法与这自然凝聚的精华争宠吧！

沿河谷上行，峰回路转，两山夹峙，地貌却是迥异。河滩或铺满厚厚的细沙碎石，石小而坚硬，如铁锤粉碎，和细沙一起，被满地的积雪掺杂成灰白的颜色，令双脚深陷；或遍地卵石，大者如锣，小者如卵，长年被河水冲刷，偶有图案精美，圆润而光洁者，随行喜奇石者立刻拾起立于显眼之处，留作记号，待归程时收入囊中；或巨石当道，棱角分明仿若机器切割，七零八落地散布于河滩。

这实在是无比奇妙的现象，一段仅数公里的河滩，竟然多种地貌并存，如同人工刻意布置而成，真令人匪夷所思。但至于如何形成，唯有待地质学家来解释了。

这神奇的河谷曲折迤逦，一路蜿蜒至深山，两侧山峰伟岸，怪石嵯峨，山崖之上草木不生，山巅之上积雪皑皑，在蓝天白云的映衬下，苍茫而质朴。这就是天山的奇妙之处：雪的寒光，云的娇柔，山的坚韧，石的锐利，竟然无比和谐地构成了一幅完美的冬临天山之画卷。

这时候，我知道，我开始爱夏特了。

五

冰川之旅实在是险象环生。河谷的尽头已然没有了路，两山之间，鳞次栉比的山丘占据所有的视野，越过一个山丘，下一个山丘已在前方坦然地等待着你，你不知道前方到底还有多少个山丘列队而立。而这山丘并不是多年形成的可以稳固踩踏的山，它是由无数大大小小的碎石堆积而成。这碎石松散而尖锐，一脚踩去，立刻哗哗流淌，带动双脚滑下山去，倘是攀爬之人动作迟滞，必然会被碎石带入山下，摔个狼狈不堪。站在丘顶环望，目光可及之处无不碎石遍布，触目惊心，仿如盘古开天辟地，山崩地裂，落石如雨；又如爆破现场，满地狼藉；又或如这山峰孤独矗立。远望山外草木蔚然，飞鸟盘旋，心向往之。然山谷却寂静如死水。于是日复一日，如水满溢，将漫山的岩石变得支离破碎。

一座格外陡峭的山丘下，众人生畏望而却步。身手敏捷经验老到的孙哥如猿一般，三两下便攀上丘顶，将随身携带的登山绳系在手腕，队员们双手紧握绳索，任脚下碎石滑落，由孙哥牵拉而上。

越过一座座仿佛永远也攀越不完的碎石山丘，眼前一片深陷的谷地中，一座淡绿色的冰丘赫然而现，仿佛玉雕的城堡在阳光下闪耀着莹莹寒光。

队友欢呼不已，纷纷奔向谷地，我心亦怦然。此生临过雪山，攀过黄冰川，蹚过冰河，越过沙漠，唯独未见过眼前这如翠玉般清新明净的白冰川。此生何其幸！

欣喜地靠近冰川，并没有想象中袭人的寒气。用手轻轻地抚摸，触感冰凉，光洁如上好的翠玉。那优雅而淡然的绿，清新如晨曦中荷叶流淌的露珠，纯粹如夏夜皎洁的月光，令人沉醉。

这是一个晴朗的冬日，阳光明媚而澄澈，山谷弥漫着清冽的冰的气息，近处的雪莲峰清晰如画，山巅千年不曾融化的积雪在阳光下闪耀着熠熠光芒。没有雾霾遮挡的太阳光芒万丈，肆无忌惮地倾洒在冰川之上，冰川亦洒脱地悉数吸收，永不知疲倦地折射，冰层显得更加晶莹剔透、绮丽无比，如童话中的水晶世界，恍然如临梦境。

然而，这瑰丽的冰川只是木扎特冰川的起点，它的壮阔在更深更远的地方。

在不断地前行中，仿佛穿越冰川世纪，双脚所落之处无不是碎石掩盖的冰丘。偶有碎石滑落，露出藏匿于下的坚冰，却不是方才的淡绿色，而呈现幽深的暗色。亦有一道道如屏障的冰丘，几乎九十度角倾斜，令人战战兢兢。而深不可测的冰川裂缝，更是令人恐惧不已。倘若失足滑下，就此冰封天山，永无生还。

站在高耸的冰脊上，我凝望冰川。冰川瑰丽，远山静默。年复一年，远山堆雪，积雪成冰；日复一日，冰川融化，相思如泪，细流涓涓汇成溪水，携着远山的气息奔向山外的世界……

归程的路上，山风骤起，凌厉如刀，在山谷呼啸穿梭，天空阴云密布，阳光无影无踪，脸颊似有清凉的落雪。

冬雪欲至。山谷中雾气升腾，氤氲成云烟，让远山消失在了雾色之中。风中，发梢扬起，遮住了我的眼。透过发丝，我看见远山已沉陷云烟……

我知道，我的确爱上了夏特。传说中的夏特和彻寒的木扎特河，曾经吞噬过年轻人和中年人的生命。然而，后来者的前仆后继，使得人们终将遗忘过去。长盛不衰的穿越，也必将在这深藏着冰川的山谷中一路前行。

光之程

我在塔里木盆地的某座高楼之上遥望天山时，正是夏至前夕，大地如火，炫白的阳光像万盏利剑刺破烟尘直射群山。光之下，巍峨的天山山脉闪耀着银色的光芒，如披锦帔。

那是塔里木大地独有的阳光，朝开暮落，岁月更替，与白云共枕，生生不息。

翌日，我身负行囊，穿越云层，匆匆向江南而去。我并未在意，一束光竟无声无息地穿透飞机舷窗，落在我覆满塔里木风霜的手臂上，一路向东。

正是梅雨时节，台州天色沉郁，细雨微芒，如万缕银丝潇潇而下。"天街小雨润如酥，草色遥看近却无"，雨丝绵绵不绝，从清晨到黄昏，落在花芯，落在草尖，落在叶面，花、草、树皆如新生，绰约地玉立，干净得仿佛从未沾染过风尘。那细雨亦不肯放过相遇的人，温存地打湿行人的头发、睫毛，以及裸露的肌肤，仿佛吴侬软语那般呢喃，令人深陷其中，不能自拔。

我蹀躞在江南的细雨中，不觉竟遗忘了阳光的炙热，遗忘了塔里木浩荡风沙的沧桑，遗忘了胡杨、红柳、骆驼刺冷峻的气息，我迷失在雨丝的缱绻与栀子花湿漉漉的馥郁中。

我还迷失在白衣绣娘纤巧的十指下。"秀女拈针锦线长，纤纤玉指领馨香"，当轻薄的丝绸与银光闪闪的绣花针邂逅，浅

橙、淡黄、烟粉、翠绿、青蓝，一切人世间最清雅的颜色，皆
在绣娘如飞花的指间穿梭。青藤、古树、繁花，一切与江南有
关的风物，渐渐地在光滑的绸缎上抽枝、拔节、吐蕊，渐渐地
占据洁白的底色。美轮美奂的江南，终于在皎白的月光下呈现。

我彻底迷失在江南的钟灵毓秀里。

然而，我仍然与那束伴我飞越千里的光重逢。它沉默不语，
却从未远离。我的确在台州的烟雨中遗忘了那束光。后来，我
在石塘千年曙光园凭栏远眺，烟涛微茫，海风猎猎，一轮红日
款款落下。在落日惊心动魄的艳丽中，我找到了那束光，它已
在大海边候我多时。那天，它越过万重山峦，掠过千艘渔船，
穿过弥漫着淡淡海腥气的渔村上空，在烟波浩渺的大海之上向
天空、向大地、向远山宣告王者的辉煌。在我遗忘它的那些时
日里，它已化身为万丈霞光，将海水、将山林、将憩息的渔船
渲染成朱红的霞色。

我从未见过比它更美更绚丽的霞。

我走进临海，在庭院重重的台州府城，那束光再度破云而
出，普照临海。那一刻，江南烟雨的迷离迅疾退去，台州府城
内湖光山色的旖旎在光中渐次明媚，小径、亭阁、修竹、茂林，
无一不清晰。黑衣佩刀武士于林樾中携光而来，光在刀锋闪烁，
恍若穿越唐宋；青衣女子在石阶之上抚琴而歌，光在弦上舞蹈，
与人合一，将一支筝曲奏得惊为天籁。

那一刻，我凭栏静听，琴声倏忽激越如雨骤，倏忽澎湃若
潮涌，倏忽清宛如仙声，扶摇直去，远遁光之中，湖水之下，
缥缈四散。琴声中依稀挟有朗朗的读书声，就像是上蔡书院学

子的读书声。上蔡书院是宋时江浙最负盛名的书院之一。书院创建人知州王华甫曾在一个阳光灿烂的午后，伫立于书院的藤窗外，一边手捋髭须，一边心满意足地打量着他精心锻造的政治成果，并随着学子们读书的节奏摇头晃脑。一束光照在他的乌纱帽上，帽两侧的幞头晃晃悠悠，那束光便也晃晃悠悠。那老气横秋的知州，面颊之上竟浮现出孩童般的灵动。

那束光还透过书院的藤窗照在学子们宽大的袍袖上，照在书桌素简的纸笺上，照在砚台里酽酽的墨汁上，照在游走的笔毫锥尖上，沾染了浓浓的书香气，并四下里氤氲。那时候，知州王华甫并不曾知晓，千年以后，东湖尚在，书院已无踪。那束光却比当年更明亮，更悠长，日日照耀那些亭馆的南窗。光之下，东湖的湖光山色更为潋滟。

在光之下，没有什么能够遁形，也没有什么能够永生。光静默不语，光却知晓所有的悲欢离合。

1200 年，临海望族谢深甫出任右丞相，因其事政宽严相济、稳健执中，在朝中深得器重，威信素著。又因曾援立过杨皇后，其孙女谢道清十九岁即被册立为理宗皇后，直至高尊太后、太皇太后垂帘听政，抵达人生巅峰。谢深甫曾孙诸如谢堂，亦曾出任知枢密院一职，其家族多出官宦，谢深甫一门四代可谓代代鼎盛，权倾朝野。然而，千年以后，当年的望族——谢氏家族的故事已成为一段历史，那些曾经荣光显赫的名字最终成为纸上的铅字和一张张画像，悬挂在东湖某个亭馆的粉墙上，任后人遐想。而皇后谢道清少女时的"洗菜桥"，亦已成为今天临海的一条巷子名，化为一个传说。

我并不知晓那道珠帘后曾经统领六宫的太后谢道清所思所想。身居太后之尊，是快意抑或悲哀。然而，那束光或许知道。当年照在谢道清凤冠之上的那束光，洞悉了一切皇权之内的刀光剑影，朝堂之上的尔虞我诈，甚至深宫冷院里奢华的寂寞和哀愁。而后它又一路乘风破浪、披荆斩棘，不动声色地照耀在台州府城的城墙上。

　　我惊叹于这道石墙的坚固与精致。用"精致"来形容一面墙的确是不恰当的。然而，我并无新词，因为它的确是严丝合缝、宛如天成。这道始建于东晋时期的古城墙，依北固山，南濒灵江，迄今已一千六百余年，历战火、疾风、苦雨、地质灾害仍岿然不败，甚至看不到一星半点的残毁痕迹，这着实令人钦佩。然而，更值得钦佩的是那些修筑城墙、护卫城墙的匠人和将士。

　　一束光穿越唐宋的烟尘，透过林樾的间隙，静静地照在城墙上，那些见证了刀戟的碰撞和敌兵厮杀的青砖也静静地凝视着靠近它的人群。在光之下，城墙散发出凝重的历史气息，一些细小的青苔附着在砖缝中，依着雨水滋养，已葳蕤成片，仿佛城墙的蓑衣。我用手敬畏地触摸一块青砖，千年的历练竟然丝毫未消砺去它的棱角，仍是未经工匠打磨的粗糙。但仍是可见的精致。倘站在高处，阳光明明暗暗地映在城墙之上，此时的城墙宛如一条庞大的青龙，掩映在参天的古树中，蜿蜒远去，它身侧那些我在塔里木从未见过的树，枝叶茂密，枝干覆满青苔，爬满青藤，肃然地挺立，仿佛传说中的巨人，与城墙同历战争与苦难。

而今，那束光依旧。城墙之外是灵江，那江水依旧在阳光下滔滔奔流，那些它曾见证过的硝烟、战火、灾难，都已被时光涤荡得干干净净，永不上演。

那束曾照亮灵江和古城墙的光，也照在国清寺的红墙上。那日，古刹森严，我在寂静的庙宇之间徘徊，并未听闻想象中的梵音吟诵，只有那束光一路追随。然而，我的耳边仿佛有隐隐的诵经声萦绕，令内心安宁。我凝神静听，仿佛自天外而来，难寻出处。我望见光之下，庙宇外墙那鲜艳的朱红竟显得格外肃穆，在绿树的掩映下庄严无比，甚至刷新了我对朱红燥热的感知。

那束光照在寺院飞扬的翘角上，那龙形的翘角便生出了威仪，尽显凝重，令游人不敢高声语。

那束光照在一株名声遐迩的隋梅之上，那千年古梅仪态万分，如高僧打坐。

那束光还照在燃烧的香炉上，青烟袅袅，如一缕心香，映得潮湿黯淡的心房通明如白昼。

那束光照在国清寺的每一根廊柱、每一扇藤窗、每一块方砖、每一株老树，甚至每一朵花、每一丛草之上，那廊柱、那藤窗、那方砖、那老树、那草皆生出佛性，闪耀着圣洁的光辉，那山寺便宁静如东湖水。

那束光还曾照在西子湖畔，照在雷峰塔顶，照在许仙和白娘子相遇的断桥之上。不懂爱的法海和白娘子的恩怨演绎了一千年，至今仍未停歇。

那束光从未远离我。

当我再一次飞行在云端之上，一束光依然透过飞机的舷窗照在我裸露的手臂上。台州的烟雨、石塘的霞光、东湖的湖光山色、台州府城墙的沧然、国清寺的庄严，皆已杳然不见。只有那束光，从唐时到宋时，从塔里木到台州，从江南到疆南，到新的华年，依旧洞见所有的一切，并一路向前。

塔村烟雨

再一次遇见塔村，有种既熟悉又陌生的感觉。在此之前，我已不记得离前次的邂逅相隔多久。百里的山路并不遥远，甚至在夏夜的梧桐树下，我遥望墨蓝天幕时，能够嗅到从塔村而来的风挟着牧草的香气，肆无忌惮地吹。

那时，我嗅着它的香气，心海平静。我一直以为它仍然是我记忆中的小村落，有山峦、雪松、青草、羊群、旄帐。那是疆南最寻常的风景，我向来视其平凡，如同夜晚的银月光、碗中的白米粒。

后来，我在 5 月之初来到了塔村。

那一天，槐花正在城市密谋着一场盛大的夜宴，玫紫的花朵拥簇成团，一边窃窃地私语，一边毫不矜持地将幽香与秋波抛向行人。

那一天，锦鸡儿花在奔赴塔村的途中烂漫成金色的花海，与赤色的山峦脉脉相对。

繁花似锦，心旌摇曳，如凤泉河的荡漾，断桥旁的相思。我将与花香一同奔赴塔村，带着长长的思念。

离别太久，我几乎已遗忘了塔村的模样。黛色的山峦，云烟缭绕，依稀旧时的容颜，松海蔚然，在微渺的寒气中寂静地沉思。逶迤的草原，如散漫的湖水，荡漾成暗绿的波涛，拥簇帐和人群入怀。

旧时光里，马尾草仍在默默地生长，尚未丰盈。鼠尾草不为人知地酝酿美丽，娇小的蓓蕾羞赧地偷窥，渴望迎娶的风光。野菊仍散落在高坡、崖下，以天空为镜，顾盼一百年。

我还结识新鲜的椒蒿。它突兀地出现在我的新时光里。纤长的身体无处可安，一致地倒伏在地，惆怅地吐出奇异的味道。听说那是天山的体香，辛辣而后味绵长。于是，我摘下一片柔软的叶，含在舌下。奇异弥漫在舌尖。是，我无法抗拒。清甜、微麻，如同想念的甘香，滋味浓烈，交织成塔村独有的气味。

风在椒蒿的奇异中潜行。它遗弃缱绻的爱，带着丰厚的嫁奁——积雪的彻寒、冰川的清冽以及云烟的暧昧——逃离雪山的怀。它战栗着呼唤塔村，塔村默默地倾听，一夜未眠。北坡的雪松早已林海成涛，列队相迎，洁白的旒帘是迎娶的使团，欢欣地合鸣，吹奏出"啪啪"的旋律。

风盛大出场，以优美的姿势旋转着。牧草臣服，羊群后退，我黛蓝的长裙不禁飞扬。我紧紧地抓住玫色的披肩，它正欲乘风而去。精力充沛的风，妖娆地撩拨着一切，无可抵挡。

盛年的风征服了盛年的塔村，以及塔村里的人、事、物。

只是它遗忘了，远道的云烟早已失散在途中。那些湿漉漉的雾，在山峦之巅缭绕、盘旋，将低空的水气一点点积聚、沉淀，白色的烟岚渐渐泛青，渐渐蒸腾成一团混沌的云，重重地坠落山尖，笼罩在塔村。

山鹰惊惧地飞过。流岚已成灰青色。太阳困在云团后努力地散发着光芒。

乌云密布，山雨欲来。

湿漉漉的云层再也支撑不住它沉重的身体，雨淅沥而下，塔村迷蒙在烟雨中。

江南的烟雨是温柔和迷离的，是秀色的女子描着宛如上弦月的蛾眉，有着流转的眼波、绯色的唇，打着陈旧的油纸伞，徘徊在月色下的荷塘，娉婷在周庄精致的拱桥，携一缕"今宵酒醒何处，杨柳岸晓风残月"的怅惘，叹一声"梧桐怎兼细雨，守着窗儿到天明"的寂寞。

塔村的烟雨是爽朗和磅礴的，犹如一首宏大的叙事散文，铺排干净。是李贺眼中"大漠沙如雪，燕山月似钩"的旷美，是范夫子"四面边声连角起，千嶂里，长烟落日孤城闭"的壮阔。它唯独没有柳永和李易安的闲愁离绪，纵使微雨如芒，亦是干脆和坚定的，全无"落花人独立，微雨燕双飞"的愁怨。

当然，塔村的烟雨也曾迷蒙，只不过，它的迷蒙是鏖战前的斟酌，是战鼓前的酝酿，是欲与萧萧的山风合谋一场完美狙击的前奏。

当如芒的细雨打湿青草的睫，洇湿鼠尾草的叶，将椒蒿的异香稀释成若有若无的雨的味道，我的黛蓝色长裙正要婆娑，浪漫无法隐匿，雨的情绪遽然高亢，疾行而下，化为无数支利箭，横扫塔村。

塔村沦陷在雨中。

雪松静默，新叶如玉，等待天晴。青草蛰伏，洗净铅华，期待彩虹。羊群无辜地细数雨滴，垂涎雨后新鲜的牧草，涎水淌在青草地。鲜嫩的烤肉仍在不灭的火炭之上"滋滋"地呻吟，焦香的味道尾随烟气弥漫在雨中。

和椒蒿一样，那也是塔村独有的味道。

雨水贪婪地嗅，再也挨不过香气的诱惑，将狂野遁去，向山峦和草原宣告收兵。

雨溃败而去，败给塔村无可匹敌的烤肉奇香。

这时，雨后的塔村，清新犹如颂诗。雨水挂在青草的叶尖，透过晶莹窥见如织的脉，奇妙无比。雨水洗净游帐的顶，现出本真的白，皎洁如月色。雨水洇湿塔村的红土地，赤色愈加深重，触目惊心的撞击下，暗绿激情潮涌。

这时，木屋、小径静默，丁香般的女子正在赴约的路上。几朵红花醮着边塞的急雨，在潮湿的味道中吟唱吴侬软语。小院外，刘解忧曾于千年之外策马奔过。

远山的罗裙之边，五彩的风车缱绻于椒蒿的香气，盟誓永恒的契约——从青丝历历到白发苍苍，唯愿得一人，白首永不离。誓言铮铮，塔村为证，远山凝视。

那些新时光的物件，摇曳的荡桥，如山之裙带的彩虹滑道。

它们与远山、牧草、游帐、羊群，一同融入在塔村的烟雨中。

十多岁时，我随父母住在工厂大院。大院东面紧挨一座被当地人俗称为"卡坡"的土山，山下有一个大涝坝，涝坝边扎着几株歪脖子柳和沙枣树。涝坝和卡坡之间的坡地上有一片茂盛的罗布麻，它们总在夏秋时节开出粉红色小铃铛似的花儿。那时，我喜欢沙枣花的幽香，常常折了枝条放在床头识香；我也喜欢罗布麻花儿的娇美，会采一束蓓蕾插在玻璃瓶里等待它一点点吐蕊；我还喜欢大院里的一棵梨树，梨花开时，枝头像落满了白雪，我会站在树下等待梨花慢慢吐蕊。

荒原、涝坝、大院和旧日的那些人、事，曾占据了我的整个记忆。我后来的写作素材，大多来源于它们。

但我最初的文学熏陶来自父亲。我的父亲曾是一名退伍军人，在我心中，他无所不能，无所不往。所有被毁坏的物件，在他手中皆可重生；所有令他感到陌生的物件，他皆会用心琢磨，并能在往后的日子里将其运用得得心应手。不止于此，他还会很多种技艺，如电焊、维修机械、开汽车等，常令身边人美慕不已。

　　父亲也曾是心高气傲之人，不屑于生活的鸡零狗碎，但在那个谋生和兴趣不可兼得的岁月，他只能无奈地臣服于命运。他一生怀才不遇，郁郁寡欢，并在五十二岁那年黯然离去。

　　父亲一生虽悲苦，但亦有对生活的热爱，喜欢养花、唱戏、练书法、拉二胡、读历史。受他影响，我亦喜欢养花、练书法、听音乐、读历史，并且我和哥哥们一致喜欢绘画。父亲很得意他的儿女们拥有如此高雅的爱好，于是节衣缩食，设法为我和哥哥们买了许多绘画书。要知道，那个年代，温饱才将将得以解决，买书着实是一件很奢侈的事。然而，未经系统性学习，我和哥哥们终究没能成为父亲期许的画家。我们的绘画技能仅限于人物工笔画，直至现在几乎全部荒废。

　　儿女未成龙凤，父亲却并未气馁，并开始订阅报纸、杂志，力图在文学方面熏陶我们。我记得我读的第一份报纸是《中国青年报》。只听这名字，就知道它大概率是父亲为儿女们订阅的。那时，我喜欢极了散发着油墨香的报纸，不放过上面的每一篇豆腐块文章，甚至中缝处的广告。后来，哥哥带回一本历史小说，叫《星星草》，那是我第一次读长篇小说。小说里的人物命运牵动着我的情绪，我一度沉浸在文学的世界里。再后来，校园里开始流行武侠小说和言情小说。我读完了金庸所有的小说，一度想要仗剑走天涯，当个黄蓉一样的女侠。而后，我喜欢上了古诗词，乐此不疲地背诵白居易的《长恨歌》、范夫子的《岳阳楼记》、欧阳修的《醉翁亭记》，等等。我买了一个笔记本，将我在读书期间喜欢的所有诗词皆用钢笔工工整整地誊写其上，并进行点评，到十五岁时，竟记录了厚厚一本。这个笔记本，至今仍被我珍藏在我家书桌的抽屉里。

它是我记忆中自己和文学最早的相遇。

后来，我喜欢上了三毛。我读撒哈拉沙漠的故事，沙漠那般精彩，我十足地喜欢三毛热爱生活到极致的态度，我更羡慕她的才华。我开始像一个哲人一样观察身边的事物，诸如一树梨花凋落时的凄美，一群白鸽在天空盘旋时的姿态，一个男人或女人说话时面部丰富的表情，并将它们一一记录。最终，那些来自生活和大自然最质朴最细微的变化，竟不知不觉地浸润了我热爱文学的初心。

2000年时，生活的变故令我抑郁不已，我与社会脱节，每天将自己封闭在屋子里。为排解愁苦，我大量地记录心情，记录那些触动我情绪的些微小事，一度不可自拔。同时我也读书，读路遥的《平凡的世界》，读霍达的《穆斯林的葬礼》，时常沉浸在人物的命运中，为之悸动、流泪。

那些文字感染着我的情绪，丰富着我的思想，我渐渐走出封闭的圈子，走进大自然。我写南疆野地里触目可见的红柳、白杨、胡杨，也写我养在家里的茉莉、米兰、扶桑。我听花开的声音，听流水的声音，听雨滴敲打窗棂的声音，记录下每一刻的感受。我还写我走过的山山水水，去往的每一座城，记录所遇见的一切美丽和壮阔，也追踪那些过往消逝的云烟。我还写我身边小人物的悲欢离合，譬如至死未能叶落归根的外婆和父亲，譬如已风烛残年却至今仍在为儿女操心的老母亲，譬如像一只蝴蝶飞出高楼的发小翠萍……

十余年的写作历程，文学早已非我疗伤之物，更多的是一种情怀。我喜欢灵感迸发之时的激情四溢，也喜欢寻找到某个突破口时的行云流水，更喜欢看到那些在我十指之下翻飞的文字逐日丰润饱满，并脱胎换骨。

本书中所选篇章，多为近三年所作，亦多为地域写作，较之此前文字，思想更为深刻，格局更为开阔，情感更为细腻。生于南疆，长于南疆，我深爱这片土地上的所有人、事、物，我愿以我笔畅写尘世悲欢与人间离合。

杨红燕

2022 年 10 月 5 日